Tommy Herzsprung

Weil du mir die Sterne zeigst

Männerherzen schlagen schneller

I0551583

Gay Romance

Der Autor
Tommy Herzsprung lebt mit seinem Mann und
seinem Hund in Baden-Württemberg. Er hat Medien-
und Kommunikationswissenschaft studiert und
arbeitet als selbstständiger Redakteur für Print und
Fernsehen. Er liebt es, über Flohmärkte zu bummeln,
zu 80er-Jahre-Hits zu tanzen, im Garten zu werkeln
und sich in spannenden und erotischen Geschichten
zu verlieren. »Männerherzen schlagen schneller« ist
die erste schwule Roman-Reihe, die er unter diesem
Pseudonym veröffentlicht.

Schreibt mir mal
Zum Glück ist es heute einfach, in Kontakt zu
kommen und zu bleiben. Es würde mich freuen, von
euch zu hören und zu lesen. Also hoffentlich bis
bald auf
facebook.com/tommy.herzsprung

Kapitel 1

Wie konnte sich das Leben trotz der hellen Weihnachtsbeleuchtung nur so dunkel anfühlen? An dem künstlichen Tannenbaum, neben dem ich saß, blinkten die Lämpchen in den schönsten Farben und erinnerten an Weihnachten. Ich aber konnte nicht mehr aufhören, zu heulen. Ein Strom von Tränen lief mir übers Gesicht, während ich schnaufend versuchte, nach Luft zu schnappen.

Zum Glück übertönten die laut wummernden Bässe der House-Beats sämtliche Geräusche, sodass mich niemand hören konnte.

Unsichtbar war ich aber leider nicht. Und so erntete ich einige irritierte oder mitleidige Blicke von den Typen, die an mir vorbeigingen, um in dem Darkroom zu verschwinden, aus dem ich gerade gekommen war.

Wie hatte ich nur anfangen können, zu heulen? Ausgerechnet ich? Ich heule nie, überlegte ich. Nie. Nicht bei Filmen – ich bin kein Klischee-Schwuler, der schon beim Vorspann von *Dirty Dancing* das Taschentuch zückt. Nicht bei klassischer Musik – ganz ehrlich, bevor ich mir das Geklimper von Mozart oder die Sirenenschreie der Callas anhöre, gehe ich lieber zum Zahnarzt. Und schon gar nicht weine ich aus Liebeskummer. Wenn mich ein Typ verlässt, was zwar noch nicht oft vorgekommen ist, dann ist das nun mal so. Dann reiße ich mich am Riemen, arbeite bis zum Umfallen und suche mir nach Feierabend einen Kerl fürs Bett oder mache Party. So einfach ist das.

Zugegeben, glücklich machte mich das nicht. Doch Glück – was war das schon? Ich für meinen Teil glaubte ebenso wenig an Glück, Liebe und diese ganze Gefühlsduselei, wie ich an den viel zitierten Zauber der Weihnacht glaubte. Liebe war etwas für unverbesserliche Träumer, Weihnachten etwas für noch hoffnungslosere Fälle. Für Bekloppte, die einen Vorwand suchten, Geld auszugeben, das sie nicht hatten. Himmlische Zeit? Höllische Zeit!

»Gut, dass ich schon vor Jahren sowohl diesen Adventszirkus als auch die Suche nach Mister Right hinter mir gelassen habe«, hatte ich erst neulich einem Freund gesagt, der sich bei mir die Augen ausgeheult hatte, weil er Single war und Weihnachten nicht allein verbringen wollte. »Guck mich an, Mann! Ich bin Single, ja. Ich bin an Weihnachten allein, ja. Aber schlecht geht es mir deshalb noch lange nicht. Denn weißt du was? Ich mache den Abflug und lasse mir an Weihnachten in Florida die Sonne auf den Pelz scheinen. Mal ehrlich, ein Grund zum Jammern ist das nicht.«

Dennoch saß ich jetzt an diesem Tag, der sich angeschickt hatte, der beste meines Lebens zu werden, im angesagtesten Schwulen-Club, weinte wie ein Schlosshund und wusste nicht einmal, warum.

Scheiße, Scheiße, Scheiße. Drehte ich nun völlig am Rad? Ausgerechnet heute, wo ich die Karriereleiter hochgeklettert war. Heute, wo das *Atropos*-Projekt sein erfolgreiches Ende genommen hatte. Nils Sander, schimpfte ich mit mir, nicht flennen! Stolz musst du auf dich sein. Der Abteilungsleiterin den Rang abzulaufen, war schließlich keine leichte Sache gewesen. Im Gegenteil sogar. Als sich die dumme Ziege letztes Jahr mit einundvierzig Jahren endlich in den Mutterschaftsurlaub verabschiedet hatte und man mir stellvertretend die Projektleitung für die Sanierung des legendären *Atropos*-Hotels in Berlin-Mitte übertragen hatte, waren es nicht wenige Kollegen gewesen, die sich sicher gewesen waren, dass ich mich daran übernehmen würde. Aber so war das nun mal, wenn man bei einem der führenden Unternehmungsberater angestellt war – da gönnt der eine dem anderen nicht das Schwarze unter den Fingernägeln. Und schon gar nicht eine Projektleitung.

Mir ging das am Arsch vorbei. Vielleicht machte mich der Neid meiner Kollegen sogar erst richtig stolz. Und stolz konnte ich wahrlich auf mich sein. Immerhin war ich mit achtundzwanzig Jahren der jüngste Projektleiter aller Zeiten.

Und nicht nur das. Man hatte mich nicht mit irgendeinem Projekt betraut, sondern mit *dem* Projekt. Dem *Atropos*-Projekt, bei dem es um richtig viel Kohle und Reputation ging. Immerhin gehörte das *Atropos* zu den exklusivsten Hotels der Welt. Zwar hatte der traditionsreiche 5-Sterne-Palast die besten Jahre bereits hinter sich und wegen eines Miss-managements rote Zahlen geschrieben, doch noch immer genoss das Hotel einen guten Ruf. Einen hervorragenden sogar, und so hatte man die *KPDD*, unsere Unternehmensberatung, damit beauftragt, die Sanierung und Renovierung des Hotels zu betreuen.

»Glückwunsch, Nils«, hatte Andreas, mein ärgster Konkurrent, mir am Tag, an dem man mir die Leitung übertragen hatte, gesagt. Ich hatte während der kleinen Betriebsfeier gerade auf der Toilette am Pissoir gestanden, als er ebenfalls aufs Klo kam, sich neben mich stellte und mich kämpferisch ansah. »Aber Vorsicht«, hatte er seinen Glückwunsch, während er pinkelte, zischend relativiert, »ich sehe dich schon auf der Fresse liegen. Wer sich viel vornimmt, dem kann auch viel misslingen.«

Pah! Wie sehr er sich doch getäuscht hatte. Wie sehr sich *alle* Neider getäuscht hatten. Marktanalyse, Umstrukturierung, Umbau, Marketing … Egal, was zu tun gewesen war, ich hatte alles mit Bravour gemanagt. Fast ein ganzes Jahr lang hatte ich mein Talent unter Beweis gestellt. Zwölf Monate mit Vollgas auf der Überholspur. Und heute endlich war ich am Ziel angelangt. Alles war perfekt gewesen. Große Wiedereröffnung des Hotels, großer Sektempfang, großes Aufgebot an geladener Prominenz. Und natürlich war ich auch mit einem großen Applaus bedacht worden, als mein Chef die Laudatio gehalten und darin meine Beförderung zum Abteilungsleiter bekannt gegeben hatte. *The winner takes it all … the loser has to fall*, hatte ich gedacht und meine Kollegen mit einem siegesbewussten Blick bedacht. Denen hatte ich es so richtig gezeigt, und zur Bestätigung meiner Gedanken hatte ich in die Hosentasche gegriffen, wo der Scheck gesteckt hatte, den mir mein Chef heimlich zugesteckt hatte.

»Lust, *richtig* feiern zu gehen?«, hatte ich einen der schwulen Stadt-Prominenten später gefragt, als mich die Eröffnungsfeier zu langweilen angefangen hatte. Und zusammen waren wir dann durch die Bars und

Szeneläden gezogen, bis sich der Typ im *Bunker-Club* einen Kerl geangelt und sich von mir verabschiedet hatte. Ich war dann noch weiter gezogen und schließlich hier im *Triebtal* gelandet, wo ich gerade die peinlichste Nummer meines Lebens abzog und nichts dagegen tun konnte.

Mittlerweile hatte ich meine Beine angewinkelt und meinen Kopf hineingeklemmt, sodass ich zumindest diesen gottverdammten, blinkenden Weihnachtsbaum nicht mehr sehen musste.

Erschrocken zuckte ich zusammen, als mich zuerst eine Hand an der Schulter berührte und sich dann eine zweite an meinen Kopf legte.

»Hau ab«, schrie ich heulend in meinen Schoß hinein, ohne den Kopf zu heben. Doch die Hände blieben, wo sie waren und rüttelten mich sanft.

»Lass mich in Ruhe«, sagte ich noch einmal und hörte, wie verweint es klang.

»Hey, ich bin's«, sagte eine Stimme dicht an meinem Ohr, sodass ich sie trotz der lauten Musik hören konnte. »Sag mal, was ist denn los mit dir? Kann ich dir irgendwie helfen?«

Vorsichtig nahm ich nun doch meinen Kopf hoch und sah in das Gesicht des jungen, blond gelockten Typen, mit dem ich im Darkroom Sex gehabt hatte.

Kapitel 2

»Bist du taub auf den Ohren? Du sollst dich verpissen«, sagte ich zu ihm, und eigentlich wollte ich,
dass es sich energisch und bestimmt anhörte.
Genauso bestimmt, wie ich im vergangenen Jahr das
Hotelprojekt geleitet hatte. Doch gegen mich klang
selbst die weibliche Piepsstimme, die gerade singend
aus den Lautsprechern drang und unter den wummernden House-Beats hoffnungslos verloren ging,
wie ein Naturgewalt.

Warum haute der Typ nicht einfach ab? Weshalb
ließ er mich nicht in Ruhe? Schließlich war der Sex
vorüber. Wieso ignorierte er das ungeschriebene
Gesetz? Wusste er denn nicht, dass man in der
Dunkelheit des Darkrooms zwar tun und lassen
konnte, was man wollte, dann aber nach der
anonymen Nummer einfach seiner Wege ging?

Und von dem einmal ganz abgesehen – mein Typ
war er ohnehin nicht. Ich stand auf ganze Kerle, nicht
auf junge Schönlinge. Mit ihm herumgemacht hatte
ich nur, weil der gesamte Club genau das hatte tun
wollen, er sie aber alle hatte abblitzen lassen. Das
hatte meinen Jagdinstinkt geweckt. Nicht mehr und
nicht weniger. Also hatte ich ihm einen Drink ausge-
geben und ein bisschen Smalltalk mit ihm geführt,

und dann war es auch schon um ihn geschehen gewesen, denn ich kannte meine Stärken und hatte sie alle ausgespielt. Punkt eins: Ich sah ganz gut aus, war groß, dunkelhaarig und gut trainiert – das machte es einfach, an die Kerle heranzukommen. Punkt zwei: Ich konnte überzeugend sein – das brauchte ich in meinem Job, aber das funktionierte auch ganz hervorragend bei den Männern, die ich abschleppen wollte.

Anfangs hatte sich der blonde Typ noch ein wenig geziert, aber nach einer Weile waren wir uns so nah gekommen, dass wir beide gewusst hatten, wie es weitergehen würde. Als wir dann schließlich zusammen in eine der abschließbaren Kabinen neben dem Darkroom verschwunden waren, hatte ich eigentlich gar keine Lust mehr auf Sex gehabt. Mir hatte es gereicht, dass ich den Typen aufgerissen hatte und dass er mit mir mitgekommen war. Letztendlich war der Sex dann aber doch gut gewesen. So animalisch. Triebgesteuert hatten wir uns gegenseitig in der schwül-warmen Hitze der Kabine ausgezogen, uns gestreichelt und geküsst, hatten den Körper des anderen erkundet, hatten Schweiß auf harten Muskeln verrieben, bevor wir gemeinsam abgespritzt hatten und dann unserer Wege gezogen sind. Genau, wie es das ungeschriebene Gesetz des Darkrooms vorgab.

Und jetzt saß derselbe Typ vor mir, ich heulte immer noch, und nun war er derjenige, der auf mich einredete, anstatt sich zu verpissen.

»Ich wollte gerade nach Hause gehen, da habe ich dich hier sitzen sehen. Was ist denn los, warum weinst du denn?«, fragte er, während mir die Tränen weiter übers Gesicht liefen.

»Ich weine nicht«, schluchzte ich und hörte selbst, wie albern das klang. So elendig wie ich hier auf dem

Boden saß, war es offensichtlich, dass ich heulte und es nicht etwa eine Allergie gegen Weihnachtskitsch war, die mir die Tränen über die Wange laufen ließ. Also ergriff ich die Flucht nach vorne.

»Okay, ich heule. Aber ich würde dabei gerne allein sein. Also noch einmal: Geh nach Hause oder wo immer du hin willst und lass mich in Ruhe!«

»Hast du irgendetwas genommen? Drogen oder so?«, fragte er, als hätte ich nichts gesagt.

»Nein. Ich habe bei der Hoteleröffnung nicht einmal einen Sekt getrunken.«

Der Typ mit den blonden Locken sah mich irritiert an.

»Hoteleröffnung?«, fragte er.

»Nicht so wichtig. Ich will jetzt wirklich allein sein«, winkte ich ab, obwohl ich merkte, dass es mir guttat, zu sprechen und obwohl der Heulkrampf langsam nachließ. »Danke, dass du nachgefragt hast«, versuchte ich nun eine andere Strategie, um ihn loszuwerden. »Aber jetzt geht es mir schon wieder viel besser. Ich bleibe noch einen Moment hier sitzen, und dann fahre ich nach Hause. Also danke noch mal.«

Mit der Hand probierte ich, ihn von mir wegzudrücken.

Vergeblich. Der Typ ließ sich nicht vertreiben. »Bin ich daran schuld, dass du so fertig bist? War der Sex denn so schlecht?«, versuchte er, die Situation aufzulockern. »Also ich hatte schon weiß Gott schlechtere Quickies.«

»Nein, Mann. Es hat nichts mit dir zu tun.« Kurz lachte ich auf, und es sollte eigentlich überheblich klingen, aber es hörte sich kläglich an. »Keine Ahnung, was mit mir los ist. In letzter Zeit hatte ich viel um die Ohren. Vielleicht liegt es daran. Aber jetzt habe ich vier Wochen Urlaub. Es ist also alles in bester Ordnung«, sagte ich und dachte: *Hau endlich ab!*

Wieso konnte sich nicht einfach ein Loch auftun und mich verschlucken? Oder noch besser diesen Typen, der mich nicht in Ruhe ließ. Konnte er sich denn nicht denken, dass es verdammt peinlich war, seinem Quickie weinend gegenüber zu sitzen?

»Wann hast du das letzte Mal geschlafen?«

Schon wieder ein Frage! Was in aller Welt sollte das?

»Gerade eben mit dir«, machte ich den schwachen Versuch, witzig zu sein.

»Nein, im Ernst. Wann hast du das letzte Mal eine Nacht lang durchgeschlafen?«

»Stopp! Was soll das werden? Bist du von der Heilsarmee, oder gehörst du zu diesen schwulen Jesusfreaks?«, fragte ich und spürte, wie Wut und Zorn in mir aufstiegen.

Wut und Zorn – ja, das war gut. Alles besser als dieses mädchenhafte Flennen! »Kannst du dich nicht einfach aus dem Staub machen? Echt, es reicht.«

»Julian, ach, da bist du ja. Henning und ich haben dich schon überall gesucht. Wo bleibst du denn, wir wollten doch weiterziehen«, rief ein junger Skater-Typ, der nun hinter dem Blonden stand.

»Alex, geh ruhig mit Henning schon mal vor. Ich komme dann gleich nach. Okay?«

Der Skater sagte noch etwas, das ich nicht verstand und zog dann ab. Der Blonde – Julian, wie ich gerade erfahren hatte – aber blieb, wo er war. Bei mir.

»Geh ruhig mit deinem Kumpel mit, ich komme schon zurecht. Wirklich«, sagte ich und stand auf. Doch hatten sich meine Beine vorhin noch wie Gummi angefühlt, so schienen sie nun aus Watte zu sein, und so gelang es mir nur mit Mühe, nicht in den blinkenden Weihnachtsbaum zu fallen.

»Fuck«, rief ich und konnte mich gerade noch so zur Wand retten, an die ich mich mit dem Rücken anlehnte.

»Du hast recht, in letzter Zeit schlafe ich schlecht«, sagte ich und war selbst ein wenig erstaunt darüber, dass ich nun doch noch auf seine Frage eingegangen war. »Sieht man mir das denn so deutlich an?«

»Nein, das nicht, keine Sorge. Aber viel Stress hattest du schon, stimmt's?«

Wir standen dicht beieinander, um uns trotz der lauten Musik unterhalten zu können.

»Ja. Aber warum willst du das denn alles wissen?«, fragte ich ihn.

»Berufskrankheit«, sagte er und zwinkerte mir zu. »Ich studiere Psychologie.«

Oh nein, mir blieb heute Abend aber auch wirklich nichts erspart. Nicht nur, dass dieser großartige Tag so entwürdigend geendet hatte, nun musste ich mich auch noch von einem dahergelaufenen Psychologiestudenten analysieren lassen.

Nils, du hättest nach dem Sektempfang einfach nach Hause und ins Bett gehen sollen, ärgerte ich mich. Aber andererseits: Was hätte das schon gebracht? Dann hätte ich doch nur wieder die halbe Nacht wach gelegen und die Decke angestarrt. So wie immer in letzter Zeit.

»Du studierst Psychologie? Schön für dich. Also daher weht der Wind. Du suchst jemanden, an dem du herumanalysieren kannst. Aber nicht mit mir, Herr Doktor. Ich bin doch kein Versuchskaninchen«, sagte ich, und es klang schärfer, als ich es beabsichtigt hatte. »Sorry, es war nicht so gemeint«, ruderte ich zurück, denn eigentlich fand ich ihn ganz nett. Es war nur so, dass ich mir mit einem Mal unter seinem Blick so seltsam nackt vorkam. So, als könnte er als Psychologiestudent mir direkt in den Kopf schauen.

»Stress? Wer hat den nicht?«, sagte ich.

»Ich will mich wirklich nicht aufdrängen oder dich analysieren oder so«, entgegnete er. »Ehrlich nicht. Aber ich glaube, du solltest deinen Zustand nicht auf die leichte Schulter nehmen.«

»Welchen Zustand?«, schrie ich ihn an, und zu meinem Entsetzen merkte ich, wie mir wieder die Tränen kamen.

»Diesen Zustand«, sagte er schlicht. »Hast du ein Handy dabei?«

»Warum?«

»Weil ich meins nicht mitgenommen habe. Also, hast du nun eins?«

Mit zitternden Fingern holte ich es aus meiner Jeans und hielt es ihm irritiert hin.

»Entsperr mal bitte deinen Bildschirm, damit ich telefonieren kann«, sagte er, ohne das Handy zu nehmen.

Nachdem ich das Smartphone entriegelt hatte, hielt ich es ihm wieder hin, und dieses Mal nahm er es, drückte einige Male auf das Display und hielt es sich dann ans Ohr.

»Sendest du deine Nummer mit, wenn du jemanden anrufst?«, fragte er mich, während er das Handy weiter ans Ohr gepresst hielt. Stumm nickte ich, denn ich versuchte mit aller Kraft, den neuerlichen Weinkrampf zu bekämpfen.

»Hallo, Dr. Heise. Hier ist Julian Geiss aus dem letzten Semester. Sie wissen schon. Locke. Der Blonde aus Ihrem Kurs *Klinische Psychologie*.«

»Locke?«, fragte ich und musste mir trotz meiner feuchten Augen ein Kichern unterdrücken. Wie nahe Lachen und Weinen doch beieinander lagen!

»Psst, sei mal ruhig«, meinte Julian. »Ich quatsch ihr gerade auf die Mailbox. Sie hatte mich im letzten Semester immer nur Locke genannt«, erklärte mir Julian, während er mit einer Hand das Mikrofon des Telefons abdeckte, damit seine Worte nicht übertragen wurden.

Nun nahm er die Hand wieder weg und sprach weiter ins Handy. »Dr. Heise, können Sie bitte morgen diese Nummer zurückrufen und mit …?« Wieder deckte er das Mikrofon mit der Hand ab. »Wie heißt du eigentlich?«

»Nils Sander«, antwortete ich automatisch.

»… mit Nils Sander sprechen? Ich glaube, dass er Ihre Hilfe gebrauchen könnte. Danke.« Julian legte auf und gab mir mein Smartphone zurück.

»Ich habe gerade Dr. Gaby Heise, meine Dozentin aus dem letzten Semester, eine Nachricht auf ihren Anrufbeantworter gesprochen«, meinte er. »Ich denke, dass sie dich morgen im Laufe des Tages irgendwann zurückruft. Sprich bitte mit ihr. Sie ist zwar etwas verschroben, aber du wirst sie mögen, da bin ich mir sicher. Außerdem ist sie richtig gut in ihrem Job.«

»Ich brauche keine Psychologin«, sagte ich.

»Nein, klar. Ich weiß schon«, sagte er beschwichtigend. »Aber sprich doch einfach mal mit ihr. Also, ich würde es an deiner Stelle tun. Doch sag mal, soll ich dich nach Hause bringen?«, fragte er unvermittelt.

Inzwischen hatte ich den zweiten Heulkrampf erfolgreich bezwungen, und meine Beine fühlten sich auch wieder etwas tragfähiger an.

»Nein, danke, es geht wieder. Ich nehme mir ein Taxi, fahre nach Hause, und dann haue ich mich ins Bett.

Es war ein langer Tag heute. Hör mal, Julian ...«
Eigentlich wollte ich ihm sagen, dass ich in Wirklichkeit ein ganz anderer Typ war. Niemand der heulte,
zeterte und sich gehen ließ, sondern jemand, der
sein Leben stets im Griff hatte und seit heute Abend
sogar Abteilungsleiter war. Aber dann sagte ich
schlicht: »Danke.«

»Gern geschehen.« Er umarmte mich kurz.
»Ich muss jetzt los. Sprich mit Dr. Heise, okay?«

Noch bevor ich etwas erwidern konnte, hatte
Julian sich umgedreht und lief zum Ausgang.

Kapitel 3

Konnte ich mich in dieser Badehose noch sehen lassen?, fragte ich mich und hielt mir das knappe Stück bunten Stoff prüfend vors Gesicht. Passen würde sie mir, klar, schließlich hatte ich in letzter Zeit viel trainiert und trotz des üppigen Kantinenessens ordentlich abgenommen. Ja, in dem Badeslip würde ich auf jeden Fall eine gute Figur machen. Aber war das Karo-Muster an Floridas Stränden überhaupt noch angesagt? Egal, beschloss ich und warf das Teil zu den T-Shirts, Shorts und zu den anderen Klamotten in den Koffer.

Der Bademantel!, schoss es mir durch den Kopf. Vielleicht würde ich ihn brauchen. Oder doch besser eine warme Jacke? Aufgeregt lief ich in den Flur, nahm eine dünne Strickjacke und eine etwas dickere Jacke von der Garderobe und rannte zurück ins Schlafzimmer. Unschlüssig blieb ich vor meinem Koffer stehen und blickte abwechselnd zu den Jacken, die ich in den Händen hielt, und zu dem ohnehin schon überquellenden Koffer. Die beiden Kleidungsstücke würde ich unmöglich noch hineinbekommen. Wie festgefroren stand ich da.

Statt einfach eine Entscheidung zu treffen, spürte ich, wie das Kofferpacken zu einer Katastrophe wurde, die mich schier verzweifeln ließ. Tränen stiegen in mir auf.

»Verdammt, Nils, du fängst nicht schon wieder an zu heulen! Was ist bloß los mit dir? Du wirst wohl noch einen Koffer für den Trip nach Florida packen können!«, rief ich mich zur Raison, aber das Gefühl der Hilflosigkeit blieb.

Also warf ich die beiden Jacken achtlos auf das Bett, ging zum Schreibtisch und klappte meinen Laptop auf.

43 unbeantwortete E-Mails. Trotz Urlaub.

Jetzt liefen mir doch die Tränen, und die *43* verschwamm vor meinen Augen. Wie konnten nur so viele E-Mails bei mir auflaufen, obwohl ich doch gerade erst einen Vormittag nicht im Büro aufgetaucht war?

Verzweifelt klappte ich das Notebook wieder zu und hielt meinen Kopf in den Händen, als mein Handy läutete.

»Nein, nicht auch das noch«, sprach ich mit mir selbst, aber das Telefon hörte nicht auf, zu läuten.

»Sei still!«, brüllte ich es an, lief dann aber doch – wie ein ferngesteuerter Lemming – zu dem nervtötenden Ding und nahm ab.

»Ja?«, schrie ich hinein.

»Spreche ich mit Nils Palmer?«, fragte mich eine gut gelaunte Frauenstimme am anderen Ende der Leitung.

»Sander«, war das Einzige, was ich herausbekam.

»Wie bitte?«

»Nils Sander hier. Nicht Palmer.«

»Ach so«, flötete die Stimme fröhlich in mein Ohr. »Dann eben Nils Sander. Auch gut. Die Nachricht, die Locke mir gestern Nacht zu dieser unchristlichen Zeit auf meinen Anrufbeantworter gesprochen hat, war überaus schlecht zu verstehen. Wenn mich nicht alles täuscht, wurde der Anruf von einer Diskothek aus geführt.«

Die Frau am Telefon musste die Psychologin sein, der der blonde Lockenkopf gestern Nacht auf die Mailbox gesprochen hatte. Schwer atmend setzte ich mich aufs Bett und rang um Fassung. War es einfach nur Zufall, dass sie mich just in dem Moment anrief, in dem ich zusammenzubrechen drohte? Na, was denn sonst? Ein Weihnachtswunder wohl kaum. Erstens war noch nicht Weihnachten, zweitens gab es keine Wunder – auch keine kleinen. Also sieh es pragmatisch, Nils! Du bist überarbeitet und brauchst einen Tipp, wie du von diesem ganzen Stress endlich wieder runterkommst. Warum also nicht mal kurz mit ihr sprechen?

»Hallo? Sind Sie noch dran?«, fragte die Frauenstimme.

»Äh, ja«, antwortete ich leise.

»Mein Name ist Dr. Gaby Heise, aber das hat Ihnen Locke … ich meine Julian … bestimmt gestern schon mitgeteilt. Im Übrigen haben Sie Glück, denn bei mir ist jetzt in den Tagen vor Weihnachten noch ein Platz in der Therapiegruppe frei geworden. Zwar besteht die Gruppe schon länger, aber keine Sorge, niemand wird Sie auffressen. Die sind alle richtig nett. Also kommen Sie her, und dann sehen wir weiter.«

Dr. Heise schien eine resolute Frau zu sein, aber gerade konnte ich ihren Worten nicht folgen.

»Wie bitte? Was reden Sie denn da? Ich brauche keinen …«, sagte ich träge.

»… *Psychologen. Es geht mir gut, und Sie können sich jetzt wieder aus meinem Leben verabschieden, denn ich bin nicht verrückt und brauche keinen Seelenklempner.* Wollten Sie das sagen? Wenn ja, dann lege ich gleich wieder auf, und Sie können machen, was Sie wollen. Kein Ding. Wenn nein, dann kommen Sie am besten in meine Praxis, und wir besprechen den Rest.«

»In die Praxis? Zu Ihnen? Äh, ich bin auf dem Weg nach Miami«, sagte ich mehr zu mir als zu ihr.

»Ab in die Sonne, was? Na dann wünsche ich Ihnen eine gute Reise«, sagte Dr. Heise, legte aber nicht auf. Träge wie ein zäher Brei waberten die Gedanken durch meinen Kopf. Sollte ich den Florida-Trip canceln? Einfach so, um zu einer Psychologin zu gehen, die mir gestern ein wildfremder Typ empfohlen hat? *Natürlich nicht! Du bist doch nicht bescheuert!*, sagte mein Kopf und verdrängte den Gedanken an ein Ja, obwohl er wie ein heller Stern zu leuchten schien. *Zurück mit dir, wo du hingehörst – in die allerletzte Ecke,* sagte mein Kopf. Doch mein Bauch hatte sich anders entschieden.

»Wo haben Sie Ihre Praxis denn? Vielleicht könnte ich Miami ja um ein paar Tage verlegen«, dachte ich laut nach.

»Meine Praxis ist auf einer Alm in der Nähe von St. Lohard«

»St. was?«

»St. Lohard. Das liegt in den Bayrischen Alpen. Von München aus können Sie in zwei Stunden mit dem Auto dort sein. Schaffen Sie es, morgen um vierzehn Uhr bei mir zu sein?«

»Ja. Ich werde da sein«, sagte ich benommen, noch bevor ich richtig darüber nachdenken konnte.

Kapitel 4

Obwohl wir mitten im Winter steckten und am Sonntag der dritte Advent gewesen war, wehte mir auch in St. Lohard eine warme Brise entgegen, als ich aus dem Mietwagen stieg, den ich in München am Flug--hafen abgeholt hatte. Bereits die Angestellte an der Autovermietung hatte sich über das warme Winterwetter in Bayern ausgelassen.

»Mir platzt schier der Kopf! Es ist der Föhn. Diese Wetterlage bringt mich eines Tages noch um. Furchtbar. Bei diesen Aussichten wird es in diesem Jahr wohl wieder nichts mit weißen Weihnachten«, hatte sie gesagt.

Ich hatte lediglich genickt – mir war Weihnachten schnuppe, ob weiß oder verregnet grau –, mir den Wagen geschnappt und war nach über zwei Stunden Fahrt nun endlich in dem kleinen Nest in den Alpen angekommen. In der letzten Stunde war ich ausgesprochen froh über das warme Wetter gewesen, denn nach St. Lohard führte nur eine winzige Straße, die sich kilometerlang in Serpentinen einen Berg hochwand und als einzige das Dorf mit dem Rest der Zivilisation verband. Nicht auszudenken, wie ich diesen Ort bei schneebedeckter Fahrbahn hätte erreichen sollen.

Doch von Schnee war auch hier oben – das Dorf lag, wie mich ein Schild am Ortseingang aufgeklärt hatte, auf 1.895 Meter Höhe – weit und breit nichts zu sehen. Nur die Spitzen der drei stolzen Berge, die das Dorf einrahmten, waren weiß mit Schnee bedeckt.

»Sie da, junger Mann! Dort können's aber nicht stehen bleiben!«, rief mir ein älterer Herr zu, der gerade aus der kleinen Dorfkirche mit dem Zwiebelturm kam, auf deren Parkplatz ich mich gestellt hatte.

»Grüß Gott«, sagte ich und hoffte, damit den richtigen Gruß für ein bayrisches Dorf gefunden zu haben. »Ich bin auf der Suche nach Dr. Gaby Heise. Wissen Sie zufällig, wie ich zu ihr komme?«

Inzwischen stand der ältere Herr mir gegenüber und hatte seinen Trachtenhut abgenommen – ein scheußliches Ding mit Gamsbart.

»Grüß Gott«, gab er zurück. »Sie sind nicht von hier, was? Und Sie suchen die Frau Dr. Sprung.«

»Nein, Dr. Heise«, erklärte ich ihm.

»He, he, he«, kicherte der Alte. »Na, ist schon recht. Wir nennen sie hier im Dorf alleweil Dr. Sprung, wissen's. Weil die Leute, die dort hingehen, einen kleinen Sprung in der Schüssel haben, wenn's verstehen, was ich meine.« Plötzlich verstummte er, sah mich forschend an und fuhr dann mit einem beschämten Räuspern fort. »Äh, ja … die Frau Dr. Heise. Die finden Sie dort oben auf der Gams-Alm. Schauen's dort, junger Mann.« Er zeigte auf einen der Berge, in dessen Schatten sich St. Lohard niedergelassen hatte. Ich folgte der Richtung, in die sein Finger wies und sah auf halber Höhe des Berges zwei Holzhäuser stehen. Eine der beiden Hütten befand sich am linken Rand des

Berges, die andere am rechten, und beide lagen sie gerade so hoch, dass sie noch auf dem Teil des Berges standen, der mit Gras bewachsen war. Nur wenig weiter oben gab es keine Vegetation mehr, nur noch grauen, zerklüfteten Fels und die weiß gepuderte Spitze, auf der ein hölzernes Kreuz den Gipfel markierte.

»Welche Alm ist es denn? Die linke oder die rechte?«, fragte ich.

»Die rechte, mein Junge«, antwortete der Alte.

»Und wie komme ich am einfachsten dort hin?«, fragte ich.

»Die können's gar nicht verfehlen. Fahren Sie hier über den Dorfplatz und biegen dann beim Bäcker Meyer in die kleine Gasse rechts neben seinem Laden ein. Der Weg führt erst zur Gams-Alm und dann zur Sternen-Alm. Jetzt im Winter müssen's auch nicht auf das Viehzeug achtgeben. Die Kühe stehen alle in den Ställen, obwohl sie bei dem milden Wetter noch gut auf den Weiden hätten stehen bleiben können. Nur nachts wird's schon lausig kalt. Ich glaube, heuer kriegen wir noch Schnee, meine Knochen …«

»Vielen Dank«, unterbrach ich den Alten, denn ich brauchte keine Wetterprognose.

Nichts wie weg! Geschwind sprang ich in den Mietwagen und fuhr dann rumpelnd über das alte Kopfsteinpflaster des Dorfplatzes in Richtung des Bäckers.

Zum Glück hatte ich mich bei der Mietwagenfirma für einen Geländewagen entschieden, denn der Weg zur Alm erwies sich als ausgesprochen unwegsam, sodass das Auto schon bei der kleinsten Bewegung nur so rumpelte und ächzte und das Handy in der Ablage hin und her rutschte.

Nach weiteren zwanzig Minuten, die ich den Berg über den Schotterweg hinauf gefahren war, parkte mein Wagen endlich vor einer Wiese vor der Almhütte von Dr. Heise. Wobei es sich, wie ich nun staunend feststellte, gar nicht um eine Hütte handelte. Nein, ich stand vor einem soliden, mit dicken Stämmen errichteten Holzhaus, in dem sicher eine ganze Großfamilie Platz gefunden hätte. Vor dem Haus rahmten zwei schlichte Holzbänke den Eingang ein, über dem ein grobes Holzschild hing, das dem Besucher verriet, wo man sich befand. *Gams-Hütte – Dr. Gaby Heise, Psychologische Praxis.*

Also wenn hier oben jemand, fernab von der Welt, erfolgreich eine psychologische Praxis führen konnte, dann musste er oder sie schon gut in seinem Job sein, dachte ich hoffnungsvoll. Nicht ein einziger Patient würde sonst eine so beschwerliche Anreise auf sich nehmen.

Ich nickte anerkennend – eine meiner typischen Job-Gesten, wie ich grinsend feststellte. Ja, diese Dr. Sprung musste definitiv eine Koryphäe auf ihrem Gebiet sein.

Ein Blick auf meine Uhr verriet mir, dass ich noch über eine Stunde Zeit hatte, bis ich um vierzehn Uhr mit Dr. Heise verabredet sein würde. Unschlüssig, wie ich mir bis dahin die Zeit vertreiben sollte, schaute ich mich um und nahm zum ersten Mal meine Umgebung richtig wahr.

Die Alm lag einsam am Hang des Berges und bot eine atemberaubende Aussicht auf das Tal, in dessen Mitte sich ein Fluss entlangschlängelte. Von St. Lohard erkannte ich zu allererst die kleine Kirche mit dem Zwiebeltürmchen, um die herum sich der Dorfkern mit seinen wenigen Häusern gruppierte. Wie so ein kleines, einsames Dorf wohl überleben konnte?, überlegte ich. So ganz ohne Skilifte, die die

Urlauber wie in den großen Wintersportorten auf präparierte Pisten brachten, musste es sicher schwer sein, sich über Wasser zu halten.

Kein Wunder, dass ich kein größeres Hotel zum Übernachten gefunden hatte und auch nur mit Schwierigkeiten eine Pension hatte ausfinden machen können, die vor Weihnachten geöffnet hatte.

Mir wurde schwer ums Herz, als ich so über Pensionen und Hotels nachdachte, denn mit einem Mal kam mir der ganze Stress, den ich mit meinem Hotelprojekt in Berlin gehabt hatte, in den Sinn. Ich drehte ich mich um und schaute zur anderen Seite des Berges, wo ich die zweite Hütte ausmachen konnte, die ich unten vom Tal aus bereits erspäht hatte. Wie es aussah, lebten dort wohl die einzigen Nachbarn von Dr. Heise, und wenn mich meine Augen nicht täuschten, schien gerade jemand zu Hause zu sein, denn aus dem Schornstein stieg ein dünner Rauchfaden in den Himmel.

Die gute Frau Doktor, überlegte ich, sie muss ganz schön weit laufen, wenn sie ihre Nachbarn mal kurz um ein Ei bitten will, weil sie gerade keines mehr im Haus hat. Wie anstrengend! Allein beim Gedanken daran bekam ich die Pimpernellen.

»Sie müssen Nils sein«, hörte ich die fröhliche Stimme, die ich schon vom Telefon kannte, hinter mir. »Sie sind früh dran, aber das macht nichts. Kommen Sie herein.«

In der Tür, unter dem hölzernen Praxisschild, stand eine kleine, etwas rundliche Frau in einem Rockabilly-Kleid. Erstaunt riss ich die Augen auf, denn das Outfit war ein Feuerwerk an Farben. Sowohl das figurbetonte, tief dekolletierte Oberteil als auch der weit schwingende Rock, unter dem ein Petticoat hervorlugte, waren apfelgrün und bunt bedruckt mit Blumen und Totenköpfen. Nein, wenn das Dr. Heise war, dann stapfte sie ganz sicher nicht zum Eierholen über die Alm.

Oder etwa doch? In den derben Dr.-Martens-Boots, die sie trug, würde sie zweifelsohne einen strammen Marsch über die Berge hinlegen können.

Ich war irritiert. Und die pechschwarzen, glänzenden Haare, die sie zum Pagenkopf geschnitten hatte und mich stark an Uma Thurman in *Pulp Fiction* erinnerten, taten das Übrige, um mich vollends zu verwirren. Die coole Retro-Frisur ließ die Frau auf den ersten Blick nämlich wesentlich jünger wirken, als sie es wahrscheinlich war. Ich schätzte sie auf über Fünfzig, vielleicht sogar einen Tick älter. Nie und nimmer war das Dr. Heise.

»Ich bin Dr. Heise. Aber sagen Sie bitte Gaby zu mir«, sagte sie und holte mich damit aus meiner peinlichen Starre. »Freut mich, dass Sie hier sind und den Weg hierher gefunden haben« Mit wachen, blauen Augen strahlte sie mich an, wobei sich ihr hell gepudertes Gesicht in breite Lachfalten legte.

Unwillkürlich lachte ich zurück, denn ihre herzliche Art hatte mich sofort in ihren Bann gezogen.

»Na dann, hallo, Gaby! Ja, ich bin Nils«, begrüßte ich sie, ging auf sie zu und streckte ihr die Hand hin.

Doch anstatt sie zu schütteln, nahm sie mich geschwind in die Arme, drückte mich kurz und fest an sich, bevor sie mich wieder ein Stück von sich wegschob und eingehend musterte.

Wie schon bei Julian, dem blonden Lockenkopf, wurde ich das Gefühl nicht los, dass sie mir direkt in den Kopf schauen konnte, und so tänzelte ich unbehaglich von einem Bein auf das andere.

»Jetzt seien Sie nicht so schüchtern, sondern kommen Sie erst einmal hinein in die gute Stube«, sagte sie beschwingt, bevor sie ins Haus lief und mir bedeutete, ihr zu folgen.

»Am besten zeige ich Ihnen zuerst einmal meine Praxis.« Sie schmunzelte. »Aber keine Sorge! Das tut nicht weh.« Jetzt kniff sie das rechte Auge zusammen. »Im Gegenteil sogar. Das baut meist schon viele Hemmungen bei den Klienten ab.«

»Klienten?«, fragte ich irritiert.

»Patienten klingt mir zu klinisch. Da fühlt man sich schon krank, bevor man überhaupt eine Diagnose bekommen hat. Nein, nein. Zu mir kommen Klienten. Punkt.«

»Ach, so ist das«, sagte ich und fand, dass sich meine Antwort etwas dümmlich anhörte, doch Dr. Heise zeigte keinerlei Reaktion. Resolut stapfte sie durch den kleinen Korridor des ganz aus Holz gebauten Hauses und trat in einen Raum an der gegenüberliegenden Seite, wohin ich ihr dicht auf den Fersen folgte.

»So, mein lieber Nils. Hier ist das Herzstück meiner Praxis: der Therapieraum.«

Neugierig schaute ich mich in dem ausgesprochen geräumigen und kaum möblierten Raum um, der an seiner vollverglasten Stirnseite eine atemberaubende Aussicht auf die Berglandschaft bot. Wie das ganze Haus bestand auch dieser Raum – von den Fenstern einmal abgesehen – ganz aus Holz und schaffte damit eine einladende Atmosphäre.

»Wow, das ist wirklich schön hier«, gab ich staunend zu, wobei ich mich aber suchend nach der obligatorischen Couch umsah, auf die man sich beim Psychologen legen musste. »Nur die Couch fehlt«, warf ich ein.

Dr. Heise hob eine Augenbraue. »Sie können sich gerne auf den Boden legen, wenn Sie lieber liegen wollen«, sagte sie und deutete hinter sich. »Dort im Wandschrank finden Sie allerlei Kissen und Decken. Aber das unvermeidliche Psychologen-Sofa habe ich schon vor vielen Jahren abgeschafft. In meiner Therapie wird an sich gearbeitet und nicht vor sich hin gedöst.«

»Okay«, sagte ich, aber so richtig verstand ich nicht, was sie meinte. Alles, was ich brauchte, war ein wenig Ruhe. Eine Auszeit vom Stress. Warum und vor allem wie sollte ich an mir arbeiten?

»Mein Behandlungsansatz ist eine Mischung aus Einzel- und Gruppentherapie. Ich würde vorschlagen, dass Sie morgen früh um zehn Uhr zur Gruppentherapie dazustoßen. Mit Ihnen und mir werden wir dann zu fünft sein.«

»Okay«, sagte ich schon wieder. Langsam hörte ich mich wie ein Roboter an, der zu allem nur okay sagte. Also fügte ich schnell noch etwas hinzu: »Prima.«

»Nils, wie finden Sie die Aussicht?«, wechselte sie abrupt das Thema, lief auf die Fensterfront zu und blieb davor stehen. Ich folgte ihr und ließ meinen Blick über die Wiesen und Felsen bis zum Gipfel des Berges mit seinem Kreuz auf der Spitze wandern.

»Schön«, sagte ich. »So ... natürlich.«

Sie schaute mich an und lachte laut los. »Ja, das stimmt. Im Laufe der Zeit habe ich schon viele Antworten auf diese Frage gehört, aber *natürlich* ist mir noch nie zu Ohren gekommen.« Sie kicherte noch immer ein wenig. »Entschuldigung, ich habe Sie nicht ausgelacht, verstehen Sie das bitte nicht falsch.«

»Nein, nein, ist schon gut. Lachen Sie ruhig«, sagte ich und musste ebenfalls grinsen. Ich mochte ihre humorvolle Art und kam mir überhaupt nicht veralbert vor.

»Fällt Ihnen noch etwas mehr dazu ein als nur *natürlich?*«, fragte sie, und ich begriff, dass die Therapiestunde bereits begonnen hatte. Aber was sollte ich zu der Landschaft da draußen sagen? Ich sah dort Natur. Sonst nichts, schließlich waren wir hier am Arsch der Welt.

Eigentlich war ich davon ausgegangen, dass es in den Sitzungen darum ginge, sein Zeitmanagement besser in den Griff zu bekommen. Also dass man beispielsweise lernen würde, wie man E-Mails schneller abarbeitet, wie man Ordnung in seinen Arbeitstag bringt und Ähnliches. Zumindest hatte ich vor einigen Wochen einen Artikel in einer Illustrierten gelesen, in dem es genau darum gegangen war. Von Naturbeschreibungen war dort nicht die Rede gewesen.

»Wollen Sie nicht besser nach meinem Arbeitspensum fragen? Ich hatte in letzter Zeit …«

»… viel um die Ohren. Ja, ich weiß. Darauf kommen wir zu einem späteren Zeitpunkt noch zu sprechen, seien Sie ganz unbesorgt. Aber was halten Sie nun von der Aussicht?«

»Gehört das denn zur Therapie?«, fragte ich sie misstrauisch.

»Nun. Meinen *Sie*, dass es zur Therapie gehören könnte?«

»Hmm, ich weiß nicht. Wahrscheinlich schon, sonst würden Sie nicht fragen.«

»Bingo!«, rief sie. »Also überlegen Sie nicht lange! Sagen Sie einfach, was Ihnen einfällt. Hier können Sie nichts richtig oder falsch machen. Schießen Sie los.« Sie blickte mich erwartungsvoll an, und ich zuckte mit den Schultern.

»Also …«, ich konzentrierte mich, »… ich sehe Wiesen und Felsen, und auf dem Gipfel steht ein Holzkreuz, das irgendwelche Menschen – eigentlich wollte ich *irgendwelche Verrückten* sagen – dort hinaufgebracht haben.«

Ob es das war, was sie hören wollte? Oder sollte ich besser über meine Mutter sprechen? Lief es am Ende einer Therapie nicht immer auf die Mutter hinaus? Oder auf den Vater? Ich überlegte. Doch so sehr ich mich auch anstrengte – zu der Kombination aus Eltern und Alpen wollte mir einfach nichts einfallen.

»Wir sind niemals in die Berge gefahren, sondern haben immer Urlaub am Meer gemacht. Mein Eltern hassten die Berge«, sagte ich in vorauseilendem Gehorsam.

»Wie bitte?«, fragte sie erstaunt. »Wie kommen Sie denn von dem Gipfelkreuz dort oben auf den Urlaub mit Ihren Eltern am Meer?«

»Wollen Sie denn nichts über meine Kindheit wissen?«, fragte ich, und langsam fühlte ich mich ein wenig unwohl, da ich nicht einschätzen konnte, wohin das Ganze hier wohl führen würde.

»Kann es sein, Nils, dass Sie gerade versuchen, eine gesamte Therapie in die ersten Minuten unseres Kennenlernens zu packen? Nach dem Motto: Wir haben die Arbeit angesprochen. Abgehakt. Die Eltern. Abgehakt. Den Sex. Abgehakt …«

»Den Sex?«, schoss es ungläubig aus mir heraus. Nein, ich hatte nicht vor, über Sex zu sprechen, warum sollte ich das tun? Auf gar keinen Fall würde ich über mein Liebesleben sprechen.

»Klar, Sex gehört ebenfalls zu den klassischen Feldern der Psychologie. Alles, was die Menschen antreibt, kann zu einem Problem für die Seele werden«, sagte sie und strich sich ihr Kleid zurecht. »Natürlich spielen die Eltern, die Kindheit und die Arbeit eine große Rolle. Da liegen Sie vollkommen richtig. Aber auch der Sex und die Liebe sind nicht zu unterschätzen. Doch keine Angst, vorerst belassen wir es dabei. Jetzt möchte ich schlicht und einfach nur wissen, was Sie von der Landschaft dort draußen halten. Nicht mehr und nicht weniger.«

»Die Aussicht ist wirklich schön«, begann ich von Neuem, und nun sagte ich einfach, was mir einfiel. »Eine Immobilie in dieser Lage würde in einem wirtschaftlich attraktiveren Umfeld ein Vermögen kosten.« Ich merkte, dass ich abschweifte und konzentrierte mich wieder auf die Landschaft. »Der Berg. Der Berg ist hoch und wird schwer zu bezwingen sein. Besonders, wenn man kein Kletterer ist. Doch oft sehen die Wege steiler aus, als sie es letztendlich sind, zumindest von hier unten.« Erwartungsvoll sah ich sie an, aber ihre Miene verriet nicht, ob ich die richtigen Antworten gegeben hatte oder nicht.

»Glauben Sie, dass es etwas gibt, das einem dabei hilft, steile Wege zu gehen?«, fragte sie nach einem Moment.

»Sie meinen so etwas wie spezielle Bergstiefel?«, fragte ich vorsichtig zurück.

Wieder grinste sie. »Ja, so etwas in der Art. Aber im übertragenen Sinn. Bergstiefel für die Seele. Glauben Sie an etwas Höheres? Größeres?«

Herrje, wo führte das denn hin? Meinte sie etwa Jesus, Buddha oder so etwas?

»Dies hier ist aber nicht das Zentrum einer Sekte, oder?«, fragte ich und musterte sie noch einmal kritisch. Zwar kannte ich Sekten nur aus dem Fernsehen, und deren Gurus trugen niemals coole

Petticoats oder Dr.-Martens-Boots, aber man wusste ja nie …

Dr. Heise warf ihren Kopf zurück und lachte schallend, bevor sie antwortete: »Nils, Sie gefallen mir. Nein, ich bin kein Guru. Ich verkaufe kein heiliges Wasser, und ich heile auch nicht durch Handauflegen. Ich rechne meine Stunden ganz normal mit der Krankenkasse ab. Das reicht mir.« Sie streifte mit den Händen über ihre schwarzen Haare, um die Frisur wieder in Form zu bringen, bevor sie fortfuhr: »Trotzdem frage ich Sie noch einmal: Glauben Sie an etwas Höheres?«

Ich stöhnte desinteressiert, aber noch während ich ausatmete, merkte ich, dass ich bereits überlegte. Glaubte ich an Gott?

»Nein, eher nicht«, sagte ich entschlossen.

»Gut«, sagte sie. »Dann habe ich eine erste Aufgabe für Sie. Gehen Sie dort hinaus, und suchen Sie nach etwas Größerem.«

»Ich soll Gott suchen? Dort draußen?« *Spinnen Sie?*, wollte ich anfügen, verkniff es mir aber gerade noch.

»Nein. Sie sollen nicht nach Gott suchen. Schauen Sie einfach, ob es etwas gibt, das Ihrem Leben einen Sinn verleiht.« Sie lief zu ihrem Schreibtisch, der in der hintern Ecke des Raums stand, kramte in einer Schublade und kam mit einem Plastiktablett zurück.

»Aber vorher muss ich Ihnen noch die goldenen Kälber der Neuzeit abnehmen. Wenn ich um Ihr Handy, iPad, Smartphone, Laptop, MP3-Spieler und was es heute noch so gibt bitten dürfte.«

»Mein Handy?« Panik stieg in mir auf. »Warum brauchen Sie mein Telefon?«

»Während der Therapie sind alle diese Dinge tabu. Sie sollen schließlich lernen, wieder zu sich selbst und zu Ihren wahren Bedürfnissen zu kommen. Und das funktioniert nur ohne Handy und Co.«

»Und dann soll ich in die Wildnis? Ohne Handy? Was ist, wenn ich unterwegs in eine Schlucht falle und mit gebrochenem Bein unten liegen bleibe? Tagelang. Ach, was sage ich da? Wochenlang! Ohne Handy wird mich niemand finden!«

»Mir kommen die Tränen«, sagte sie trocken und stieß mit der Kante des Tabletts gegen meine Brust. »Also, her damit!«

Widerwillig zog ich mein Smartphone aus der Jeanstasche, nicht ohne schnell nachzuschauen, ob eine neue Textnachricht eingetrudelt war.

Eine? Es waren elf.

»Dürfte ich nur kurz schauen, wer mir …«

»Nein. Her damit«, sagte sie in einem Ton, der erkennen ließ, dass sie keinen Widerspruch duldete.

Alle Achtung, in der DDR hätte sie eine gute Stasi-Offizierin abgegeben, dachte ich und legte schmollend das Telefon auf das Tablett.

»Danke. Und jetzt gehen Sie dort hinaus und suchen!«

»Ach, kommen Sie. Finden Sie nicht auch, dass das übers Ziel hinausschießt?«, meinte ich. »Ich brauche keinen Spaziergang, sondern eine Mütze Schlaf und vielleicht ein optimiertes Zeitmanagement. Das wird meine Probleme im Handumdrehen lösen.«

Sie beachtete meine Worte nicht, sondern schob mich, noch während ich redete, sanft durch den Flur und aus dem Haus hinaus.

Krachend fiel die Tür hinter mir ins Schloss, und ich stand allein auf der Alm und sollte Gott suchen.

Kapitel 5

»So eine bescheuerte Idee«, brummelte ich vor mich hin, während ich über die Wiese stapfte und den Blick dabei demonstrativ desinteressiert auf den Boden gerichtet hielt. »Was soll das denn für eine Therapie sein? So etwas Saudummes! *Gehen Sie nach etwas Größerem suchen!* Dass ich nicht lache. Huhu Gott, bist du da? Lachst du auch so sehr wie ich?«, fragte ich ironisch und schaute theatralisch in den blauen Himmel, bevor ich in etwas Weiches trat. In Kuhscheiße. Mitten rein.

»Du heilige Scheiße! Na, vielen Dank auch«, sagte ich gen Himmel gerichtet und streifte wütend meine Wanderschuhe am Gras der Wiese ab.

Kurz überlegte ich, ob ich mich einfach in die Wiese legen sollte, um dort eine Weile zu verschnaufen, aber dafür waren die Temperaturen trotz des Föhnwetters doch zu kühl. Also lief ich ziellos umher, schimpfte vor mich hin und bereute bereits zum wiederholten Mal, hierher gekommen zu sein. Vielleicht sollte ich einfach wieder in meinen Wagen steigen und mich davonmachen? In zwei Stunden wäre ich am Flughafen und in acht im heißen Miami. Dort würden mich die muskulösen Strandboys den Stress sicher schnell vergessen lassen, und ich könnte endlich wieder …

Ein Rascheln riss mich aus meinen Tagträumen, vertrieb die durchtrainierten Strandboys und brachte mich zurück in die Berge der Alpen. Schnell blickte ich mich nach allen Seiten um, aber ich konnte nichts Ungewöhnliches ausmachen. Außer einer schier endlosen Wiese, die weiter oberhalb durch Felsen ersetzt wurde, gab es nichts zu entdecken. Achselzuckend wollte ich gerade meinen Weg fortsetzen, als ich erneut ein Geräusch hörte. Ein Knurren. Ganz leise, aber dunkel und kehlig. Sofort schlug mein Herz schneller, und Bilder von wilden Tieren schossen mir durch den Kopf.

Noch einmal drehte ich mich nach allen Seiten um, doch ich konnte nichts erspähen.

Nils, du bist in Bayern, nicht in Afrika, also mach dich locker, versuchte ich, mich zu beruhigen, als ich hinter mir leise Schritte hörte.

Auf Beinen, die ich kaum noch spürte, drehte ich mich vorsichtig um und erstarrte vor Schreck.

Schleichend, aber zielstrebig kam es hinter dem großen Felsen hervor, der sich keine zehn Meter entfernt von mir befand.

Mein erster Gedanke war: Lauf! Sofort! Aber meine Beine bewegten sich nicht.

Wie hypnotisiert starrte ich in die gelben Augen eines Wolfes, und der Wolf starrte mit gesenktem Kopf und aufgestelltem Nackenfell zurück. Langsam bewegte er sich auf mich zu, während seine Nase witternd die Luft einsog und einer Fährte folgte. Meiner Fährte.

Jetzt schlug mein Herz nicht mehr schnell, es raste geradezu vor Panik.

Du musst abhauen, flieh!, schrie es wieder in meinem Kopf, aber ich wusste, dass ich gegen einen Wolf keine Chance haben würde.

Oh Gott, wenn es dich gibt, dann lass ihn bitte verschwinden, flehte ich. Aber der Wolf blieb, wo er war und zog die Lefzen zurück, sodass ich seine spitzen Zähne sehen konnte.

»Ganz ruhig, niemand tut dir etwas«, sagte ich instinktiv, während mich meine Beine wie von selbst Schritt für Schritt zurückweichen ließen. Langsam, ganz langsam. Einen kleinen Schritt und dann noch einen.

Die gelben Augen des Tieres starrten mich unablässig an, aber seine aufgestellten Nackenhaare legten sich etwas.

»Genau. Entspann dich, Kumpel. Niemand tut dir etwas. Ich habe kein Gewehr, keinen Knüppel, nichts, was dir gefährlich werden könnte, und ich gehe jetzt …« Weiter kam ich nicht in meiner Beschwichtigungsrede.

Mein Fuß war auf einen großen Stein getreten, der nun unter meinem Gewicht davonsauste und mich aus dem Tritt brachte. Mit wild rudernden Bewegungen versuchte ich, stehen zu bleiben. Aber zu spät. Mit einem lauten Schrei fiel ich nach hinten und knallte so fest auf den Rücken, dass mir die Luft aus den Lungenflügeln gepresst wurde. Für einen Moment wurde mir schwarz vor den Augen, bevor helle Sterne vor ihnen zu explodieren schienen. Keuchend probierte ich, einen Atemzug zu nehmen, denn meine Lunge fühlte sich wie ein leerer Luftballon an, doch ich konnte keine Luft einsaugen. Nichts tat sich.

Dann verdunkelte sich die Sonne.

Der Wolf stand neben mir und verdeckte mit seinem gewaltigen Kopf den Himmel, während er auf mich hinabsah.

Vor Schreck japsend strömte wieder Luft in meine Lunge.

Bitte, bitte friss mich nicht!, flehte ich, aber der Wolf ließ sich nicht beeindrucken. Hechelnd öffnete er sein Maul, und dann schleckte er mir mit seiner nassen, roten Zunge über das Gesicht.

»Kira, nein!«, hörte ich eine Stimme von weitem.

Der graue Wolf hob den Kopf, schnupperte wieder, leckte mir noch einmal durchs Gesicht und verschwand dann.

Keinen Moment später verdunkelte sich die Sonne erneut, als sich jemand über mich beugte. Ich sah in die besorgt dreinblickenden dunklen Augen eines jungen Mannes, der augenscheinlich gerade dabei war, sich einen Vollbart wachsen zu lassen. Die meisten seiner langen Haare hatte er zu einem Männer-Dutt gebunden, aber ein paar Strähnen hatten sich gelöst und kitzelten mich gerade im Gesicht.

»Alles in Ordnung?«, fragte der Typ.

»War das eben ein Wolf?«, fragte ich zurück.

»Nein, zumindest kein ganzer. Ihre Mutter war ein Wolf, aber ihr Vater vermutlich ein Schäferhund.«

»Egal, was es war – es hat mich zu Tode erschreckt!«

In dem Moment tauchte wieder der Kopf des halben Wolfes über mir auf. Er hechelte fröhlich und schleckte mir erneut mit seiner großen Zunge durchs Gesicht.

Bäh, wie viele Bakterien mochte er wohl gerade auf mir verteilen?

»Kannst du ihm sagen, dass er aufhören soll, mich abzuschlecken«?, fing ich an, mich aufzuregen, während ich versuchte, mich aufzusetzen.

»Warte, ich helfe dir«, entgegnete der Typ, gab mir seine Hand und half mir hoch. Der junge Kerl

– ich schätzte ihn auf Ende Zwanzig – trug eine grüne Weste über einem Holzfällerhemd und dazu dreckige Jeans. So sahen Bauern aus, befand ich.

»Er ist übrigens eine Sie«, sagte der junge Bauer stoisch, nachdem ich wieder auf meinen wackeligen Beinen stand.

»Hä?«, fragte ich irritiert.

»Kira. Meine Wolfshündin. Sie ist eine Sie.«

»Das ist mir schnuppe. Er, sie, es – was auch immer – hat mich angegriffen und mit den Zähnen gefletscht, als ich gerade nach Gott gesucht habe.«

Oh, nein! Das hatte ich nicht ernsthaft gesagt. *Als ich gerade nach Gott gesucht habe.* Scheiße, der Typ musste denken, dass ich nicht mehr alle Tassen im Schrank hatte. Und genau das tat er in diesem Augenblick auch, so wie er mich jetzt betrachtete.

»Hast du dir den Kopf verletzt?«, fragte er mich unsicher.

Vorsichtig bewegte ich erst meine Arme und Beine, bevor ich meinen Rücken vor- und zurückdrehte.

»Nein, alles okay. Es geht schon wieder.«

»Meine Hütte ist dort drüben.« Er deutete auf die Alm, die nicht weit von hier einsam auf der Wiese stand. »Komm, lass uns rüber gehen, dann mache ich uns etwas zu trinken. Das wird dich im Nu wieder auf die Beine bringen. Es tut mir echt leid, dass Kira dich erschreckt hat. Sie ist fremden Menschen gegenüber misstrauisch. Aber dich scheint sie gleich in ihr Herz geschlossen zu haben. Das ist überaus ungewöhnlich.«

»Na dann möchte ich aber nicht wissen, was sie tut, wenn sie jemanden hasst«, grummelte ich.

»Ich bin übrigens Johannes«, sagte der Bauer fröhlich und hielt mir wieder seine große, schwielige Hand entgegen.

»Nils«, meinte ich wortkarg, schlug kurz ein und überlegte, wie ich mich schnellstmöglich aus dem Staub machen könnte. Ganz sicher würde ich nicht mit dem Bauern und seinem fiesen Wolfshund in seine Hütte gehen. »Danke für die Einladung, aber ich muss jetzt weiter«, sagte ich und machte mich auf meinen immer noch wachsweichen Beinen auf den Weg zurück zur Praxis von Dr. Heise.

Doch weit kam ich nicht. Ich hatte gerade die ersten wackeligen Schritte getan, als der Bauer mich überholte, sich vor mich stellte und mir auffordernd ins Gesicht sah.

»Ach komm, ein paar Minuten wirst du wohl noch übrig haben. Du bist doch im Urlaub hier – das sehe ich. Außerdem kenne ich jeden hier im Dorf, dich aber habe ich noch nie gesehen. Du musst also hier Ferien machen und Zeit haben.«

Der Wolfshund drückte sich an mein Bein, ließ seine Zunge aus dem Maul hängen und sah mit freundlichen Augen zu mir auf. Vorsichtig tätschelte ich ihm den Kopf, woraufhin er sich noch ein wenig enger an mich schmiegte.

»Na da, schau her! So hat sich Kira noch nie einem Fremden gegenüber verhalten«, rief der junge Bauer und stieß mir gegen die Schulter. »Ich glaube, sie hat sich in dich verliebt.« Er lachte laut und zog an meiner Jacke. »Also los. Ich zeig dir meine Alm.«

Resigniert gab ich meinen Widerstand auf, drehte mich um und lief mit dem Bauern in Richtung Alm. »Einverstanden, aber nur kurz. Ich muss wirklich weiter.«

»Dass ihr Städter es immer so eilig habt«, sinnierte der Bauer und ging neben mir her. Kira lief übermütig voraus und schnüffelte hier und da in der Wiese.

»Woher willst du denn wissen, dass ich aus der Stadt bin? Ich könnte doch genauso gut aus einem anderen Dorf sein«, warf ich ein.

»Du bist aus der Stadt. Dafür habe ich ein Auge. Aber schau – wir sind schon da. Willkommen auf der Sternen-Alm. Das ist meine Hütte.«

Und tatsächlich, es war eine Hütte. Im Gegensatz zu dem großen Holzhaus von Dr. Heise wirkte das Haus bereits von außen klein und alt. Die davor stehende Wassertränke und der schwere Holztisch samt Bänken ließen es geradezu wie eine Wanderhütte auf mich wirken.

»Die Hütte ist klein«, sagte er und schien meine Gedanken erraten zu haben, »aber für mich reicht sie vollkommen aus. Sie gehörte meinem Großvater und wird eigentlich auch nur im Sommer bewohnt, wenn die Viecher auf der Wiese grasen.«

Fragend sah ich auf den dicken Holzstamm, in dem eine Axt steckte und um den herum gespaltenes und ungespaltenes Holz achtlos auf dem Boden verstreut lag.

»Hast du gerade Holz gehackt?«, fragte ich erstaunt.

»Ja. Dabei ist mir Kira abgehauen.«

»Wozu brauchst du denn das viele Holz, wenn du nur im Sommer hier lebst?«

»Diesen Winter werde ich hier bleiben. Ich werde also viel Holz brauchen. Aber ich liebe es auch, das Holzhacken. Morgens in aller Frühe aufzustehen und draußen zu sein, die Kälte in meinem Gesicht zu spüren und zu merken, wie ich mit meiner Kraft etwas schaffe, das mich wärmt – für mich gibt es kaum etwas Entspannenderes. Es hat so etwas Archaisches, Ursprüngliches, vielleicht auch etwas

Männliches. Ich mag es, und es erdet mich. *Meditative Fitness* würdet ihr Städter sicher dazu sagen«, meinte er und lächelte. »Und außerdem ist jedes Holzhacken auch ein kleines Aufbäumen gegen die Mechanisierung der Landwirtschaft, weißt du! Aber ich will dich nicht volllabern. Sorry. Lass uns rein gehen, dann mache ich uns etwas zu trinken.«

Er stieß die grobe Holztür auf, und wir gingen in die Hütte. Als ich eintrat, schlug mir die wohlige Wärme des lodernden Kamins entgegen, der am anderen Ende des Raums mit heller Flamme brannte.

»Deine Jacke kannst du hier hinhängen«, sagte er, nachdem er die Tür hinter uns geschlossen hatte. Er deutete auf drei einfache Haken, die in die Eingangstür geschlagen worden waren und an denen er bereits seine Weste aufgehängt hatte.

Ich zog meine Jacke aus und hängte sie daneben.

Während Johannes sich daran machte, Wasser aus einer alten Porzellankanne in einen verbeulten Teekessel zu gießen, schaute ich mich neugierig in der Hütte um.

Mit einem Mal kam ich mir vor, als hätte ich eine Zeitreise gemacht, denn alles hier drinnen schien aus Großmutters Zeiten zu stammen. Ein schwerer, gusseiserner Herd nahm fast die Hälfte der linken Seite ein, während in der rechten ein alter, großer Holztisch und eine mit Schnitzereien verzierte Eckbank standen.

Kira, die uns ins Haus gefolgt war, lief zielstrebig in die Mitte des Raums und sprang auf ein kleines Sofa, das vor dem Kamin stand und überall mit Fellen und Kissen bedeckt war, sodass man sein eigentliches Polster nicht mehr sehen konnte.

»Kira, runter da!«, rief Johannes, während er mit seinem Teekessel an den Kamin ging und ihn auf einem steinernen Sims oberhalb des Feuers abstellte. Missmutig sprang Kira vom großen Sofa und legte sich stattdessen auf das Kuhfell auf dem Boden.

»Es dauert einen Moment, bis das Wasser heiß ist«, sagte er.

»Gibt es hier keinen Strom?«, fragte ich erstaunt.

»Hinten im Stall habe ich einen kleinen Dieselgenerator, aber den benutze ich nur selten. Er macht zu viel Lärm und stinkt. Ansonsten gibt es keinen Strom. Nein.«

»Kein Telefon, kein Fernsehen und kein Internet?«, fragte ich mit wachsender Verblüffung.

»Nein. Hier oben ist das meiste noch wie bei meinem Großvater. Einfach, aber für mich reicht es.«

Irritiert ließ ich mich auf der Eckbank nieder und mochte mir gar nicht ausmalen, was man hier den lieben langen Tag wohl machte. Ohne Fernsehen, Internet und Netflix.

Währenddessen kramte Johannes im Küchenschrank herum und beförderte zwei große Kaffeebecher zu Tage, bevor er aus einem anderen Schrank diverse Metalldosen holte und alles nebeneinander aufstellte.

»Kannst du mal schauen, ob das Wasser schon kocht?«, fragte er mich, während er anfing, mit einem Löffel verschiedene Zutaten aus den Dosen in die Tassen zu füllen.

»Ich glaube, dass es fast kocht. Zumindest kommt vorne schon gehörig Dampf raus«, sagte ich.

»Prima, dann bring ihn her.«

Vorsichtig hob ich den Kessel vom Kaminsims und brachte ihn zu Johannes.

»Was mischt du denn da zusammen?«, wollte ich wissen und versuchte, zu ergründen, was er gerade braute.

»Wart's ab. Das ist ein ganz besonderer Trunk. Nach einem alten Rezept meiner Großeltern.«

»Klingt interessant«, sagte ich. »Und was kommt da alles rein?«

»Geheim!«, antwortete er und schaufelte noch einen Löffel braunes Pulver in die Tassen, bevor er das kochende Wasser hineingoss und umrührte.

Im Raum machte sich der aromatische Duft von Kaffee breit, unter den sich eine feine Note von Gewürzen mischte.

»Also dass Kaffee mit drin ist, rieche ich. Und Nelken, oder?«, fragte ich.

»Nicht schlecht für einen Typen aus der Stadt«, lobte er mich, während er eine Glasflasche ohne Etikett von einem Regal hob und einen großen Schluck der klaren Flüssigkeit in die Becher gab. »Zum Schluss noch Großvaters Medizin«, sagte er schmunzelnd, nahm beide Becher und ging zum Esstisch. »Bitte sehr. Niemeyers Winterzauber. Der weckt die Lebensgeister.« Er hob den Becher und prostete mir zu.

Vorsichtig blies ich in das dampfende Getränk und nahm einen Schluck.

»Hmm, lecker«, sagte ich. Neben dem Kaffee, den Nelken und dem Schnaps hatte Johannes wohl noch etwas anderes hineingegeben, was dem Ganzen eine fruchtige Süße gab. Ich nahm einen zweiten großen Schluck und versuchte, herauszuschmecken, was es sein könnte.

»Kirschen? Ja, es schmeckt irgendwie nach Kirschen«, meinte ich.

»Pflaume«, sagte er und trank ebenfalls. Dann wechselte er das Thema: »Du machst also hier Urlaub?«

»Ja«, sagte ich ausweichend, beschloss dann aber, ehrlich zu sein. Schließlich war das hier ein kleines Nest, und da würde es sicher schnell die Runde machen, dass ich bei Dr. Heise war. »Urlaub? Na ja, nicht nur ... äh, nicht wirklich. Ich brauche eine Auszeit und schaue mir an, wie Dr. Heise arbeitet. Morgen um zehn Uhr habe ich meine erste Gruppensitzung.«

Jetzt war es raus.

Johannes sah mich einen Moment lang an, aber ich konnte keinerlei Erstaunen in seinem Blick erkennen. Er fragte auch nicht nach, wieso ich eine Therapie machte, sondern sagte schlicht: »In der Stadt zu leben, zerrt an den Nerven. Also wenn du mich fragst – ich bin mir sicher, dass uns das Großstadtleben auffrisst.«

»Ich glaube nicht, dass das etwas mit der Stadt zu tun hat. Okay, in Berlin geht es natürlich wesentlich hektischer zu als in eurem pittoresken Nest hier. Aber auf Dauer würde ich hier verrückter, als ich es in Berlin jemals werden könnte. So ganz ohne Strom ...« Und hinterm Mond, dachte ich im Stillen.

»Ach was. Ich habe auch eine Weile in München gelebt. Ich weiß, wovon ich spreche. Die Stadt tut uns nicht gut. Basta!«

Was für eine bescheuerte Aussage! Und so hinterwäldlerisch! Verärgert nahm ich noch einen großen Schluck Kaffee, doch ich behielt meine Meinung für mich. Denn ich wollte mich nicht mit dem Typen streiten. Die Leute vom Dorf waren schließlich bekannt für ihre Sturheit.

»Aber jetzt sag doch mal – wie schmeckt dir der Kaffee?«, fragte Johannes, während er sich die Ärmel seines Holzfällerhemdes aufkrempelte. Zu meinem Erstaunen sah ich, dass sein rechter Unterarm kunstvoll tätowiert worden war und das Portrait einer betenden Maria ihn zierte.

»Interessantes Tattoo«, sagte ich. »Heute scheint mein religiöser Tag zu sein.«

Fragend hob er die Augenbrauen, während er auf seinen muskulösen Unterarm blickte, als sähe er ihn zum ersten Mal.

»Das Marienbild auf deinem Unterarm!«, erklärte ich. »Und vorhin, als du mich gefunden hast, war ich auf der Suche nach Gott. Oder etwas Höherem.« Belustigt lachte ich auf. »Das war die erste Aufgabe, die mir Dr. Heise heute gestellt hat.« Verlegen schaute ich ihn an.

»Und, hast du ihn gefunden?«, fragte er.

»Wen?«

»Na, Gott!«

»Nein. Natürlich nicht. Nur weil du dir einen Vollbart wachsen lässt, bist du noch lange nicht der Mann mit Bart, der, wenn er nicht gerade übers Wasser läuft, auf seiner Wolke sitzt und seine Schäfchen hütet. Alles, was ich gefunden habe, ist ein sturer Bauer«, sagte ich grinsend.

Johannes lachte, was seine Augen funkeln und seine weißen Zähne strahlen ließ. So langsam gefiel mir der Kerl, auch wenn er ziemlich verschroben zu sein schien. Denn sonst würde er wohl kaum hier leben.

»Warum bleibst du den Winter über hier, wenn die Hütte nur für den Sommer gedacht ist?«, fragte ich ihn.

Ein Schatten huschte über sein Gesicht, das gerade noch vor Fröhlichkeit gestrahlt hatte.

»Weil ich es mag. Und weil ich mich mit meinem Bruder zerstritten habe.«

»Aha«, antwortete ich, obwohl ich nichts verstand. Auch ich hatte mich schon oft mit meinem Bruder gestritten, aber deshalb lebte ich noch lange nicht auf einer Berghütte. Gott bewahre!

»Unser Vater ist heuer gestorben. Im Sommer. Er hat meinem Bruder und mir den großen Hof im Tal und diese kleine Hütte hier hinterlassen. Wenn er gewusst hätte ...« Er stockte.

»Wenn er was gewusst hätte?«, fragte ich nach.

»Mein Bruder will den Hof und das dazugehörige Land nehmen und ein Golfhotel daraus machen. Weil die Landwirtschaft nur noch Verluste verursacht.« Er trank seinen Kaffee aus, ging zum Teekessel und setzte noch einmal Wasser auf. »Ich weiß gar nicht, warum ich dir das erzähle, Stadtmensch. Aber du scheinst ein netter Typ zu sein. Und Kira mag dich auch.«

Wie zur Bestätigung stand die Wolfshündin beim Klang ihres Namens auf, trottete unter den Tisch und legte den Kopf auf meinen Schoß. Hilfe!, schrie ich stumm, denn so ganz geheuer war mir das Tier noch immer nicht. Nur anmerken lassen wollte ich es mir nicht. Also tat ich ganz entspannt und konzentrierte mich auf das, was ich sagen wollte: »Das mit deinem Vater tut mir leid.«

»Schon recht«, sagte Johannes wortkarg. »Trink mal aus«, fügte er dann an und deutete auf meinen Becher.

Schnell nahm ich den letzten Schluck, bevor ich ihm die Tasse reichte. Noch einmal bereitete er uns einen seiner Spezialkaffees zu und geizte auch dieses Mal nicht mit Großvaters Medizin.

»Bis zum Tod unseres Vaters haben wir alle auf dem Hof gelebt«, fuhr Johannes fort. »Mein Bruder Carl, seine Frau, deren beiden Söhne und ich. Doch nach dem Streit bin ich hier hinauf gezogen. Das ist besser. Wir sind zwei Dickschädel, musst du wissen.«

Da sagst du mir nichts Neues, dachte ich, sagte aber: »Was willst du denn mit dem Hof machen, wenn er nur Verluste bringt?« In mir erwachte der Unternehmensberater, und vor meinem geistigen Auge sah ich schon die roten Zahlen auf den Bilanzen leuchten. Wahrscheinlich tat der Bruder gut daran, den unrentablen Hof zu Geld zu machen oder anderweitig zu nutzen. Golfhotel? Warum nicht? Doch auch das sagte ich besser nicht.

»Ich will einen Bio-Hof daraus machen«, antwortete er, und seine Augen strahlten, während er die beiden vollen Tassen vor uns auf den Tisch stellte.

»An den Kaffee könnte ich mich gewöhnen«, sagte ich, während ich einen Schluck nahm und mutig anfing, Kira den Kopf zu kraulen. Erst hielt sie still, doch schnell hatte sie genug von den Streicheleinheiten und huschte auf ihren Platz vor dem Kamin.

»Na prima, dein Hund hat mich vollgesabbert«, sagte ich, als ich auf die Stelle meiner Hose sah, auf der gerade noch Kiras Kopf gelegen hatte.

»Du böses, böses Vieh«, sagte Johannes lachend zu Kira. Dann sah er mich an und meinte: »Komm, wir gehen ans Feuer, dann trocknet es schnell wieder.«

Als ich aufstand, um zum Kamin zu gehen, schwankte die Hütte plötzlich ganz bedrohlich. »Ui, jui, jui! Großvaters Medizin hat es aber wirklich in sich.«

Leicht schwankend lief ich ans Feuer und ließ mich plumpsend neben Johannes auf das Sofa fallen.

»Auf Großvaters Medizin!«, sagte Johannes, hielt mir seine Tasse hin und wartete darauf, dass ich mit ihm anstießen würde.

»Warte, warte. Lass uns Bruderschaft trinken«, kam mir – inzwischen leicht lallend – die glorreiche Idee. »Das macht man doch so unter Männern bei euch auf dem Dorf. Stimmt's, oder hab ich recht?«

»Nils, ich kenne dich noch nicht lange, aber du hast immer recht«, sagte Johannes ironisch, und auch seine Zunge hörte sich nun recht schwerfällig an.

»Ich bin Nils«, sagte ich unnötigerweise.

»Nils Stadtmensch«, scherzte Johannes.

»Ja, genau. Auf die Freundschaft unter Männern, Johannes Bauerndickschädel!«, rief ich, während wir die Arme überkreuzten, die die Becher hielten, und einen Schluck tranken. Dann entknoteten wir uns wieder, und ich wartete gespannt darauf, dass der obligatorische Bruderschaftskuss folgen würde, bei dem sich selbst die Hetero-Typen aus der Provinz ungeniert auf den Mund küssen durften. Fest rechnete ich damit, dass Johannes sich geschwind vorbeugen und mich flüchtig küssen würde. Doch nichts geschah. Irritiert blickte ich ihn an und sah, wie sich in seinen braunen Augen der Schein des Kamins spiegelte, während er nervös auf seiner Unterlippe kaute, was seine markanten Wangenknochen hervortreten ließ.

Verklemmter Hetero, dachte ich. Ein Kuss hat noch keinen Mann umgebracht.

Provokant langsam beugte ich mich vor und gab ihm einen Kuss auf die Lippen. Johannes erstarrte. Doch gerade als ich mich wieder zurückbeugen wollte, fühlte ich, dass er sich entspannte. Und dass sich seine Lippen ein kleines Stückchen vorschoben.

Bildete ich es mir ein, oder küsste er mich jetzt ebenfalls? Mutig vom Alkohol und angetrieben davon, dass er mich nicht von sich stieß, ließ ich meinen Mund auf seinem liegen. So verharrten wir einen

Augenblick, bevor ich vorsichtig und ganz langsam begann, meine Lippen zu öffnen und mit meiner Zungenspitze über seinen Mund zu fahren.

Erschrocken presste Johannes seine Lippen fest aufeinander. Dann aber entspannte er sich erneut und öffnete nun ebenfalls seinen Mund.

Alle Zurückhaltung wich nun von mir. Schnell rutschte ich näher an ihn heran, legte eine Hand in seinen Nacken und ließ meine Zunge seinen Mund erkunden, woraufhin seine Zunge meine Liebkosungen erwiderte. Sein herber, männlicher Geschmack mischte sich mit dem des süßen Kaffees, und ich spürte, wie mir das Blut in die Lenden schoss.

Geschwind nahm ich die Hand aus seinem Nacken und legte sie ihm auf die Brust.

Was ich fühlte, ließ mich leise lustvoll stöhnen. Selbst durch den Stoff des dicken Holzfällerhemdes konnte ich harte Brustmuskeln spüren. Brustmuskeln, die sich beim Atmen langsam hoben und senkten. Die sich anspannten und sachte bebten und sich dann wieder aus ihrer kraftvollen Starre lösten. Instinktiv suchte meine Hand nach den Knöpfen seines Hemdes, doch gerade als ich mich leicht zitternd an dem ersten zu schaffen machte, stand Johannes plötzlich auf.

»Das versteht du unter Bruderschaft trinken?«, sagte er.

»Äh, ich dachte …«, stammelte ich und starrte verlegen vor mich hin.

Draußen ging die Dämmerung bereits in die Nacht über, sodass das Kaminfeuer mittlerweile als einzige Lichtquelle die kleine Hütte erhellte. Unsicher hielt ich meinen Blick ins Rot des Feuers gerichtet und wünschte mir, im Erdboden versinken zu können.

Eine gefühlte Ewigkeit verging, in der ich fieberhaft nach den richtigen Worten suchte, doch Johannes kam mir zuvor.

»Ich muss mal kurz pinkeln«, sagte er und verschwand.

Kapitel 6

Mit einem lauten Krachen fiel eine Tür ins Schloss und riss mich unsanft aus meinem Traum. Wo in aller Welt war ich? Blinzelnd versuchte ich, mich zu orientieren, als etwas Warmes und Nasses durch mein Gesicht fuhr.

Ich wich zurück, rieb mir den letzten Schlaf aus den Augen und blickte in Kiras Gesicht, die sich nun anschickte, zu mir auf das Sofa zu springen.

»Guten Morgen, Kira! Ich bin hier gestern wohl eingeschlafen, was?«, fragte ich die Wolfshündin, die nur halbherzig ein Auge öffnete, sich ansonsten aber nicht bewegte.

»Das werte ich als Zustimmung«, sagte ich. »Wo ist denn dein Herrchen?«

Kira schloss das Auge wieder, gab ein wohliges Stöhnen von sich und legte sich auf den Boden.

Okay, verstanden. Ich sollte gefälligst selbst nach ihrem Herrchen suchen.

Fröstelnd lief ich durch Johannes Hütte und hoffte, dass er den Kamin bald wieder anzünden würde, denn das Feuer war längst erloschen, und es war kalt. Um nicht zu sagen arschkalt.

Dichte Nebelschwaden waberten über die Wiesen, als ich aus dem Fenster nach draußen schaute, und sie ließen mich kaum zehn Meter weit schauen. Von der fantastischen Aussicht auf die Berge und das Tal war nur eine graue Suppe übrig geblieben. Als ich nach links zur Wassertränke blickte, sah ich Johannes. Er stand nur mit seiner Hose bekleidet vor dem hölzernen Trog und hielt seinen Kopf unter das stetig plätschernde Wasserrinnsal. Nach einigen Sekunden warf er den Kopf zurück, sodass seine langen Haare nach hinten fielen, und schüttelte dann den Kopf. Beinahe wie ein Hund. Gebannt starrte ich auf seinen muskulösen Oberkörper, blickte auf die wenigen, dunklen Haare, die seine Brustmuskeln überzogen und sich dann in einer dünnen Linie über seinen Sixpack zogen, bis sie unter dem Saum seiner Hose verschwanden.

Als Bauer musste man nicht ins Fitnessstudio gehen, dachte ich neidisch, während er sich das Handtuch nahm, das auf der Bank neben der Tränke gelegen hatte, und sich damit die Haare abtrocknete.

Wahnsinn, diesen Traumtypen hatte ich gestern geküsst. Und er hatte mich zurückgeküsst. Und dabei auffällig schwer geatmet. Ob er wohl schwul war? Gut möglich. Doch warum war er dann nach dem Kuss auf die Toilette geflohen, und wieso hatte er mich auf der Couch einschlafen lassen? Mensch, Johannes, wir hätten doch so viel Spaß miteinander haben!

Als ich so darüber nachdachte, merkte ich, dass ich nicht nur Lust auf ihn hatte. Nein, da war mehr. Obwohl ich Johannes erst seit gestern kannte, wusste ich bereits jetzt, dass ich gerne in seiner Nähe war. Egal, was für ein sturer Bauer er auch sein mochte – er war ein netter Kerl, und er tat mir gut.

Schnell trat ich zurück in den Raum, als ich sah, dass er sich anschickte, in die Hütte zu kommen.

»Ah, der werte Herr ist schon aufgewacht. Guten Morgen«, sagte er und rubbelte sich mit dem Handtuch seine nassen Haare trocken. »Ich frage nicht, ob du gut geschlafen hast, denn das habe ich bereits gestern gesehen, als ich vom Pinkeln zurückgekommen bin. Wie ein Baby hast du auf dem Sofa gelegen und geschlummert. Ich habe dich gar nicht mehr wach bekommen.«

»Guten Morgen«, sagte ich ein bisschen verlegen. »Ja, ich muss gestern wohl eingeschlafen sein. Sorry. Eigentlich schlafe ich seit Monaten kaum noch, aber die Medizin deines Großvaters hat es ganz schön in sich. Da braucht man kein Schlafmittel mehr zu nehmen, was?«

»Das Zeug ist für alles gut«, sagte Johannes. »Ich mache uns jetzt erst einmal ein ordentliches Frühstück und einen Kaffee. Ohne Großvaters Wundermittel, versteht sich. Wenn du dich waschen willst – das Badezimmer ist draußen. Ein Handtuch liegt auf der Bank.«

»Okay, danke«, sagte ich, obwohl ich gerade wenig Lust verspürte, mich im Freien zu waschen.

»Passt schon. Bring Holz mit, wenn du wieder reinkommst. Wir müssen den Kamin anmachen.«

»Mache ich«, sagte ich, bevor ich aus der Hütte in den nebeligen Morgen trat.

Von dem milden Föhnwetter, das mich gestern so herzlich auf den Bergen empfangen hatte, war nun nichts mehr zu spüren, und ich fröstelte bereits, obwohl ich noch alle meine Klamotten trug.

Nils, jetzt sei kein Weichei, spornte ich mich an. Wahrscheinlich beobachtet er dich gerade vom Küchenfenster aus. Genauso wie du ihn gerade heimlich beobachtet hast.

Also zog ich lässig erst mein Hemd und dann mein T-Shirt aus. Der feuchte Nebel streifte über meinen nackten Oberkörper und ließ mich erschaudern, aber das machte mir nichts aus. Zumindest redete ich mir das ein und hoffte, die Kälte würde meine Muskeln gut zur Geltung bringen. Unerschrocken stellte ich mich aufrecht vor den Wassertrog und schaute demonstrativ lässig und ein wenig lasziv hinüber zur Hütte. Ja, da staunst du, was? Wenn ich es wollte, konnte auch ich wie ein Naturbursche aussehen. Zugegeben, die dazu nötigen Brusthaare fehlten mir – die dafür nötigen Eier aber hatte ich.

Gespielt beiläufig griff ich mir in den Schritt und richtete meine Männlichkeit, so wie man das als ganzer Kerl nun mal so tut. Dann schnappte ich mir den kleinen Holzeimer, der neben dem Trog stand, und füllte ihn mit Wasser.

Johannes, schau nur her, rief ich ihm in Gedanken zu, jetzt biete ich dir die gleiche Show wie die, die du mir geboten hast.

Beherzt beugte ich mich über den Trog und schüttete mir das Wasser über den Kopf. Doch Heiliger Bimbam, verdammte Scheiße … wie kalt war das denn?

Im hohen Bogen flog der Holzeimer durch die Luft, während ich wie ein Aufziehmännchen von einem Bein auf das andere hüpfte. Tausende von Nadelstichen malträtierten meinen Körper, ließen meine Brustwarzen wie Eispickel nach vorne schießen und meinen Penis in der Jeans auf Streichholzgröße zusammenschrumpfen.

Hektisch stürzte ich auf die Bank zu, schnappte mir das Handtuch und versuchte, so viel und so schnell wie möglich von dem eiskalten Wasser abzurubbeln.

Schlotternd stand ich da, als an der Hütte das kleine Fenster aufging, durch das ich vorhin Johannes beobachtet hatte. Lachend streckte er seinen Kopf heraus.

»Hey, Stadtmensch. Warmduscher, was?«

»Verflucht, ist das kalt«, schrie ich, stürzte zurück in die Hütte, schnappte mir die Felldecke vom Sofa und wickelte mich darin ein.

So viel zum Thema Naturbursche. Aber eine Show hatte ich Johannes trotzdem geboten. Immerhin.

»Du solltest doch Holz mitbringen«, sagte er noch immer lachend und ging dann selbst hinaus, um welches zu holen.

Für das einfache Landleben war ich definitiv nicht gemacht, sinnierte ich und setzte mich dicht an Kira gedrängt aufs Sofa, um mich an ihr zu wärmen.

Wenige Augenblicke später kam Johannes mit einem Arm voll Holz zurück, legte die Scheite in den Kamin und begann, das Feuer anzufachen.

»So, gleich wird es wieder mollig warm«, sagte er.

Was für eine lästige Prozedur, nur um ein bisschen zu heizen, dachte ich. Wie konnte man sich so etwas nur freiwillig antun? Wo es doch selbst hier oben auf dem Berg Zentralheizung und warmes Wasser gab, wie ich eindrucksvoll am Haus von Dr. Heise gesehen hatte.

»Mist! Dr. Heise! Die habe ich ja völlig vergessen«, rief ich und sprang auf. »Sie denkt bestimmt, ich sei verschollen. Oder tot. Außerdem habe ich um zehn Uhr meine erste Gruppensitzung.«

Ich warf die Decke zurück auf das Sofa, wobei ich unabsichtlich Kira darunter begrub, und lief konfus durch die Hütte. Die Wolfshündin stand auf, schüttelte die Decke ab und sprang vom Sofa, nicht ohne mich mit einem bösen Blick zu strafen.

»Nils, bleib locker. Wir haben erst neun Uhr. Außerdem bin ich gestern, nachdem ich dich nicht mehr wach bekommen hatte, kurz bei Dr. Heise vorbeigefahren, um ihr Bescheid zu geben.«

»Du bist gestern noch zu ihr gefahren?«, fragte ich und blieb erleichtert stehen. »Danke.«

»Nicht dafür«, sagte er und sah zu mir herüber. Einen Augenblick lang glaube ich, dass sein Blick über meinen nackten Oberkörper glitt, aber schon sah er wieder zurück zum Kamin und blies in die kleinen Flammen.

»Ich zieh mir dann mal wieder etwas an«, sagte ich vorsichtig und hoffte, dass er vielleicht etwas erwidern würde. Etwas wie: *Musst du nicht!* Oder: *Och, wie schade. Von mir aus kannst du so bleiben.*

Doch er sagte nichts. Also musste ich wohl oder übel meine Klamotten holen, die noch draußen lagen. Ich ging zur Tür, öffnete sie, und noch ehe ich es verhindern konnte, huschte Kira an mir vorbei und verschwand im Nebel.

Schnell zog ich mein T-Shirt und mein Hemd wieder an und lief zurück zu Johannes, der gerade Brot, etwas Wurst und Käse auf den großen Holztisch stellte.

»Kira ist weg! Sie ist an mir vorbeigerannt und dann im Nebel abgetaucht. Es tut mir leid, aber es ging alles so schnell, und ich …«

»Alles okay!«, unterbrach Johannes mich. »Kira ist die meiste Zeit alleine draußen. Sie ist schließlich ein halber Wolf, kein Schoßhündchen.«

»Und was ist, wenn sie wieder jemanden anfällt, so wie mich gestern?«, fragte ich. »Das kann doch schnell gefährlich werden.«

Das Feuer loderte, und ich sah, dass Johannes den Wasserkessel auf den Kaminsims gestellt hatte.

»Kira hat dich nicht angefallen«, sagte Johannes und bedeutete mir, am Tisch Platz zu nehmen.

»Aber fast!«

»Nein. Sie wollte dich nur auf Abstand halten, weil du der Hütte zu nahe gekommen bist. Nichts anderes hätte ein normaler Wachhund auch getan. Kira beschützt unser Zuhause, und dort sollte man sich auch besser nicht mit ihr anlegen. Draußen aber ist sie scheu, besonders Menschen gegenüber. Da geht sie allen aus dem Weg und will nur ihre Ruhe. «

Skeptisch blickte ich ihn an. »Wölfe sind gefährlich«, tat ich meine Meinung kund.

»Unsinn! Die Menschen haben einfach nur Angst vor dem, was sie nicht kennen. Sobald etwas anders ist, wollen sie es ausrotten«, sagte Johannes mit einem zornigen Glühen in den Augen. »Wenn etwas nicht in ihr Weltbild passt, muss es zwangsläufig schlecht sein. Und gefährlich. Doch weißt du was? Das Fremde ist nicht das, was uns bedroht. Gefährlich ist die Angst vor allem Andersartigen. Misstrauen, Wut, Hass und die Furcht vor Entfremdung – das sind unsere Feinde. Nicht die Wölfe.«

Johannes hatte sich richtig in Rage geredet, und ich fragte mich, ob er wirklich nur von den Wölfen sprach.

»Woher hast du Kira überhaupt?«, versuchte ich, das Thema in etwas weniger emotionale Bahnen zu lenken, was mir gründlich misslang.

»Kiras Mutter war seit über hundert Jahren der erste Wolf, der sich hier in der Gegend wieder angesiedelt hatte. Erst meldeten sich nur vereinzelt ängstliche Stimmen zu Wort. ›*Ein* Wolf tut ja nichts‹, hieß es, ›aber wir müssen diese Eindringlinge schon im Zaun halten. Was, wenn es mehr werden?‹

Doch schon nach kurzer Zeit, nachdem die Wölfin das eine oder andere Mal gesehen worden war, nahmen die aufgebrachten Rufe zu:

›Hier in unseren Bergen sind wir plötzlich unseres Lebens nicht mehr sicher!‹

›Warum ausgerechnet bei uns?‹

›Bevor es zu spät ist, müssen wir uns wehren!‹

Tja und kurze Zeit später fingen dann die ersten Männer aus dem Dorf an, sich zu bewaffnen und Jagd auf sie zu machen.« Johannes blickte zu Kira. »Doch die Wölfin ließ sich nicht vertreiben und fand stets neue Verstecke, in denen sie Schutz fand. Bis sie trächtig wurde. Wahrscheinlich von einem wilden Schäferhund.«

Der Wasserkessel gab ein lautes Pfeifen von sich, und ich zuckte leicht zusammen, da ich mich ganz in Johannes' Erzählung verloren hatte. Kurz sah er mich an, dann stand er vom Tisch auf, ging zum Kamin und brühte uns zwei Kaffee.

»Und was ist dann passiert?«, fragte ich, als er zurückkam und sich wieder zu mir setzte.

»Als die Welpen geboren wurden, konnte die Wölfin nicht mehr durchs Revier streifen, sondern musste immer in der Nähe ihres Baus bleiben. Zu viele Gefahren lauerten da draußen für die Neugeborenen. Zu der Zeit – es war gerade Sommer – hatte ich hier oben gelebt, weil ich mich um die Kühe kümmerte. Dabei bin ich einmal zufällig in die Nähe ihre Baus gekommen. Er war dort oben, an einem Bergsee.« Johannes deutete auf die Rückseite der Hütte. »Als mich die Wölfin warnte, habe ich mich fürchterlich erschreckt. So wie du dich gestern bei Kira. Aber als ich mich vorsichtig wieder zurückzog und sie sich nicht mehr bedroht fühlte, hat sie mich ziehen lassen.«

Er schluckte schwer, bevor er fortfuhr. »Einige Tage später hörte ich Schüsse durch die Berge hallen. Es war keine Jagdsaison, und trotzdem war geschossen worden. Da wusste ich sofort, was passiert war. Ich kann dir nicht sagen, warum, aber ich habe es gewusst. Jemand hatte die Wölfe abgeknallt.«

»Und dann bist du zum Wolfsbau gegangen?«, fragte ich und bekam allein schon beim Gedanken daran weiche Knie.

»Ja. Regelrecht hingerichtet waren die Tiere. Nie im Leben werde ich das Bild vergessen. Doch gerade als ich wieder gehen und den Hannes von der Polizei informieren wollte, fand ich einen kleinen Welpen – verängstigt, aber lebendig. Kira. Du kannst dir gar nicht vorstellen, was daraufhin im Dorf los war. Zum einen regte man sich tierisch auf, weil ich Kira mitgenommen hatte und ich mich um sie kümmern wollte. Zum anderen gab es einen Riesenaufstand von Naturschützern aus München, und sogar die Landespolizei hat ermittelt. Ohne Erfolg. Du ahnst ja nicht, wie verschworen es in kleinen Bergdörfern zugehen kann. Keiner wollte etwas gesehen, keiner etwas gehört haben. Dabei wussten alle, wer es getan hatte. Der Schmidhammer, dieser Dreckskerl. Und wenn du mich fragst – er würde es auch wieder tun.«

»Dann darf Kira nicht alleine draußen herumstreunen«, sagte ich besorgt. »Wenn der Typ sie vor die Flinte kriegt, wäre ...«

»... sie womöglich tot«, beendete er meinen Satz. Trotzdem kann ich Kira nicht einsperren. Nur weil ich sie liebe, darf ich sie noch lange nicht wie einen Menschen oder einen normalen Hund behandeln. Es ist ein Wolfshund, und der braucht seine Freiheit«, sagte er, ehe er das erste Mal am Kaffee trank, der wie ich bereits festgestellt hatte, mittlerweile nur noch lauwarm war. »Weißt du, so ist es halt im Leben. Das, was man liebt, muss man frei lassen. Und nur, wenn es freiwillig zu einem zurückkommt, gehört es einem. Dann aber für immer.«

Puh! Ich spürte, wie mir Wasser in die Augen schoss. Zum dritten Mal in kürzester Zeit. Erst in der Schwulenbar und beim Packen und dann jetzt. Doch anders als bei den ersten beiden Malen, wusste ich, warum. Ich war gerührt. »Hmm … ja … kann sein«, sagte ich unsicher, und mit einem Mal kam mir Johannes auch gar nicht mehr so hinterwäldlerisch vor. Das, was er gesagt hatte, war zwar altmodisch. Aber es passte zu ihm, und es stimmte. Obgleich es sich für mich einen Tick zu spirituell angehört hatte. Ich hatte es schließlich nicht mit diesem ganzen Glaubenszeug. Ich glaubte nur an mich. Das reichte.

Kapitel 7

»Wie lange dauert denn so eine Therapiesitzung?«, fragte mich Johannes, nachdem er mich mit seinem alten Toyota Pick-up zur Praxis von Dr. Heise gefahren hatte. Dort saßen wir nun in seinem Wagen, und ich schaute zum Eingang hinauf.

»Keine Ahnung, es ist meine erste Sitzung«, sagte ich. »Warum?«

»Ich habe einen Wildschweinbraten. Der muss weg. Ich dachte, dass ich den vielleicht heute Abend mache. Aber der Braten ist groß. Sehr groß.«

»Ja, und?«, fragte ich amüsiert. War das gerade ein unbeholfener Versuch, mich zum Essen einzuladen? Mein Herz machte einen Hüpfer, als ich daran dachte, dass ich Johannes vielleicht schon heute Abend wiedersehen würde.

»Na ja, ich dachte, dass ein Stadtmensch wahrscheinlich kein frisches Wild gewohnt ist. Könnte mal was anderes sein. Und außerdem ist der Braten wirklich viel zu groß für einen allein.«

»Wie spät?«, fragte ich, um die Sache etwas zu beschleunigen.

»Um sieben.« Johannes atmete erleichtert aus.

»Klar, gerne. Bis später. Und danke für die Übernachtung und das Frühstück.«

»Nichts zu danken«, sagte er und grinste verlegen, bevor ich die Autotür zuschlug und er davonbrauste.

Leichtfüßig lief ich auf die Praxis von Dr. Heise zu und pfiff leise ein Lied. Die Berge waren doch gar nicht so schlecht, wie ich anfangs gedacht hatte.

Gerade als ich hineingehen wollte, kam ein alter VW Käfer mit röhrendem Motor den Bergweg hinaufgekrochen. Interessiert blieb ich stehen und schaute mir das alte Schmuckstück an. Der kleine Oldtimer quälte sich noch die letzten Meter die Steigung hinauf und hielt dann mit einem lauten Quietschen ruckartig vor der Praxis.

»Danke, Agnes. Ich hoffe, dass es heute nicht so lange dauert. Aber ich rufe dich von der Praxis aus an, dann kannst du mich wieder abholen«, sagte die jüngere Frau, die gerade aus dem Auto gestiegen war, zu der Älteren, die hinter dem Steuer saß. Ob das wohl ihre Mutter war?, fragte ich mich. Dem Altersunterschied nach zu urteilen, war das durchaus möglich, aber ich konnte keinerlei Ähnlichkeiten zwischen den beiden Frauen feststellen. Die ältere Frau hatte ein hageres, faltiges Gesicht mit einer großen Nase, während die Jüngere insgesamt klein und rundlich wirkte. Sie trug ihre braunen Haare zu einem dünnen Zopf, während die Ältere ihre grauen Haare altersgerecht hochtoupiert hatte.

Die Jüngere warf die Tür zu und kam mit burschikosen Schritten auf mich zumarschiert, wobei ihr grauer Faltenrock energisch im Wind flatterte. Da sie den Blick stur auf den Boden gerichtet hatte, zuckte sie leicht zusammen, als ich sie begrüßte.

»Hallo«, sagte ich.

Erschrocken blickte sie hoch und sah mich mit großen Augen durch dicke Brillengläser an.

»Haben Sie mich erschreckt«, sagte sie statt einer Begrüßung.

»Entschuldigung«, entgegnete ich kleinlaut.

»So was! Mein Herz schlägt mir noch immer bis zum Hals.«

Was denn? Ich habe doch nur hallo gesagt, wollte ich schon erwidern, doch ich war viel zu gut gelaunt für eine Konfrontation. Freundlich streckte ich ihr meine Hand hin.

»Ich bin Nils Sander.«

Die kleine Frau überlegte kurz und schien dann zu merken, dass sie gerade etwas überreagiert hatte.

»Halb so wild, halb so wild. Guten Tag. Ich heiße Frau Kuhlmann. *Kuhl* mit h und *Mann* mit zwei n. Kuhlmann.«

»Hallo, Frau Kuhlmann mit *h* und zwei *n*«, konnte ich mir nicht verkneifen und erntete einen weiteren bösen Blick, als die Tür hinter uns aufging und Dr. Heise im Türrahmen erschien.

»Ah, da sind sie ja, meine Lieben. Wie ich sehe, haben Sie sich schon miteinander bekannt gemacht. Wunderbar. Kommen Sie rein, dann sind wir vollzählig.«

Dr. Heise lief voraus, und wir folgten ihr in den Therapieraum, in dem bereits ein Mann und ein schlaksiges Mädchen im Teenageralter warteten.

»So, wir sind jetzt komplett«, rief Dr. Heise in die Runde. »Nils, unser Neuer, hat Tanja von draußen mitgebracht. Seid bitte nett zu Nils, er beißt auch nicht«, scherzte sie und klatschte dann zwei Mal in die Hände, was ihren großen Busen zum Vibrieren brachte, der heute in einem schwarzen Kleid steckte, das mit einem Muster aus vielen kleinen Erdbeeren bedruckt war. »Setzt euch, dann können wir gleich anfangen, und umso früher können wir Feierabend machen und die letzten Weihnachtsgeschenke besorgen.«

Sie deutete auf die Mitte des Raums, im dem fünf Stühle im Kreis um einen großen Adventskranz aufgestellt worden waren. Den Adventskranz schmückten allerlei weiße Sterne in den verschiedensten Größen, und drei seiner Kerzen brannten flackernd, während die vierte noch unberührt dastand.

Schüchtern gingen wir alle auf den Stuhlkreis zu und setzten uns, wobei ich hoffte, dass die anderen Schützlinge von Dr. Heise keine Stammplätze hatten. Ein bisschen kam ich mir vor wie der Neue in einer Schulklasse, als ich das Teenager-Mädchen, fragte, ob neben ihr noch frei sei.

Sie schaute mich gelangweilt an und wickelte dabei eine Strähne ihrer blonden Haare auf ihren Zeigefinger, bevor sie sie wieder losließ und sich die Kapuze ihres grauen Hoodies lässig auf den Kopf zog.

»Klar, Mann«, sagte sie Kaugummi kauend und wickelte erneut ein Strähne auf.

Ich setzte mich zwischen sie und den anderen Mann in der Gruppe, der mich freundlich von der Seite anlächelte und mir die Hand hinhielt.

»Hi, ich bin der Kai. Endlich noch ein Mann«, sagte er und schüttelte meine Hand. »Ich hatte schon befürchtet, der einzige Typ in der Runde zu bleiben, nachdem Olaf zu seiner Mutter gefahren ist«, stellte er erfreut fest.

Anfangs hatte ich gedacht, dass Kai ungefähr in meinem Alter sei, aber aus der Nähe betrachtet, sah ich die grauen Strähnen, die sein ansonsten dunkles Haar durchzogen. Außerdem hatte er bereits kleine Falten um die Augen und um den Mund, und während er saß, wölbte sich ein kleiner Bauchansatz über den Bund seiner Jeans.

»Ich bin Nils«, sagte ich.

»Meine Lieben, lasst uns beginnen! Wie immer zu Beginn kurz unsere drei Regeln. Alles, was hier gesprochen wird, bleibt auch hier in diesen Räumen. Wenn jemand spricht, darf er sprechen und wird nicht unterbrochen. Und zu guter Letzt: Es gibt kein Richtig und kein Falsch. So, das hätten wir.« Dr. Heise schlug die Beine übereinander und sah uns alle kurz an, bevor sie weitermachte. »Wie ihr seht, haben wir heute Zuwachs bekommen. Da Olaf sich überraschenderweise um seine Mutter kümmert, ist Nils vor Weihnachten noch zu uns gestoßen. Daher würde ich vorschlagen, dass wir heute eine Vorstellungsrunde machen, in der jeder sagt, was ihn hierher gebracht hat. Wer möchte anfangen?« Sie schaute in die Runde, aber alle blickten auf den Boden oder aus dem Fenster. »Tanja, wie wäre es, wenn Sie anfangen?«

Die rundliche Frau zuckte wieder zusammen und sah verschüchtert auf.

»Ich?«

»Ja, meine Liebe. Fangen Sie einfach an. Hopp, hopp, nicht so schüchtern. Hier darf alles raus, was raus muss.«

»Ja. Hallo. Die meisten von euch kennen mich ja schon. Ich bin Frau Kuhlmann …«

»… mit *h* und zwei *m*. Mensch, Tanja, du bist hier nicht in der Schule bei deinen Schülern. Also komm zur Sache«, fiel ihr das Teenager-Mädchen ins Wort.

»Lisa!«, rief Dr. Heise empört. »Bitte halte dich an die Regel! Wenn jemand spricht, wird er nicht unterbrochen.«

»Tschuldigung«, sagte Lisa gelangweilt und streckte ihre Füße nach vorne weg.

»Bitte, Tanja!«, forderte Dr. Heise die unscheinbare Frau auf, weiterzusprechen.

»Äh, ja.« Tanja schob sich ihre Brille mit den dicken Gläsern und dem goldenen Rand zurück auf die Nase. »Ich bin Grundschullehrerin hier im Ort. Warum ich hier bin? Also ... Ich habe ein Problem damit, selbst Auto zu fahren. Denn ich hatte einen Unfall. Nur einen kleinen ... Ich bin lediglich einem parkenden Auto aufgefahren, aber seitdem traue ich mich nicht mehr, mich selbst hinter das Steuer zu setzen und ...«

»Ach, Tanja, hör auf, um den heißen Brei herumzureden«, fiel ihr Lisa das zweite Mal ins Wort. »Du suchst einen Mann, findest aber keinen. Das ist doch dein wahres Problem. Das hören wir uns nun schon seit Wochen an.«

»Lisa!«, rief Dr. Heise noch empörter als vorhin und lief rot an.

»Komm Lisa, das ist echt nicht fair«, mischte sich nun auch Kai ein und sah sie verärgert an. »Von dir hören wir auch seit Wochen nur, wie scheiße deine Eltern sind, und trotzdem zieht dich niemand damit auf.«

Lisa kaute demonstrativ auf ihrem Kaugummi, vergrub ihre Hände in den Taschen ihres grauen Kapuzenpullovers und schob dann schmollend die Unterlippe vor.

Ich meinte, noch ein »Ist doch wahr« von ihr gehört zu haben, sicher war ich mir jedoch nicht.

»Aber sie hat ja recht«, stieß Tanja energisch hervor und setzte sich kerzengerade auf den Stuhl. »Ja, ich bin einsam, und ja, ich suche einen Partner. Jemanden, mit dem ich zusammen sein kann und der sein Leben mit mir teilt. Ist das denn so schlimm?

Ist das zu viel verlangt? Ich will nicht als alte Jungfer enden. Aber wie soll ich denn jemanden kennenlernen, wenn ich nicht einmal selbst bis zum nächsten Dorf mit dem Auto fahren kann? Hier in diesem winzigen Nest sind alle Männer vergeben. Oder sie wollen mich nicht. Erst vor ein paar Wochen bin ich wieder mit einem Mann ausgegangen, und ich habe … « Sie fing an zu schluchzen und fiel dann in sich zusammen, als hätte jemand die Luft aus ihr herausgelassen. »Nun ja … Ich habe mich in ihn verliebt, aber wahrscheinlich will auch er mich nicht.«

Unsicher schaute ich zu Tanja, die gerade das Gesicht in ihren Händen vergrub und hemmungslos weinte. Sollte ich ihr tröstend auf den Rücken klopfen oder einen Arm um sie legen? Ich war mir unsicher, denn ich kannte sie ja überhaupt nicht.

»Danke, Tanja«, sagte Dr. Heise und nahm mir damit meine Verlegenheit. »Sehen Sie, Nils, es ist völlig in Ordnung, wenn man in diesem Raum wütend oder traurig ist. Alle Emotionen sind willkommen. Aber machen wir weiter. Wer möchte sich als nächstes vorstellen?«

»Dann mache ich weiter«, sagte Kai neben mir und sah mich von der Seite aus an. »Ich bin bereits seit ein paar Wochen bei Dr. Heise, und inzwischen glaube ich, dass ich einen Weg gefunden habe, mein Leben wieder besser zu meistern. Ich bin Rennfahrer. Nein, ich war Rennfahrer«, korrigierte er sich. »Seit ich ein kleiner Junge war, wollte ich immer nur eines: Autorennen fahren. Mit vier hatte ich bereits meine ersten Go-Kart-Rennen gewonnen, und von da an ging meine Karriere nur bergauf.« Gedankenverloren blickte er in die Kerzenflammen des Adventskranzes. »Klar, ich habe nicht alle Rennen gewonnen, aber mit jeder neuen Motorsport-Saison fuhr ich ein Auto in einer besseren Klasse. Das ist fast wie im Fußball. Man startet irgendwo regional in den kleinen Klassen, und wenn es gut läuft, landet man irgendwann in der Formel 1.«

Ich nickte pflichtschuldig mit dem Kopf, aber mit Motorsport kannte ich mich noch weniger aus als mit Fußball.

»An dem Punkt war ich vor ein paar Jahren. Ich stand so kurz davor, in der Königsklasse zu fahren.« Er hielt Daumen und Zeigefinger einen Spalt breit auseinander. »Dann aber hat sich das Formel-1-Team für einen achtzehnjährigen Grünschnabel entschieden. Der Junge war beinahe noch ein Kind. Aber er fuhr wie der Teufel. Und für mich ging es von da an nur noch bergab. Inzwischen weiß ich, dass ich einfach zu alt für den Sport bin. Aber was soll ich jetzt machen? Ich bin siebenunddreißig, und mein ganzes Leben habe ich an Rennstrecken und in Autos verbracht. Da bin ich in ein tiefes Loch gefallen, aus dem ich mich gerade mühsam wieder herausarbeite.« Kai atmete tief ein und dann lange wieder aus und machte so seiner Leidensgeschichte ein vorläufiges Ende.

Nach einem kurzen Moment der Stille sagte Dr. Heise: »Vielen Dank, Kai. So Lisa, jetzt bist du dran!«

»Pah«, zischte Lisa, ohne die Hände aus den Taschen ihres Kapuzenpullovers zu nehmen. »Ich weiß nicht, warum ich hier bin. Ich habe kein Problem. Aber meine Mutter hat eines. Und mein Vater ebenfalls. Die beiden sollten hier sitzen und den ganzen Müll durchkauen, mit dem sie mich seit meiner Geburt zugeschmissen haben!«

»Lisa«, sagte Dr. Heise freundlich, aber bestimmt. »Fall doch bitte nicht zurück in alte Verhaltensmuster, die wir bereits seit einiger Zeit überwunden haben. Wir waren doch schon so weit, dass wir uns der Verantwortung deiner Eltern bewusst sind, dass aber du maßgeblich für deine Taten selbst verantwortlich bist.«

Wütend holte Lisa ihre Hände aus den Taschen, schob sich die Ärmel hoch und hielt mir ihre Unterarme hin.

Schockiert sah ich die vielen kleinen und größeren Narben, die überall auf ihren Unterarmen zu sehen waren. Feine Linien wechselten sich mit etwas breiteren ab, weiße Narben mit verkrusteten Wunden.

»Deshalb bin ich hier!« Dann sagte sie nichts mehr.

»Danke, Lisa«, sagte Dr. Heise nach einem Augenblick, obwohl sie so aussah, als hätte sie eine etwas ausführlichere Schilderung von Lisa erwartet. »Gut. Also Nils, nun sind Sie an der Reihe.«

Alle Augen waren nun auf mich gerichtet, und ich merkte, wie mir der Schweiß begann, an den Achseln herunterzulaufen.

»Ja … Ich heiße Nils … komme aus Berlin …«

»Cool, Berlin«, sagte Lisa mit einem neuen Strahlen in den Augen. »Sobald ich endlich achtzehn bin, haue ich von hier ab und ziehe nach Berlin. Dann können mir alle in diesem gottverdammten Kaff mal den Buckel runterrutschen.« Sie zeigte einen Mittelfinger.

»Lisa, jetzt ist es aber wirklich gut«, rief Dr. Heise aufgebraucht und fuhr sich dabei so energisch durch die Haare, dass ihre akkurate Frisur danach deutlich gelitten hatte.

»Ist schon gut«, sagte ich. »Berlin ist wirklich cool. Ich bin selbst vor einigen Jahren nach Berlin gezogen, weil ich nach meinem Coming-out nicht mehr in meiner kleinen Heimatstadt wohnen wollte.

Die Großstadt kann sehr befreiend sein.«

»Bist du schwul?«, fragte Lisa mit neuem Interesse und beugte sich nun forschend vor.

»Ja«, sagte ich ungezwungen.

»Seit wann?«, fragte sie.

»Schon immer«, meinte ich lachend.

»Cool«, sagte sie anerkennend.

Na, ich hatte ja schon einiges zu hören bekommen, wenn die Leute mitbekamen, dass ich schwul war. Aber *cool* hatte bislang nicht dazugehört.

»Bist du deshalb hier?«, fragte sie.

»Lisa, jetzt lass ihn doch bitte einmal ausreden«, sagte Dr. Heise resigniert.

»Weil ich schwul bin?«, fragte ich. »Nein, deshalb bin ich nicht hier. Das ist in Ordnung, und in Berlin stört sich auch niemand daran. Ich bin hier, weil ich nicht mehr schlafe und ziemlich viel gearbeitet habe in letzter Zeit. Ich bin Unternehmensberater bei einer großen Firma, und das bedeutet: Arbeit an mindestens sechs Tagen die Woche mit mindestens 60 Stunden. Oft mehr.«

Das schien Lisa nicht mehr spannend zu finden, denn sie steckte die Hände zurück in ihren Pullover und starrte wieder auf den Boden.

»Hast du einen Freund?«, fragte Tanja schüchtern, während sie ihre Brille mit einem Stofftaschentuch polierte.

Sie sollte Kontaktlinsen tragen, ging es mir durch den Kopf. Dann sähe sie viel besser aus. Kontaktlinsen und ein paar anständige Klamotten würden ihre Chancen auf dem Männermarkt beträchtlich erhöhen.

»Ich habe immer mal wieder einen Partner«, sagte ich. »Aber ich hatte schon länger keinen festen Freund mehr.«

Als ich das sagte, musste ich an Johannes denken, und ich schaute auf den Adventskranz mit seinen flackernden Kerzen und den vielen weißen Sternen. Mit wem würde wohl Johannes Heiligabend feiern, wenn er sich mit seiner Familie zerstritten hatte?

»Wenn ich in Berlin wohnen würde, dann könnte ich mit der U-Bahn fahren und wäre nicht mehr auf das Auto angewiesen«, sagte Tanja verträumt in den Raum hinein.

Dr. Heise, die ihr Niemand-darf-unterbrochen-werden-Konzept nun offensichtlich als gescheitert betrachtete, seufzte noch einmal resigniert und sagte dann ironisch: »Soll ich Kaffee holen? Dann können wir gleich ein Kaffeekränzchen aus dieser Stunde machen.«

»Oh ja, gerne«, sagte Tanja ohne jede Spur von Ironie.

Dr. Heise stöhnte noch einmal. Dann klatschte sie wieder in die Hände. »Zurück an die Arbeit, Leute! Wie sind eure Hausaufgaben gestern gelaufen?«, fragte sie in die Runde. »Lisa?«

»Ich hatte gestern zwei Mal den Wunsch, mich zu ritzen und habe dann stattdessen eine Chilischote gekaut. Das hat den Druck, den ich sonst durch das Ritzen abgebaut habe, ganz gut bekämpft.«

»Sehr gut«, strahlte Dr. Heise sie an. »Und bei Ihnen, Kai?«

Kai sank etwas in sich zusammen, und er sah aus wie ein kleiner Schüler, der seinen Turnbeutel vergessen hatte.

»Ich bin gestern nicht dazu gekommen, mich über mögliche Jobs zu informieren. Stattdessen war ich in München und habe mir ein Stockcar-Rennen angesehen. Aber dabei ist mir die Idee gekommen, dass

ich für diese Art von Rennen nicht zu alt bin.«
Jetzt strahlten seine Augen begeistert.

»Wir hatten uns doch auf mögliche Jobs außerhalb der Motorsport-Branche geeinigt«, sagte Dr. Heise freundlich.

Kai ließ den Kopf wieder hängen. »Ja, das stimmt. Ich werde heute den Rest des Tages versuchen, darüber nachzudenken.«

»Machen Sie das«, gab Dr. Heise zurück. »Tanja?«

»Agnes …«, Tanja unterbrach sich sofort selbst und sah dann mich an. »Agnes ist meine Haushälterin. Du hast sie gerade gesehen, Nils«, sagte sie, ehe sie ihren Blick wieder in die Mitte richtete. »Also, wie ihr wisst, fährt mich Agnes zurzeit immer mit ihrem Auto, wenn ich dringend irgendwo hin muss. Gestern aber habe ich ihren Käfer aus der Garage gefahren, ohne dass ich einen Panikanfall bekommen habe.«

»Sehr gut, Tanja. Dann üben Sie heute bitte weiter. Und Sie, Nils? Wie ist es Ihnen auf Ihrem Spaziergang ergangen?«

Mich hat fast ein Wolf gefressen, dann hätte ich am liebsten euren Jungbauern vernascht, bevor mich Großvaters Medizin aus den Latschen gehauen hat. Aber der Tag war großartig, hätte ich am liebsten gesagt.

»Zwei Mal habe ich beinahe Gott gesehen«, sagte ich stattdessen. »Einmal hat er mich in Kuhscheiße treten lassen, und einmal hat er mich vor einem wilden Tier gerettet. Nicht schlecht für den Anfang, oder?«

Dr. Heise hob fragend ihre Augenbraue. *Verheimlichen Sie mir etwas?,* sagte mir ihr Blick, aber ich beschloss, es dabei zu belassen. Johannes, Kira und die Sternen-Alm wollte ich als kleine Kostbarkeit für mich behalten.

Kapitel 8

Als die Therapiesitzung gegen sechzehn Uhr endlich ein Ende nahm, atmete ich erleichtert auf. All die Geschichten zu hören und sich dann auch noch mit sich selbst zu befassen, war schon harter Tobak.

Dr. Heise verabschiedete uns und wies darauf hin, dass die morgige Sitzung erst um zwölf Uhr am Mittag beginnen würde.

»Ich habe eine vorweihnachtliche Überraschung für Sie«, sagte sie geheimnisvoll. Dennoch wies sie darauf hin, dass wir auf keinen Fall unsere Hausaufgaben vergessen sollten.

»Kai, denken Sie daran, eine Liste mit potenziellen Jobs außerhalb der Motorsport-Branche zu erstellen. Ich will sie morgen in den Händen halten.«

»Ja, Dr. Heise. Versprochen«, sagte Kai mit gesenktem Kopf und trottete zur Tür hinaus.

»Lisa, und Sie machen weiter wie bisher. Sobald der Wunsch aufkommt, dass Sie sich verletzen wollen, nehmen Sie die Chilischote zur Hand.«

Lisa nuschelte eine Antwort, doch diese konnte von niemandem, außer ihr selbst, verstanden werden. Sogar Dr. Heise schaute irritiert und schien kurz zu überlegen, ob sie nachfragen sollte. Kopfschüttelnd verwarf sie die Möglichkeit aber und schob Lisa an sich vorbei zur Tür hinaus.

»Tanja, Sie fahren heute nicht nur das Auto aus der Garage, sondern einige Meter die Straße entlang.«

»Oh! Ich weiß nicht, ob ich schon so weit bin. Allein beim Gedanken …«

»Sie schaffen das, meine Liebe, Sie schaffen das«, unterbrach sie Dr. Heise, die inzwischen wohl ihrem Feierabend entgegenfieberte.

»Und nun zu Ihnen, Nils. Sie erstellen bitte eine Liste mit allem, was Sie in Ihrem Leben ändern wollen. Schreiben Sie alles auf, von dem Sie das Gefühl haben, das es nicht so läuft, wie es sollte. Und nicht schummeln! Sie sollen nicht aufschreiben, was ich hören will, sondern das, was *Sie* geändert haben wollen! Ob im Beruf, in der Freizeit, in der Familie oder in Sachen Freundschaft, Liebe und Sex – einfach alles.«

»Ja, Frau Doktor«, sagte ich brav und beeilte mich, endlich aus der Praxis heraus ins Freie zu kommen.

»Oh nein, jetzt habe ich Agnes nicht angerufen«, sagte Tanja gerade zu sich selbst und machte auf dem Absatz kehrt, um zurück zur Alm zu stapfen.

»Kann ich dich irgendwo hinfahren?«, fragte ich. »Ich muss ohnehin runter ins Dorf. In die *Pension Sonnenschein*.«

Tanja schaute mich durchdringend an.

»Wie fährst du denn Auto?«, fragte sie misstrauisch.

»Na, wie wohl? Mit Armen und Beinen«, sagte ich, was sie nicht witzig fand. Also fügte ich beschwichtigend hinzu: »*Ich* hatte bisher noch keinen Unfall, wenn du das meinst.« Sofort bereute ich meine Worte.

»Mein Unfall war auch kein richtiger Unfall. Es ist noch nicht einmal die Polizei gekommen, denn ich bin auf das Auto des Pfarrers aufgefahren, und der

Herr Pfarrer hat gesagt, dass es nicht schlimm sei und sein Auto ohnehin nichts mehr wert wäre. Es hat auch nur eine ganz, ganz kleine Beule gegeben …«

»So habe ich das nicht gemeint«, beeilte ich mich, zu beteuern. »Ich wollte nur sagen, dass du beruhigt mit mir mitfahren kannst, wenn du willst. Musst du aber auch nicht.« Genervt davon, jedes Wort abwägen zu müssen, ging ich zu meinem Mietwagen, der seit gestern vor der Praxis parkte, und stieg ein.

Neben mir ging die Beifahrertür auf, und Tanja wuchtete sich auf den Sitz.

»Also gut. Ich fahre mit. Aber wenn du den Berg herunterfährst, dann höchstens im dritten Gang und den Fuß bremsbereit neben dem Pedal. Wir sollten 50 km/h auf keinen Fall überschreiten.«

Oh nein, ich hatte doch nur nett sein wollen. Aber nun war es zu spät. Sie wollte tatsächlich mitgenommen werden! Also fügte ich mich in mein Schicksal, ließ den Motor an und fuhr – im dritten Gang, bremsbereit und mit höchstens 45 km/h – den Berg hinunter ins Tal.

»Wie lange machst du deine Therapie bereits?«, versuchte ich, ein Gespräch in Gang zu bringen, da mich das Schweigen zwischen uns nervös machte.

»Seit genau sieben Monaten. Und ich bin mir sicher, dass es langsam hilft. Es muss einfach helfen.«

»Warum fährst du denn nicht mit dem Bus oder mit der Bahn, wenn du kein Auto fahren willst? Das machen Leute ohne Führerschein doch so, oder?«

»Das funktioniert vielleicht bei euch in Berlin, aber hier fährt zwei Mal am Tag ein Bus, und einen Anschluss an das Eisenbahnnetz haben wir auch nicht. Nein, ich muss wieder fahren können. Ich muss einfach, sonst … Vorsicht!«, kreischte sie.

Ich zuckte zusammen und trat mit aller Kraft auf die Bremse, woraufhin der Mietwagen ruckartig zum Stehen kam. Erschrocken blickte ich mich um, doch ich konnte keine Gefahr ausmachen.

»Pass doch auf! Du bist viel zu nah an den Wegesrand gefahren! Das ist nur passiert, weil du nicht auf die Straße achtest.«

»Aber neben dem Schotterweg ist doch nur Wiese. Und selbst wenn ich über die Wiese gefahren wäre, was ich nicht bin – wäre das so schlimm gewesen?« Ich musste mich beherrschen, sie nicht anzuschreien. »Das Auto hat Allrad, das kann wahrscheinlich den Berg bis zum Gipfel rauffahren.«

»Das glaube ich nicht. Denn nicht weit hinter der Sternen-Alm hört der Weg vor einem Bergsee auf, und nur ein kleiner Trampelpfad führt von dort zum Gipfel hinauf. Ich weiß das deshalb so genau, weil der Bergsee mein Lieblingsplatz in den Bergen ist und ich oft dorthin gehe.« Sie seufzte schwärmerisch und klimperte verträumt mit den Augen. »Jedenfalls wirst du diesen Trampelpfad niemals mit dem Auto bewältigen können, weil der Wagen dafür nämlich viel zu breit ist.«

»Ich will nicht zum See, und ich will auch nicht zum Gipfel, sondern ins Tal! Also, können wir jetzt weiterfahren?«, fragte ich.

»Ja. Aber bitte bleibe in der Mitte des Weges.«

»Selbstverständlich, gnädige Frau! Ich werde mein Bestes geben«, sagte ich und beschloss, sie aus dem Wagen zu schmeißen, wenn sie mich noch einmal so erschrecken würde.

Nach einer gefühlten Ewigkeit, die tatsächlich höchstens eine Viertelstunde gedauert hatte, kamen wir unten im Dorf am Laden von Bäcker Meyer an und bogen auf die kleine Hauptstraße ab.

»Denk daran, dass dort drüben neben der Kirche der Wagen des Pfarrers parkt«, sie deutete auf einen alten Opel Kadett, dessen Stoßstange eine gewaltige Beule aufwies. »Nicht, dass du ihn zu Schrott fährst, bei deiner rasanten Fahrweise.«

Kochend vor Wut hielt ich neben dem ockergelben Kadett an und überlegte, ob ich der Schnattergans den Hals umdrehen sollte, sagte aber freundlich: »Siehst du, der Wagen ist noch ganz. Und ich fahre jetzt auch einfach weiter, ohne ihn zu beschädigen.«

Ein tiefer Atemzug, dann noch einer. Und das stumme Versprechen, diese Frau nie, nie wieder mitzunehmen. »Wo kann ich dich denn ...«, *endlich*, »... absetzen?«

»Blumengasse drei. Das ist die übernächste Straße links und dann gleich das erste Haus.«

Gerade wollte ich weiterfahren, als es an Tanjas Fenster klopfte. Ein dicker Mann in schwarzer Soutane stand neben meinem Wagen und winkte Tanja fröhlich zu. Dabei strahlte sein rundes Gesicht bis über beide Ohren, die mir riesig vorkamen. Vielleicht wirkten die Ohren aber auch nur so überdimensioniert, weil kaum noch Haare auf seinem Kopf waren, die von ihnen ablenkten, überlegte ich. In jedem Fall strahlte der Pfarrer etwas Herzliches aus, sodass ich gar nicht anders konnte, als ebenfalls freundlich zu grinsen.

Nachdem ich den Knopf des Fensterhebers gedrückt hatte, glitt die Scheibe surrend hinunter.

»Tanja, meine Tochter. Wie geht es dir? Schön, dich wiederzusehen.« Der Geistliche lachte glucksend, und seine wach und weise wirkenden Augen strahlten.

»Oh, Herr Pfarrer«, antwortete Tanja und zupfte verlegen an den Falten ihres Rocks. »Ich hatte in den letzten Wochen leider keine Gelegenheit, die Heilige Messe zu besuchen. Sonntags muss ich immer so viel Unterricht für die kommende Woche vorbereiten.«

»Aber an Heiligabend wirst du doch sicher die Zeit dafür aufbringen«, sagte der Pfarrer gütig. »Viele deiner Schüler werden bei der Gestaltung der Messe helfen. Genau wie deine Kollegin Frau Moser, unsere geschätzte Religionspädagogin.«

»Ja, die Schüler.« Gequält verzog Tanja das Gesicht. »Und Frau Moser. Ich versuche, zu kommen. Das wäre wirklich schön.« Jetzt zupfte sie nicht mehr an ihrem Rock, jetzt knetete sie ihn.

»Hast du einen neuen Freund?«, fragte der Pastor, beugte sich durch das Fenster und musterte mich neugierig.

»Nein, nein«, wiegelte Tanja ab. »Das ist nur Nils, er fährt mich nach Hause, und er ist schwul.«

Na, vielen Dank auch, dachte ich. Ich hasste es, wenn man mich auf mein Schwulsein reduzierte. Und dass Tanja genau das zu allem Überfluss auch noch vor der örtlichen Heiligkeit tat, die meist schon von Berufswegen keine hohe Meinung von Schwulen und Lesben hatte, setzte dem Ganzen noch die Krone auf.

»Grüß Gott, mein Sohn«, sagte der Pastor freundlich.

»Guten Tag.« Sprach man einen Pfarrer eigentlich mit *Hochwürden* oder *Eure Heiligkeit* an? Egal, beschloss ich.

»So, meine Schäfchen, nun macht mal Platz, denn ich muss mit meinem Wagen zu einem seelsorgerischen Notfall. Nils, kommen Sie demnächst auch einmal in die Messe? Vielleicht sogar an Weihnachten? Sie sind herzlich eingeladen. Es wird sehr feierlich werden, glauben Sie mir.«

»Ich werde sehen, was ich tun kann«, antwortete ich ihm ausweichend. »Also wir fahren jetzt mal geschwind weiter, dann können Sie zu Ihrem Notfall.«

Nachdem ich die Scheibe wieder geschlossen hatte, brauste ich über die Dorfstraße, sodass Tanja einen spitzen Schrei der Entrüstung ausstieß.

Nach wenigen Metern stand ich endlich vor ihrem kleinen Häuschen, und sie stieg aus.

»Vielen Dank, Nils. Aber ich glaube, dass ich in Zukunft wieder Agnes anrufe, damit sie mich abholt.«

»Ganz, wie du willst«, sagte ich. Gott sei dank, dachte ich und grinste zum Abschied.

Nachdem Tanja die Tür zugemacht hatte, atmete ich erleichtert aus, wendete den Wagen und raste mit demonstrativ quietschenden Reifen davon. Zu meiner Befriedigung sah ich Tanja im Rückspiegel empört mit dem Kopf schütteln.

Kapitel 9

Wenige Minuten nachdem ich Tanja zu Hause abgesetzt hatte, erreichte ich die *Pension Sonnenschein* und beeilte mich, auszusteigen, mein Gepäck aus dem Kofferraum zu holen und zur Rezeption zu gehen. Inständig hoffte ich, dass mein Zimmer nicht bereits anderweitig vermietet worden war, schließlich war ich gestern nicht aufgetaucht.

»Grüß Gott. Ach, der Sander«, begrüßte mich die ältere Frau im Dirndl, die hinter der Rezeption wartete. »Sie wissen schon, dass ich Ihnen das Zimmer auch für die vergangene Nacht in Rechnung stellen muss. Ob Sie gestern dort genächtigt haben oder nicht. Gell?«

»Ja, natürlich. Tut mir leid, dass ich nicht angerufen habe«, entschuldigte ich mich, nahm meinen Schlüssel und ging in mein Zimmer, das mit seinen schweren Bauernmöbeln und dem dicken Federbett ganz typisch bayrisch aussah.

Nach einer kurzen heißen Dusche fühlte ich mich wie ein neuer Mensch und schaute erwartungsvoll auf die Uhr. Erst siebzehn Uhr. Was sollte ich noch zwei Stunden machen, bis ich endlich wieder zu Johannes konnte? Angestrengt überlegte ich, und kurz kam mir meine Hausaufgabe in den Sinn, doch den Gedanken an die Liste schob ich hastig beiseite.

Aber vielleicht brauchte Johannes ja meine Hilfe? So ein Braten machte sich schließlich nicht von allein.

Kurzentschlossen schnappte ich mir meine Jacke, stürmte aus dem Zimmer und fuhr wieder zurück zur Kirche, den Berg hinauf und an der Praxis von Dr. Heise vorbei in Richtung Sternen-Alm.

Die tiefstehende Wintersonne begann gerade, hinter dem Berg zu verschwinden, auf dessen Rücken die Sternen-Alm stand, und tauchte den Himmel in eine atemberaubende Mischung aus Violett und Orange. Lange Schleierwolken zogen sich über den Abendhimmel, und die ersten Sterne funkelten bereits über den Bergen. Vielleicht hat die Sternen-Alm daher ihren Namen, überlegte ich, denn über der Hütte, die nun vor mir auftauchte, schienen besonders viele Sterne zu leuchten.

Ich fuhr den Wagen bis vor die Holzhütte und parkte ihn hinter dem alten Toyota Pick-up, als ich Kira entdeckte, die ausgelassen mit zwei kleinen Jungen spielte. Einer der beiden Jungs wollte gerade auf ihren Rücken klettern, als Kira sich schüttelte und davontrabte. Offensichtlich hatte sie keine Lust, sich als Packesel missbrauchen zu lassen – obwohl der Kleine sicher gut auf ihr hätte reiten können, schließlich war er selbst kaum größer als Kira.

Wie es aussah, hatte Johannes Besuch, und da würde ich sicher nur stören. Also beschloss ich, wieder umzukehren und mich noch ein paar Stunden im Dorf herumzutreiben, doch da kamen die Jungs schon auf meinen Mietwagen zugestürmt, stellten sich an die Fahrertür und glotzen neugierig zu mir hinein. So nah, wie die zwei Kinder nun neben mir standen, erkannte ich, dass sie Zwillinge sein mussten, denn sie glichen sich wie ein Ei dem anderen. Beide hatten sie strubbelige, blonde Haare, eine kleine, freche Nase, blaue Augen, und beide trugen sie Jeans, rote Daunenjacken und braune Wanderschuhe.

»Hi Jungs, wer seit ihr denn?«, fragte ich, nachdem ich ausgestiegen war.

»Du bist nicht von hier«, stellte Blondschopf Nummer eins trocken fest.

»Wie viel PS hat der Jeep?«, fragte Blondschopf Nummer zwei und beäugte kritisch das Auto. »Der Kia Sportage von meinem Vater hat 141 PS und Allradantrieb. Und deiner?

»Können wir mal mitfahren?«, wollte Nummer eins wissen.

»Wie viel PS der Wagen hat? Keine Ahnung! Er fährt auf jeden Fall so schnell, dass Frau Kuhlmann Angst bekommt.« Eigentlich hatte ich den letzten Satz mehr zu mir als zu den Kids gesagt, da prustete Nummer zwei auch schon los.

»Ha ha ha, die Un-cool-Mann! Die hat doch immer Angst!«

»Ich hab' ihr mal eine Blindschleiche in die Tasche gesteckt. Mann, hat die geschrien!«, klärte mich Nummer eins auf.

»Ahhhhhhhhhh, mein Herz schlägt mir bis zum Hals!«, machte Nummer zwei Tanja treffend nach und griff sich so theatralisch an die Brust, dass ich mir das Lachen nicht verkneifen konnte.

»Ist sie eure Lehrerin?«, wollte ich wissen.

»Gääähhhnnnn«, sagte Nummer eins. »Ja. Schnarch, schnarch.«

»Ich heiße Nils. Und ihr?«, stellte ich mir vor.

»Ich heiße Carl, und das ist mein Bruder Jo«, sagte Nummer eins – Carl.

»Carl Junior«, verbesserte Jo seinen Bruder.

»Gar nicht, ich heiße Carl. Nur weil Papa auch Carl heißt, heiße ich noch lange nicht Carl Junior!«

»Heißt du doch! Du bist der Junior, ätsch, du bist der Junior …«, ärgerte Jo seinen Bruder.

Wutentbrannt stürzte Carl sich auf seinen Bruder und versuchte, ihn in den Schwitzkasten zu nehmen, doch Jo wehrte sich, während er weiter laut lachend »Junior, Junior, Junior« brüllte.

»Carl! Johannes! Schluss jetzt!«, hörte ich eine Frauenstimme. »Carl: Lass den Johannes los! Johannes: Hör auf, deinen Bruder zu hänseln! Wenn nicht gleich Ruhe ist, dann gibt's heute Abend kein Videospiel, ist das klar?« Eine blonde Frau stand mit in die Hüften gestemmten Händen in der Tür von Johannes Hütte, und ihre Worte ließen die beiden Zankhähne augenblicklich verstummen.

»Er hat angefangen«, sagte Carl schmollend. Zumindest schätzte ich, dass es Carl war. Oder war es Jo?

»Stimmt gar nicht. Ich habe Nils nur gesagt, dass Carl eigentlich Carl Junior heißt.«

Die Frau, die ganz offensichtlich die Mutter der beiden Rabauken war, unterbrach ihn. »Jo! Ruhe, habe ich gesagt. Geht spielen!« Dann fiel ihr Blick auf mich. »Hallo, ich hoffe, die beiden haben Sie nicht erschreckt.«

Ich lief auf sie zu und hielt ihr die Hand hin.

»Nein, alles in Ordnung. Hallo, ich bin Nils Sander«, sagte ich. »Ein Bekannter von Johannes«, fügte ich nach kurzem Überlegen hinzu.

»Grüß Gott. Ich bin die Schwägerin vom Johannes. Franziska Niemeyer. Aber du kannst mich gerne Franzi nennen – das tun hier alle.«

Sie klopfte mir herzlich auf die Schulter. »Ups, jetzt habe ich *du* gesagt.«

»Macht doch nichts. Wir sind doch ohnehin im gleichen Alter, da können wir uns das Sie doch verkneifen«, sagte ich und mochte Franzi auf Anhieb. Es freute mich, dass Johannes eine so nette Schwägerin und so tolle Neffen hatte.

Aber hatte er mir nicht gestern erzählt, dass er mit ihnen im Streit lag? Das konnte ich mir überhaupt nicht vorstellen, so ungezwungen, wie Franzi mir gegenüberstand. Außerdem hieß einer der Zwillinge wie Johannes, und das konnte doch kein Zufall sein.

»Habt ihr Jo nach seinem Onkel benannt?«, fragte ich.

»Ja. Johannes ist der Patenonkel von Jo«, sagte sie, aber ich sah, dass dabei ein Schatten über ihr Gesicht zog. »Komm rein. Johannes ist drinnen, zusammen mit meinem Mann. Und keine Angst, wir sind gleich wieder weg.«

Ich folgte Franzi in die Hütte, wo Johannes und sein Bruder vor dem Kamin standen und sich kampflustig anstarrten. Obwohl sein Bruder etwas älter und viel konservativer aussah, sah man ihnen ihre Verwandtschaft deutlich an.

»Verdammt Johannes, sei endlich vernünftig! Das Golfhotel ist unsere letzte Chance. Noch ein Jahr überlebt der Hof nicht.«

»Nein, ich werde unter keinen Umständen …«, sagte Johannes mit wildem Blick.

»Schaut mal, wen ich mitgebracht habe«, unterbrach Franzi den Streit der beiden und schob mich weiter nach vorne. »Schau, Carl, das ist der Nils. Ein Bekannter vom Johannes.«

Carl Senior schaute zu mir herüber, und sein Blick war alles andere als erfreut.

Offensichtlich gefiel ihm die Unterbrechung ganz und gar nicht.

»Grüß Gott«, brummelte er mürrisch.

»Hallo«, sagte ich unbehaglich. Innerlich verfluchte ich mich dafür, fast zwei Stunden vor meiner eigentlichen Verabredung hierher gekommen zu sein. Aber wie hätte ich auch ahnen können, dass ich damit in eine Familienfehde hineingeraten würde?

»Was machst *du* denn schon hier?«, fragte mich Johannes, und er schien sich mit einem Mal unwohl zu fühlen.

»Entschuldigung, ich hatte nur fragen wollen, ob du vielleicht Hilfe brauchst. Aber ich gehe wieder und komme dann einfach später wieder.«

»Sie sind nicht von hier«, stellte Carl fest, was keine große Kunst war. »Und? Ist es einfach gewesen, ein Hotelzimmer in unserem Dorf zu bekommen?«

»Äh, nein. So kurz vor Weihnachten …«, antwortete ich und wunderte mich über die zusammenhanglose Frage.

»Siehst du. Wir haben hier kein einziges Hotel, das auch nur annähernd auf dem Stand der heutigen Zeit ist.« Seine Stimme wurde nun schmeichelnder. »Mensch Johannes, das ist unsere Chance! Deine und meine. Und denk doch auch mal an die Zwillinge und an Franzi. Ich hab' Familie. Du musst dich nur um dich kümmern!«

»Jetzt ist der Vater noch kein halbes Jahr unter der Erde, und du willst schon seinen Hof aufgeben. Nein, nein und noch mal nein. Wenn wir einen Bio-Hof daraus machen …«

»Hör doch auf mit dem Bio-Mist! Da sind schon ganz andere dran zugrunde gegangen! Es dauert Jahre, bis man einen Hof auf Bio umgestellt hat.«

»Ich habe in München Agrar-Technik studiert. Ich weiß, wie man Europäische Gelder ...«, rief Johannes.

»Agrar-Technik, Agrar-Technik! Wenn ich das schon höre. Ach, wärst du doch in München geblieben! Aber nein, du doch nicht. Du bist natürlich zurückgekommen, und jetzt bringst du auch noch deine Liebschaften mit hierher! Wenn das im Dorf die Runde macht, sind wir alle erledigt.« Zornig blickte er erst zu Johannes und dann zu mir. Die ohnehin schon unterkühlte Stimmung im Raum sank unter den Gefrierpunkt, während sich meine Brust anfühlte, als hätte eine Faust sie getroffen. Alle Luft entwich zischend aus meiner Lunge.

»Carl, jetzt reicht es aber«, rief Franzi aufgebracht zu ihrem Mann, während Johannes aussah, als würde er sich jeden Moment auf Carl stürzen. Doch Franzi stellte sich geistesgegenwärtig zwischen die beiden.

»Schluss damit, hört hier? Ihr macht noch alles kaputt. Wir haben bald Weihnachten, da könnt ihr euch doch nicht wie die größten Feinde bekriegen. Wenn das euer Vater sehen würde.«

»Der Vater ist tot, und Johannes will uns in den Ruin treiben. Dann stehen wir alle auf der Straße, willst du das etwa?«

Energisch schob Johannes Franzi beiseite und funkelte Carl zornig an. »Der Hof ist seit Ewigkeiten in Familienbesitz. Willst du das einfach wegwerfen?«

»Du kannst doch sowieso nicht hier im Dorf wohnen bleiben, oder wie stellst du dir das vor? Mit dem da!« Er zeigte auf mich, und Johannes hob seine zur Faust geballte Hand, als die Tür aufging und die Zwillinge in die Hütte kamen. Erstarrt blieben sie in der Tür stehen und schauten zu Johannes und ihrem Vater.

»Was macht ihr da?«, wollte einer der beiden Zwillinge wissen.

Johannes ließ die Faust sinken und schaute betroffen zu dem Kleinen.

»Hey Jo, Kumpel, es ist alles okay. Wir haben uns nur ein bisschen gezankt, dein Vater und ich. So wie ihr beiden vorhin.«

»Aber wir haben uns wieder vertragen. Vertragt ihr euch auch wieder?«, fragte Jo ängstlich.

»Kinder, wir gehen«, sagte Carl Senior energisch. »Wir müssen noch runter ins Tal laufen. Da sollten wir uns beeilen, solange wir noch etwas Licht haben.« Er stürmte an mir vorbei, nahm die Zwillinge fest an den Händen, zog sie hinter sich her und lief aus der Hütte hinaus.

Franzi schaute erst betroffen zu mir und dann zu Johannes. Deutlich sah ich Tränen in ihren Augen glitzern. Kurz legte sie Johannes eine Hand auf die Wange, bevor sie mit erstickter Stimme zu mir sagte: »Tut mir leid.« Dann lief sie ihrem Mann und den Kindern hinterher.

»Na prima«, sagte Johannes und sah ihr nach. Einen Moment blieb er wie angewurzelt stehen, dann drehte er sich zu mir um, und ich sah in seinem Blick denselben Vorwurf, der sich gerade in mir breit machte: *Wärst du nicht gekommen, wäre das alles nicht passiert.*

Kapitel 10

»Es tut mir leid. Dass ich hier so überraschend rein-geplatzt bin. Das war nicht meine Absicht«, sagte ich abgehackt zu Johannes, doch so plötzlich sein Zorn auf-getaucht war, so schnell verschwand er auch wieder.

Johannes kam auf mich zu, stellte sich mir gegen-über und legte beide Arme auf meine Schultern.

»Nein, Nils, mir tut es leid. Entschuldigung, dass ich dich eben so vorwurfsvoll angesehen habe. Du kannst schließlich nichts für meinen Bruder und seine beschränkten Ansichten«, sagte er und verzog be-schämt das Gesicht. »Wenn er doch nur diese fixe Idee mit dem Golfhotel in den Wind schlagen würde, die ihm irgendwelche Investoren eingeredet haben.«

Sofort begann mir der Kopf zu schwirren. Denn als Johannes anfing, von seinem Bruder, dem Golf-hotel und von potentiellen Investoren zu sprechen, musste ich mit einem Mal an mein *Atropos*-Projekt in Berlin denken. An die ständigen Querelen mit den Geldgebern, den Eigentümern und dem Personal. Egal, wo ich damals aufgetaucht war, überall hatte es Streit ums Geld gegeben, und ich als Projektleiter hat-te für alles eine Lösung aus dem Hut zaubern sollen. Und nun lernte ich irgendwo im Nirgendwo Johannes kennen, und es ging gerade so weiter.

»Alles in Ordnung mit dir?«, fragte er mich. »Geht's dir nicht gut?«

Ich wand mich aus seinem Griff und lief ein wenig in der Hütte auf und ab, um wieder einen klaren Kopf zu bekommen.

Erst jetzt bemerkte ich, dass Johannes bereits einiges für den Abend hergerichtet hatte. Im Kamin loderte das Feuer, Kerzen beleuchteten den gedeckten Tisch, und auf dem Herd stand ein gusseiserner Topf, der einen deftigen Bratenduft verströmte. Aber all das rührte mich gerade überhaupt nicht an, sondern trug nur dazu bei, dass ich mich noch konfuser fühlte. Zu viele Emotionen prasselten auf mich ein, und in diesem Moment dämmerte es mir, dass ich eventuell doch mehr als nur überarbeitet war. Irgendetwas lief in letzter Zeit gewaltig schief in meinem Leben.

»Ich glaube, die ganze Sache zwischen uns wird mir zu viel. Dazu die Vorwürfe von deinem Bruder und eure finanziellen Probleme. Echt, das schaffe ich gerade nicht. Ich habe im letzten Jahr sehr viel gearbeitet, musst du wissen. Wahrscheinlich zu viel. Es ist einfach so, dass ich im Moment keinen zusätzlichen Stress gebrauchen kann. Vielleicht ist es besser, wenn ich jetzt gehe. Sorry.«

Mein Herz wollte nicht, dass ich gehe, aber mein Verstand sagte mir, dass es besser sein würde. Also wandte ich mich zur Tür, doch noch bevor ich sie öffnen konnte, stand Johannes hinter mir und legte mir seine Hände an die Taille. Selbst durch meinen Pullover konnte ich die Wärme spüren, die von ihnen ausging, und ich blieb stehen.

»Warte, lauf nicht weg. Vergiss meinen Bruder, vergiss, was vorhin passiert ist, und vergiss vor allem den Hof und das Golfhotel.« Behutsam drehte er mich um und sah mich an. »Ich habe mich sehr auf diesen Abend gefreut. Noch nie war hier oben jemand, den ich ... den ich ...« Er schluckte. »... den ich gemocht habe. Und dich mag ich. Das habe ich gestern schon gewusst. Bitte bleib hier, und lass uns zusammen essen, okay? Wir machen einen Deal: Ich werde kein Wort mehr über meine Familie verlieren.«

»Sonst?«, fragte ich.

Johannes sah mich fragend an.

»Es muss ein *Sonst* geben. So laufen Deals nun einmal ab«, sagte ich und fühlte die Anspannung ein wenig von mir abfallen.

»Verstehe«, sagte Johannes. »Du denkst, ein Deal braucht Sanktionen bei Nichteinhaltung? Eigentlich dachte ich, dass ein Deal auf gegenseitigem Vertrauen gründet.«

»Da sieht man, dass du nicht als Unternehmensberater arbeitest.«

»Schon gut«, lenkte Johannes ein. »Lass uns nicht deswegen streiten. Also, wenn ich heute Abend auch nur ein einziges weiteres Wort über meine Familie verliere, darfst du dir was von mir wünschen. Okay?«

Ich tat, als würde ich überlegen und sagte schließlich: »Okay, abgemacht. Der Deal steht.«

»Klasse.« Er drehte sich zur Seite und wies mit ausladendem Arm in seine Hütte. »Also noch einmal ganz von vorn: Herzlich willkommen, Nils! Schön, dass du da bist. Komm rein.«

Ich entspannte mich. Nein, mehr noch. Es war so, als ob ich gerade eben erst angekommen wäre und Johannes mich zum ersten Mal an diesem Abend begrüßte.

»Danke für die Einladung«, entgegnete ich lächelnd und blickte mich demonstrativ in der Hütte um. »Du hast dir ja richtig Mühe mit dem Eindecken gegeben. Und wie der Braten duftet. Lecker!«

»Deko ist mein zweiter Vorname«, witzelte Johannes und hob den kleinen Tannenzapfen hoch, den er als einzigen Dekogegenstand auf dem großen Tisch platziert hatte. »Und Koch ist mein Nachname.«

»Also riechen tut es wirklich ganz köstlich, Herr Johannes Deko Koch. Wo hast du denn kochen gelernt?«, fragte ich.

Johannes ging zum Topf, hob den Deckel an und rührte kurz um. »Ich habe meiner Mutter viel über die Schulter geschaut. Zwar hat Carl mich dann immer aufgezogen, aber ...«

»Bing! Bing!«, unterbrach ich ihn und drückte einen unsichtbaren Buzzer. »Da haben wir es schon, das Familienthema. Das ging aber schnell.« Übertrieben überlegend legte ich meine Stirn in Falten und einen Finger an die Schläfe. »Ich darf mir also etwas von dir wünschen. Lass mich nachdenken ...«

»Oh, nein. Jetzt bitte nicht so Sachen wie *Putz mir die Schuhe*. Oder *Küss mir die Füße*. Auf Rollenspiele und solche Dinge stehe ich nämlich gar nicht.«

»Nein, keine Sorge, ich auch nicht.« Doch küssen? Das wiederum war gar keine so schlechte Idee, dachte ich, auch wenn es nicht unbedingt die Füße sein mussten. Aber ich wollte ihn nicht dazu nötigen, schließlich hatte er schon gestern nach einem kleinen Kuss die Flucht ergriffen.

»Wie wäre es, wenn du uns etwas zu trinken holst? Das wäre ein guter Anfang«, sagte ich. »Aber nichts von Großvaters Medizin reinmachen, bitte«, fügte ich lächelnd hinzu.

Doch Johannes rührte sich nicht. Er holte keine Gläser, und er holte nichts zu trinken. Stattdessen ging er auf mich zu, nahm meinen Kopf zwischen seine Hände und küsste mich. Im ersten Moment war ich so überrascht, dass ich wie erstarrt und mit aufgerissenen Augen dastand und mich nicht bewegen konnte. Erst als Johannes mich vorsichtig weiter zu sich heranzog, löste sich meine Starre, und ich erwiderte seinen Kuss. War es gestern *meine* Zunge gewesen, die die Führung übernommen hatte, so kannte jetzt Johannes keine Zurückhaltung. Wild stob seine Zunge in meinen Mund, und wir küssten uns, als hätte es nie einen Zweifel daran gegeben, dass wir es beide wollten.

»Was war das denn?«, fragte ich, als wir uns wieder voneinander gelöst hatten. »Du solltest doch nur etwas zu trinken holen. Mehr wollte ich eigentlich gar nicht.«

»Stadtmensch, du bist manchmal ganz schön begriffsstutzig, oder? Jetzt habe ich dir so eine gute Steilvorlage geboten, und du nutzt sie nicht. Da musste ich eben selbst aktiv werden«, sagte er schelmisch.

»Na, wenn das so ist, können wir gerne weiter über deine Familie sprechen.« Schwer atmete ich aus und war mir nicht sicher, ob es an seinem Kuss oder an dem flackernden Kamin lag, dass mir plötzlich so heiß war.

Unschlüssig sahen wir uns an, und niemand sagte ein Wort. Alles, was ich wahrnahm, waren meine schweren Atemzüge und das stete Knistern der Holzscheite, in dem sich die Zeit zu verlieren schien. Wie lange standen wir uns nun schon regungslos gegenüber? Ein paar Sekunden? Eine Ewigkeit? Ich wusste es nicht. Aber ich hielt die Spannung nicht mehr aus und beugte mich vor, sodass sich unsere Münder wieder trafen.

Unter wilden Küssen schwankten wir langsam in Richtung Kamin, ohne uns auch nur einen Augenblick voneinander zu trennen. Erst als wir gegen die Rückenlehne des Sofas stießen, hielt ich es nicht länger aus und zog mich aus seinem Mund zurück. Entschlossen riss ich ihm das Hemd aus der Hose und versuchte, eine Hand unter den groben Baumwollstoff zu schieben, während die andere Hand sich zwischen seine Beine legte und seinen Schwanz drückte. Wie hart er doch war! Und wie sehr ich ihn wollte. Jetzt. Sofort. Also fing ich an, mich hastig an seinem Gürtel schaffen zu machen.

»Los, hilf mir mal! Hol ihn raus«, sagte ich, doch Johannes schob meine Hand von der Schnalle.

»Hey, sachte, Mann«, sagte er und rückte von mir ab. »Hast du es immer so eilig? Ich dachte, wir hätten Zeit.«

In aller Seelenruhe, aber mit einem Mordsständer – das sah ich selbst durch seine Jeans – ging er zu der kleinen Kirschholzkommode, die neben dem Kamin stand. Bisher hatte ich nicht darauf geachtet, doch nun sah ich, dass auf ihr ein altes, tragbares Radio mit CD-Player stand. Das musste mit Abstand das Neueste sein, das sich hier in diesem Raum befand, dachte ich schmunzelnd.

»Schau mal, ich habe extra für heute Abend neue Batterien besorgt«, sagte er, während er das altmodische Gerät etwas näher an sich heranrückte. »Wir haben also Musik! Was hättest du gerne?«

Irgendetwas, das uns schnell zur Sache kommen lässt, dachte ich. »Am besten etwas mit Tempo«, sagte ich. »Wie wäre es mit House oder Dubstep?«, schlug ich vor.

»Ich habe nur Post-Rock und Doom-Metal. Oder Klassik«, sagte er.

»Doom was?«, fragte ich nach.

»Doom-Metal. Metal mit langsamen Gitarrenriffs.«

Metal? Rock? Das wiederum war so gar nicht meine Baustelle. Aber als ich mir Johannes so ansah, konnte ich ihn mir mit seinen Tattoos, den langen Haaren und dem beginnenden Vollbart gut auf einem Metalkonzert vorstellen. Und von dem einmal ganz abgesehen, war es mir völlig egal, welche CD er anstellte. Hauptsache, es würde endlich weitergehen.

In aller Seelenruhe schichtete Johannes CD-Hüllen von einem Stapel auf den anderen und verwarf dabei jede CD, die ihm in die Hände fiel, während ich auf seinen Hintern starrte, der knackig in seiner Jeans saß.

Sollte er doch nach der richtigen Musik suchen, ich würde stattdessen nach mehr von ihm suchen, beschloss ich und ging auf Johannes zu, bis ich so dicht hinter ihm stand, dass ich den Duft seines herben Rasierwassers roch.

Johannes legte die nächste CD zur Seite und schüttelte mit dem Kopf, sodass die Strähnen, die sich aus seinem Haarknoten gelöst hatten, über den Hals und seinen Nacken strichen. Ich konnte nicht anders und schob die Strähnen zur Seite, legte meinen Kopf an seine Halsbeuge und küsste die warme Haut.

»Ey, ich habe noch nicht die richtige CD gefunden«, beschwerte sich Johannes, doch er legte seinen Kopf in den Nacken, damit ich mehr von seinem Hals küssen konnte, und drückte sich fest an mich.

Dabei presste er seinen Hintern gegen meinen Schritt, woraufhin mein Penis sofort reagierte. Kurzentschlossen schlang ich von hinten meine Arme um seinen starken Oberkörper und streichelte ihn durch den groben Baumwollstoff seines Holzfällerhemdes.

»Ich glaube, diese CD ist genau die richtige«, raunte er, ohne dass er die Hülle der CD sehen konnte, schließlich hatte er seinen Kopf noch immer in den Nacken gelegt.

Während ich feucht küssend und saugend über seinen Hals fuhr, suchte er blind nach der Taste, die das CD-Fach öffnete. Als er sie schließlich fand, hatten meine Hände bereits damit begonnen, sein Hemd aufzuknöpfen, und noch ehe die CD im Player lief und irgendein Klavierkonzert abspielte, hatte ich auch schon den letzten Knopf geöffnet.

Unbändig zog ich ihm das Hemd von den Schultern und bewunderte die kräftigen Muskelstränge an seinem Nacken, bevor ich anfing, auch sie mit Küssen zu bedecken.

Johannes drückte seinen Hintern fester gegen meinen harten Schwanz und schob uns zurück in den Raum, wo er sich nun umdrehte und sich vor mich stellte. Sein behaarter Oberkörper lugte verführerisch durch das offene Hemd, und ich konnte einen Moment nichts anderes tun, als Johannes anzustarren. In seinen verwaschenen Jeans, leicht breitbeinig dastehend, mit seinem offenen Holzfällerhemd und den nackten Füßen sah er aus, als könne ihn nichts und niemand umhauen. Kein großer Bruder, kein Golfhotel, kein Burnout, nichts. Und für einen Augenblick wollte ich mich nur an ihn anlehnen, doch dann sah ich die Beule in seiner Hose, und mein Körper schaltete um auf Sex.

Schnell beugte ich mich zu Johannes vor und begann, seine leicht kratzige Wange zu küssen, während ich eine Hand in die Gesäßtasche seiner Jeans steckte und die andere über seine Brust streifen ließ. Die feinen Härchen rieben mir an den Fingern, bevor ich seine Brustwarze fand und sie leicht mit dem Daumen und dem Zeigefinger zwirbelte.

»Ja«, keuchte er. »Du kannst ruhig härter zufassen.«

Ich kniff fester in seinen Nippel, und er stöhnte auf, woraufhin er seinen Ständer fest gegen meinen presste.

Nun fiel jede Zurückhaltung von uns ab. Johannes zog mir den Pullover über den Kopf und warf ihn in die Ecke, wo er vor dem Holztisch liegen blieb. Schon im nächsten Moment glitten seine leicht rauen Hände über meinen nackten Oberkörper und streichelten ihn überall. Hals, Brust, Nippel, Bauch. Nie ahnte ich, wo ich seine Finger als nächstes spüren würde, aber sie trieben mich immer weiter an.

Unbeholfen nestelte ich an seiner Hose, bis ich endlich drei Knöpfe seiner Jeans geöffnet und freie Bahn hatte. Ich schob meine Hand in seine Boxershorts und griff mir seinen harten Schwanz.

Johannes stöhnte auf, als ich seine Vorhaut zurückzog und mit dem Finger über seine feuchte Eichel strich. Doch ihn nur mit der Hand zu berühren, reichte mir nicht. Ich wollte mehr. Also zog ich Johannes schnell die Hose bis zu den Knöcheln hinunter und kniete mich vor ihn. Einen Moment lang zuckte sein erigierter Penis vor meinem Gesicht, und ich sah, dass er nur seine Eier und den Schwanz rasiert hatte. Seinen Busch hatte er lediglich leicht gestutzt. Die schwarzen Haare kräuselten sich verführerisch über der Peniswurzel, sodass ich einem Impuls folgte und mein Gesicht darin versinken ließ.

Sofort schlug mir der Duft aus frischem Schweiß und Lust in die Nase, und ich sog ihn tief ein.

»Geil!«, sagte ich, und als ich spürte, dass sein Schwanz sich an meiner Wange rieb, entfuhr es mir noch einmal: »Geil!«

Auch Johannes stöhnte auf, als er seinen Penis gegen mein Gesicht drückte, ehe er seine Hände in meinen Haaren vergrub und meinen Kopf ein Stückchen von seinen Lenden wegzog. Unbewusst leckte ich mir über die Lippen und feuchtete sie an, weil ich wusste, was kommen würde.

Schon lange war ich nicht mehr derjenige gewesen, der vor einem anderen Mann gekniet hatte, aber jetzt fühlte es sich genau richtig an, und ich wollte nichts anderes tun, als diesen Schwanz zu blasen. Und Johannes ließ mich nicht warten. Er legte mir seine Eichel an die Lippen, hielt meinen Kopf mit seinen Händen fest und schob dann seinen Schwanz mit einem festen Stoß tief in meinen Mund.

Erregt keuchte ich auf, und Johannes verstand sofort, dass ich mehr davon wollte. Augenblicklich bewegte er meinen Kopf mit seinen Händen vor und zurück, sodass ich seinen Schwanz genüsslich blasen konnte. Er schmeckte wundervoll, und ich nahm ihn bis zum Schaft in mir auf, während ich ihm die rasierten Eier massierte, die sich vor Erregung bereits weit zurückgezogen hatten.

»Massier sie fester«, spornte er mich an, und ich ließ es mir nicht zwei Mal sagen. Behutsam zog ich sie nach unten, sodass ich sie mit einer Hand ganz umgreifen konnte. Ich drückte sie leicht, und Johannes quittierte es mit einem scharf eingesogenen »Ja, gut so«.

Vorsichtig drehte ich meinen Kopf ein wenig nach oben, damit ich Johannes beobachten konnte, wie er über mir stand. Den Kopf hatte er leicht in den Nacken gelegt und die Augen vor Lust verdreht. Wie es aussah, machte ich meine Sache gut.

Doch in dem Moment schoss mir ein zweifelnder Gedanke durch den Kopf: Nils, du bist nicht der Typ, der sich in die passive Rolle begibt und es den anderen besorgt. Du bist der Macher!

Johannes nahm mein leichtes Zögern wahr und schaute mich an. Ohne etwas zu sagen, wand er sich erst ganz aus seiner Hose. Dann zogen mich seine Hände, die immer noch meinen Kopf hielten, zu sich hoch, bis ich wieder vor ihm stand. Eine Sekunde lang sahen wir uns nur an, und ich vergaß alles, was ich glaubte, sein zu müssen. Der Macher, der Organisator, der Aktive. Jetzt war ich einfach nur ein Mann, einfach nur Nils – und verdammt geil auf diesen Typen, der gerade wie ein Baum vor mir stand. Groß, stark und gefestigt in dem, was glaubte und was er tat.

Entschlossen zog er meinen Kopf zu sich, und wir begannen von Neuem, uns zu küssen. Erst langsam, doch schon einen Wimpernschlag später wild und ungezügelt. Dabei machte sich Johannes gekonnt an meiner Hose zu schaffen, und es dauerte nicht lange, bis er sie geöffnet hatte.

»Warte, ich ziehe sie aus«, sagte ich atemlos und befreite mich von sämtlichen Klamotten.

Endlich standen wir uns nackt gegenüber. Ohne jede Hülle, ohne Maske, ohne Scham. Endlich waren wir einfach nur zwei Männer mit zuckenden Schwänzen und triebhafter Lust, der wir uns gleich hingeben würden. Wie gut sich das doch anfühlte, dachte ich kurz. Wie befreiend es war, sich ganz im Moment vergessen zu können. Herz und Schwanz statt Kopf; das tat gut, und ich spürte, das ich nicht nur meine Kleider, sondern auch all meine Verpflichtungen, meine Kontrolle und meine Selbstbeherrschung abgelegt hatte.

»Du bist der Hammer«, hörte ich mich sagen, »lass uns endlich ficken!«, und schon glitten wir auch schon hemmungslos küssend auf das Sofa. Im Kamin knackte das Feuer, während wir miteinander rangen, uns leckten, zärtlich und doch fordernd kniffen, uns überall berührten und uns derbe Komplimente machten, die uns mehr und mehr das Hier und Jetzt vergessen ließen.

Schweißbedeckt waren wir mittlerweile, sodass sich unsere mal liebenden, mal kämpfenden Körper nass und schmatzend aneinander rieben.

Dann, ganz plötzlich, drehte mich Johannes auf den Rücken, glitt an mir hinunter und nahm meinen Schwanz so tief und saugend in sich auf, dass ich schon nach wenigen seiner Bewegungen zu kommen drohte. Doch Johannes spürte, dass sich mein Orgasmus seinen Weg bahnen wollte. Kurz bevor ich mich in ihm entladen konnte, entschwand er meinem Mund und ließ meinen Schwanz zuckend und fordernd zurück. Fast war ich versucht, zu protestieren, doch da merkte ich, dass er mit seiner Zunge tief zwischen meine Beine wanderte. Erregt schloss ich meine Augen, bis er mit seinen Händen meine Knöchel umfasste und meine Beine aufstellte.

»Mach sie breit«, hauchte er, obwohl er meine Oberschenkel bereits nach außen drückte, um besser an meine Öffnung gelangen zu können.

Mein Herz hämmerte wild in meiner Brust, und obwohl ich schon lange nicht mehr genommen worden war, wollte ich jetzt nichts anderes. Ich wollte, dass Johannes mich fickte. Fest drückte ich meinen Hintern gegen seine Zunge, als er anfing, meine Rosette zu lecken.

»Fuck« und »Hmm«, keuchte ich vor Lust, als er sie fest und feucht in mich schob, bevor er seinen Daumen dazu nahm und ihn mir ebenfalls in das enge

Loch schob. Rhythmisch bewegte ich mein Becken im Takt seines Daumens und entspannte mich zusehends, sodass Johannes einen weiteren Finger in mich schob und dann noch einen.

Schon sein ungezügeltes Fingerspiel ließ mich alle Hemmungen vergessen. Wie erst würde es sein, wenn er mit seinem Schwanz in mir sein würde?

»Fick mich«, sagte ich, und ich merkte, dass es etwas flehend klang.

»Warte einen Moment«, meinte Johannes keuchend und ließ seine Finger langsam, ganz langsam meinem Hintern entweichen, bevor er zu der kleinen Kommode ging, in der obersten Schublade wühlte und mit einem Kondom zurückkam.

Schnell zog er das Gummi über und kniete sich erst wieder zu mir auf das Sofa, eher er sich in seiner ganzen Länge auf mir niederließ. Schwer, heiß und feucht spürte ich ihn auf meinem Körper, und das Gewicht seiner männlichen Statur, mit dem er mich in die Polster drückte, trieb mich endgültig in den Sog der Lust. So tief fallen gelassen hatte ich mich schon lange nicht mehr. Vielleicht sogar noch nie.

Speichel schluckend küssten wir uns, während ich meine Beine wieder anwinkelte und meinen Hintern gegen seine Lenden schob, bis es endlich so weit war. Ich spürte den Druck seiner Eichel an meinem Anus.

»Mach! Los!«, rief ich aus, doch Johannes hielt inne.

»Ich könnte dir stundenlang in die Augen sehen. Wie schön sie sind, wenn du geil bist«, sagte er.

»Bitte«, raunte ich, um ihn wissen zu lassen, dass mich sein Warten quälte. Ihm zunächst weiter in die Augen schauend, hob ich meinen Kopf und lenkte meinen Blick dann auf seinen Schwanz, der vor meinem Loch zu beben schien. *S-t-e-c-k i-h-n r-e-i-n*, sollte das heißen. Und endlich erhörte Johannes meine Bitte. Langsam, aber fordernd drang er Zentimeter für Zentimeter weiter in mich ein, eher er seine Zurückhaltung aufgab und mit einem harten Stoß vollends in mich einfuhr.

Kurz brannte es, und mir stockte der Atem, als ich spürte, wie sich meine Muskeln reflexartig zusammenzogen. Doch nachdem sich die dicke, große Eichel ihren Weg gebahnt hatte, merkte ich, dass auch der Rest mühelos in mir versinken konnte.

»Oh, mein Gott«, stöhnte ich.

»Alles okay?«, fragte er, und ich schnappte nickend nach Luft, als er anfing, sich in mir zu bewegen – erst langsam, doch kurz darauf schon schneller und immer fordernder. Alles passte. Alles pulsierte. Und so schob ich meinen Unterleib mit aller Kraft noch etwas enger an Johannes heran, damit sein Schwanz mich noch tiefer berühren konnte. Noch ein kleines Stück. Und noch eines. Ungehalten presste ich mich ihm entgegen, und als er mich endlich so tief fickte, wie es sich mein Körper ersehnt hatte, krallte ich mich fest in seine Oberarme und schrie verdorben auf.

»Du, geiler Mann, du«, rief ich, und ich wunderte mich einen kurzen Moment selbst ob meiner Wollust, doch Johannes trieb mir jeden weiteren Gedanken aus dem Hirn. Immer härter, immer fester stieß er zu, und mit jedem seiner Stöße verschmolzen unsere beiden Körper mehr und mehr zu einem Ganzen. Beide stöhnten wir auf. Und beide schrien wir leise, wenn er bis auf die Eichel aus mir herausglitt, nur um mich dann umso tiefer zu penetrieren. Wie synchron bewegten wir uns und steigerten die Lust, die uns weiter vor peitschte.

Fickten wir? Liebten wir uns? Oder liebte ich es, von ihm gefickt zu werden? Ich wusste es nicht, und ich wusste auch nicht, wie mich Johannes dazu gebracht hatte, dass ich nun gänzlich passiv auf dem Rücken lag. Einladend hielt ich mein Becken hoch, während Johannes seine Hände in meine Kniekehlen presste und meinen Hintern so in die Höhe kommen ließ, dass er mich nun eher von oben als von hinten nahm.

Fiebrig hörte ich mich seinen Namen rufen, als er sich weiter rhythmisch in mich hineinpumpte und er sein Gesicht dabei über meines brachte.

»Küss mich«, sagte ich, doch stattdessen spitzte er seinen Mund und ließ etwas Speichel erst langsam über seine Unterlippe und dann in einem dünnen Rinnsal auf mich ab. Gierig öffnete ich meine Lippen, und als seine Spucke meinen Mund schließlich erreicht hatte, ließ ich sie mir langsam auf der Zunge zergehen. Wie gut er schmeckte! Und wie sehr wir uns gemeinsam gehen lassen konnten. Ich glühte förmlich vor fiebriger Hitze, und in meinem Kopf war es plötzlich nicht seine Spucke, sondern sein Sperma, das ich kostete.

Ohne dass ich es beabsichtigt hatte, schoss meine Zunge noch einmal aus dem Mund und fuhr erst lüstern über die Lippen, ehe sie züngelnd um mehr bat.

Johannes aber richtete sich wieder auf, lehnte sich ein wenig zurück und begann, meinen Schwanz zu wichsen. Erst massierte er nur meine Eichel mit zwei Fingern, dann aber küsste er sie nass, umschloss sie mit der ganzen Hand und fuhr damit immer schneller werdend auf und ab. Seine Stöße indes ließen nach, doch ich wollte nicht, dass sie nachließen. Also sagte ich: »Ich mach's mir selbst. Ich will, dass wir zusammen kommen.«

Dann ging alles schnell. Mit der einen Hand bereitete ich mir Lust, mit der anderen wanderte ich von Brustwarze zu Brustwarze und zurück.

»Ja, berühr dich, Nils. Das sieht gut aus«, knurrte Johannes, der seine stoßenden Bewegungen wieder beschleunigte und immer lauter keuchte, während seine Lenden an meinen Hintern klatschten. Atem, Rhythmus, Stöhnen, alles nahm ungebremst an Tempo zu, und ich zitterte bereits am ganzen Körper, als ich sah, dass Johannes seine Augen schloss.

Gleich würde er kommen, das sah ich ihm deutlich an, und auch ich konnte mich nicht länger zurückhalten. Noch ein, zwei kräftige Male stieß ich meinen Penis in meine Hand, dann explodierte die Lust in meinem Körper.

»Jetzt«, rief ich, als sich das Sperma seinen Weg bahnte und mich kurz darauf am Kinn und auf der Brust traf. Zuckend stob ich ein zweites Mal vor und krallte mich ins Sofa, bis mich die Welle der Lust wieder freigab und ich spürte, wie auch Johannes vom Orgasmus ergriffen wurde. Kurz zogen sich alle seine Muskeln zusammen, und er rührte sich nicht. Dann aber stöhnte er laut auf, und als er seinen Kopf auf meine Brust drückte, war es schließlich so weit, und er ergoss sich in mehreren Schüben.

Kapitel 11

Erschöpft ließen wir uns auf das Sofa fallen, und Johannes wischte mir zärtlich, ja fast schon liebevoll, die klebrigen Reste unsere Lust von Kinn und Brust.

»Das war wundervoll«, sagte er, »danke.«

»Du bist wundervoll«, entgegnete ich, legte meinen Kopf an seine Schulter und schaute den Flammen des Kamins dabei zu, wie sie die Holzscheite langsam aufzehrten. Der orange Feuerschein tanzte über dem Holz und auf unseren nackten, von Schweiß glänzenden Körpern, die mehr und mehr zur Ruhe kamen. Wie gerne hätte ich mich ganz in diese Entspannung gegeben, doch stattdessen richtete ich mich auf, um aufzustehen.

»Wo willst du denn hin?«, fragte Johannes. »Hau doch nicht gleich wieder ab.«

Schnell legte ich mich wieder hin, doch ich merkte, dass ich mich leicht unwohl dabei fühlte. Ich war es schlicht und einfach nicht gewöhnt, nach dem Orgasmus neben dem Mann, mit dem ich Sex gehabt hatte, liegen zu bleiben. Normalerweise spritzte ich ab – fertig, aus und tschüss. Jetzt aber war da Johannes, hielt erwartungsvoll einen Arm hoch und sagte: »Komm schon, kuscheln tut nicht weh.«

Also legte ich meinen Kopf zurück an seine Brust und riet mir, mich locker zu machen. Kurz kämpfte ich noch gegen mich selbst an, doch schon nach wenigen Augenblicken spürte ich, wie ich müde wurde. Angenehm müde. Nicht so leer und ausgesogen wie nach meinen letzten Bettgeschichten. War es womöglich genau das, was mir gefehlt hatte? Zärtlichkeit? Jemand, an den ich mich anlehnen konnte? In Gedanken schüttelte ich den Kopf, doch in der Realität, hier in den Armen von Johannes, begann ich, die streichelnden Bewegungen zu genießen, die er mir zukommen ließ.

Wann hatte mir ein Mann zum letzten Mal so zärtlich den Kopf gekrault? Oder gar das Ohrläppchen? Und wie lange war es her, dass ich umgekehrt meine Finger nach dem Abspritzen auf Wanderschaft hatte gehen lassen?

Mir fiel es nicht ein. Und im Grunde war ich auch gerade viel zu glücklich, um weiter darüber nachzudenken. Also ließ ich mich einfach von Johannes Atem tragen und lauschte der Musik, die gerade wieder von vorne zu spielen anfing.

»Hey Nils!«, rüttelte Johannes mich sanft. »Na, gut geschlummert? Du bist also einer dieser Typen, die nach dem Sex einschlafen?«, grinste er.

»Oh, ich bin wohl weggedriftet. Das passiert mir sonst niemals«, murmelte ich entschuldigend. »Außer, wenn ich bei dir bin. Ich weiß auch nicht. Du tust mir …«

»Psst«, unterbrach er mich. »Du musst dich nicht entschuldigen. Es waren auch nur ein paar Minuten, und es war schön, dich im Arm zu halten. Außerdem bist du jetzt ja wieder fit. Das sehe ich.«

Überschwänglich sprang Johannes vom Sofa, sodass mein Kopf auf das Polster fiel, was mich zumindest dazu brachte, ein Auge halb zu öffnen.

Johannes stand vor dem Kamin und zog kräftig an der Felldecke, auf der ich gerade lag.

»Lass uns raus gehen!«, beschloss er lächelnd, während ich zusammen mit der Felldecke polternd von der Couch fiel und mich auf dem Boden wiederfand.

»Aua!«, sagte ich, obwohl mir nichts wehtat. »Bist du immer so grob zu den Typen, die du mit nach Hause nimmst?«

»Nur, wenn sie so sexy sind wie du«, sagte Johannes grinsend. »Auf, lass uns rausgehen!«

»Nackt?«, fragte ich verwundert.

»Klar, warum denn nicht? Mein nächster Nachbar wohnt einen halben Berg weiter. Also keine Angst, deine Frau Doktor wird dich nicht nackt zu Gesicht bekommen. Obgleich sie sicher nichts dagegen hätte, so heiß wie du aussiehst.«

»Äh, danke für das *Heiß*. Aber draußen ist es doch sicher arschkalt«, warf ich ein.

»Nicht unter meiner dicken Felldecke. Und nicht, wenn wir uns gegenseitig wärmen.«

Okay, okay, Johannes hatte gewonnen, doch verrückt fand ich seinen Vorschlag nach wie vor.

Kritisch stand ich auf und folgte ihm zur Tür.

Als wir aus der Hütte ins Freie traten, dampften unsere aufgeheizten Körper in der Kälte, und Wölkchen stiegen in die Nacht hinauf. Der bald volle Mond stand hoch und hell am Himmel und tauchte die Berglandschaft in sein silbriges Licht, sodass ich bis hinauf zum Gipfel blicken konnte, wo sich das Holzkreuz dunkel vom leuchtenden Sternenhimmel abhob. Einem Impuls folgend streckte ich die Hände in die Höhe, drehte mich einmal um mich selbst und hüpfte dabei wie ein Kind.

»Juhu, Freiheit«, rief ich und sah den Atemwolken nach, die dabei aus meinem Mund kamen. »Das ist traumhaft schön«, sagte ich zu Johannes, der mir amüsiert bei meinem kleinen Tanz zugesehen hatte.

»Zumindest schläfst du nicht mehr«, sagte er augenzwinkernd.

»Ich habe nur geruht, nicht geschlafen!«, log ich und lachte.

»Hast du wohl!«

»Na, dann muss es daran gelegen haben, dass du mich gelangweilt hast«, foppte ich ihn, während ich zum Wassertrog lief, meine Hand in das eisige Wasser tauchte und Johannes damit bespritzte.

»Hey«, rief er und lief dann selbst zum Brunnen, wo er seine Hände zu einer Schale formte, sie in das Wasser tauchte und mir einen gehörigen Schwall über-schüttete. Hatte ich das Wasser heute Morgen noch als bitterkalt empfunden, so musste es nun kurz vor dem Gefrierpunkt stehen.

»Scheiße, ist das kalt!«, fluchte ich und machte, dass ich von der Tränke fort kam.

»Warte auf mich«, rief Johannes und lief mir hinter-her, doch ich war schneller. Aufgedreht rannte ich ein paar Runden über die Wiese, als ich von weitem Kira sah, die schwanzwedelnd auf uns zu gerannt kam.

»Kira, altes Mädchen, komm her und wärme mich«, feuerte ich sie an, und sie schien mich zu ver-stehen. Mit kräftigen Sätzen spurtete die Wolfshündin auf mich zu und baute sich dann schwanzwedelnd vor mir auf. Freudig beugte ich mich zu ihr herunter und legte meine Arme um ihren Hals, sodass ihr war-mes Fell meinen Körper kitzelte. Dann aber stieß Johannes zu uns, und Kira befreite sich aus meiner Um-armung, um sich ihrem Herrchen entgegenzuwerfen.

Johannes taumelte leicht zurück, als Kira an ihm hochsprang, ihre Vorderpfoten auf seine Schulter legte und versuchte, ihm im Stehen das Gesicht zu lecken.

»Oh!«, sagte er. »Sie vergisst gerne mal, dass sie ein Wolfshund und kein Dackel ist. Schon gut, Kira, schon gut. Geh wieder runter von mir!«

Nachdem Kira ihm noch zwei Mal über das Gesicht geleckt hatte, nahm sie ihre Pfoten wieder herunter und sprang dann um uns beide herum.

Johannes kam auf mich zugelaufen und breitete die Felldecke, die er aus der Hütte mitgenommen hatte, vor seiner Brust aus.

»Komm, es wird kalt«, sagte er und stellte sich ganz dicht hinter mich, sodass ich seinen Körper an meinem nackten Rücken spürte. Dann warf er die Decke über uns und wickelte uns beide darin ein. Sein warmer Atem streifte über meinen Hals, als er seine Wange dicht an meine legte und sagte: »Diesen Abend mit dir werde ich nie vergessen, Nils. Du bist etwas ganz Besonderes.«

»Ach, quatsch«, sagte ich verlegen und war froh, dass er im Mondlicht nicht sehen konnte, wie ich rot wurde.

»Doch, ganz ehrlich. Ich bin glücklich, dass ich in einer so schönen Nacht wie dieser mit dir zusammen bin.«

Beinahe schien es, als hätte Kira seine Worte verstanden, denn sie kam wieder zu uns und stupste mit der Nase gegen die Felldecke.

»Klar, bin ich auch froh, dass du da bist, Kira«, sagte Johannes, und wir lachten beide.

»Hier oben sieht man so unglaublich viele Sterne. Ganz anders als in Berlin«, lenkte ich ab. Ich wollte nicht über Gefühle sprechen, von denen ich nicht wusste, was sie mir bedeuteten. Mir reichte es, in diesem Augenblick mit Johannes hier zu stehen und in den Abendhimmel zu schauen.

»Toll, oder? Ich liebe das. Einfach nur so dastehen. Sich als Teil des großen Ganzen fühlen. Guck mal, wie die Milchstraße uns wie ein Dach überspannt. Das ist doch der Wahnsinn, findest du nicht?« Fasziniert blickte Johannes über sich. »Allein schon deshalb würde ich nie wieder zurück in die Stadt ziehen. Nur hier ist die Luft noch so klar; da überdeckt die Lichtverschmutzung nicht die Sterne über uns.«

»Lichtverschmutzung? Du meinst die Luftverschmutzung«, korrigierte ich ihn.

»Nein, du hast schon richtig gehört. Die Lichtverschmutzung. Die Städte sind auch in der Nacht so hell, dass man kaum noch etwas am Himmel leuchten sieht. Und wenn du dabei nur an die Laternen denkst, dann vergisst du die schlimmsten Sternen-Räuber. Die vielen Leuchtreklamen, Videowände, Flutlichter, Skybeamer und der ganze andere Quatsch.«

»Findest du das so schlimm?«

»Ja und ob. Wenn wir nichts dagegen tun, wird die Lichtverschmutzung schon in rund zehn Jahren so groß sein, dass wir die Milchstraße nirgendwo mehr auf der Welt zu sehen bekommen«, sagte er wehmütig. »Hier aber leuchtet sie noch so wie eh und je.«

»Hat die Sternen-Alm also daher ihren Namen? Weil man hier oben so viele Sterne sehen kann?«

»Nicht ganz. Wenn du von hier, wo wir jetzt stehen, zu meiner Hütte und dann zum Gipfel hinaufschaust, was siehst du dann?«

Neugierig sah ich zurück zu seiner Holzhütte, die vielleicht dreißig Meter von uns entfernt lag und die mit ihren gelb erleuchteten Fenstern einladend auf uns zu warten schien. Von dort aus ließ ich meinen Blick langsam den Berg hinauf gleiten und wieder hinunter.

»Es sieht aus, als schwebe das Gipfelkreuz genau über deiner Hütte. Meinst du das?«, fragte ich.

»Genau. Und wenn du jetzt vom Kreuz weiter hoch in den Himmel schaust?«

Erneut ließ ich meinen Blick in die Höhe schweifen. Über den Fels, hinauf bis zum Kreuz und weiter in den Himmel. Dort leuchtete ein Stern besonders hell.

»Der Polarstern!«, rief ich. »Er schwebt fast genau über dem Kreuz und deiner Hütte.«

»Richtig. Daher hat die Alm den Namen Sternen-Alm. An Heiligabend steht der Polarstern sogar direkt über der Hütte und dem Gipfelkreuz.«

Fasziniert blickte ich noch einmal zwischen der Hütte, dem Gipfel und dem Stern hin und her. Ob es wohl Zufall war, dass die Hütte genau an der Stelle stand?

»Komm, lass uns reingehen. Ich habe Hunger, und allmählich wird mir doch recht kalt«, stellte Johannes fest.

Zwar hätte ich am liebsten noch ewig in den Himmel gestarrt; mit Johannes dicht und warm an meinem Rücken. Doch meine Füße wurden langsam zu Eisklötzen. Also nickte ich zustimmend.

Johannes nahm die Decke von uns, und wir beeilten uns, zurück zur Alm zu laufen, wobei uns Kira freudig folgte.

Gerade hatten wir die Hälfte des Weges zurückgelegt, als ich meinte, aus dem Augenwinkel eine Bewegung wahrgenommen zu haben. Trotz dass ich mittlerweile vollkommen durchgefroren war, blieb ich stehen und drehte mich zu dem Felsen um. Der Mond stand noch immer hell am Himmel, doch in seinem Licht konnte ich nichts Ungewöhnliches erkennen.

Aber halt. Dort im Schatten des Felsens. Hatte sich dort gerade etwas bewegt? Ich schaute genauer hin, aber da war nichts. Oder etwa doch? Angestrengt kniff ich meine Augen zusammen, um noch besser sehen zu können. Stand dort jemand im Schatten und schaute verstohlen zu uns herüber?

»Nils, wo bleibst du denn? Du holst dir noch den Tod, nun komm schon!« Johannes stand in der Tür der Alm, die Schultern hochgezogen und die Arme schützend um seine nackte Brust gelegt.

Ich blickte noch einmal zurück zum Felsen. Wahrscheinlich hatte ich mich getäuscht, dachte ich.

Doch sicher war ich mir nicht, und mein ungutes Gefühl folgte mir in die Hütte.

Kapitel 12

Obwohl wir noch bis tief in die Nacht hinein gegessen und getrunken, geredet und gekuschelt hatten, stand Johannes am nächsten Morgen bereits in aller Herrgottsfrühe auf und begann mit seiner Morgentoilette an der Quelle vor dem Haus.

Wenig erpicht auf die Aussicht, mich schon wieder mit dem Eiswasser zu waschen, beschloss ich, lieber in mein Pensionszimmer ins Dorf zu fahren und mich dort unter die heiße Dusche zu stellen.

»Du bist so ein Weichei, Stadtmensch«, neckte Johannes mich, als ich zu meinem Auto ging. Er stand neben dem Trog und seifte sich gerade ein.

»Du solltest lieber mal in der Zivilisation ankommen, Dorftrottel«, schoss ich zurück, woraufhin er auf mich zugelaufen kam und mich fest in seine nassen Arme nahm.

Zuerst wehrte ich mich nach Kräften und versuchte, den glitschigen, kalten Körper von mir wegzudrücken, aber Johannes ließ nicht locker. Lachend schüttelte er den Kopf, was mir Wassertropfen und seine langen Haare ins Gesicht fliegen ließ.

»Geh weg, du kalter, toter Fisch«, rief ich.

»Tot ist der Fisch nicht«, raunte er und presste seine Boxershorts gegen mein Bein. Ich spürte, dass sein

Schwanz trotz der Kälte begann, hart zu werden. Beherzt griff ich in seine Shorts und umklammerte seinen halbsteifen Penis, der unter meiner Berührung nun komplett hart wurde. Meine Finger schoben seine Vorhaut zurück und umkreisten fordernd seine Eichel.

»Ich muss los, wenn ich noch duschen und pünktlich zur Therapie kommen will«, sagte ich, ohne seinen Ständer loszulassen. Meine Hand begann, sich langsam auf und ab zu bewegen, während noch mehr Blut in seine Lenden schoss und seinen Penis pulsieren ließ.

»Dann musst du dich beeilen«, stöhnte er und ließ sein Becken vor und zurück gleiten.

Ohne darüber nachzudenken, kniete ich mich in das mit Raureif überzogene Gras, holte ihn heraus und stülpte meine Lippen über seine Eichel. Fest saugte ich an der empfindlichen Stelle und hielt dabei den Schaft mit der Hand fest umklammert. Johannes keuchte und schob mir einige Male seinen Penis fest in den Mund.

Auch ich stöhne leise auf, und aus den Augenwinkeln sah ich, wie sich sein Körper schon nach ein paar weiteren Stößen zu verkrampfen begann.

»Ich komme«, presste er hervor und wollte sich aus mir zurückziehen, doch ich hielt seinen Schwanz weiter fest umklammert und presste meine Lippen fest um seine Eichel.

Er stöhnte auf, schob ein letztes Mal sein Becken vor, und dann ergoss er sich herb und salzig in mir.

Einen kurzen Moment hielt ich meine Augen geschlossen und umspielte mit meiner Zunge seinen dickflüssigen Samen. Dann schluckte ich jeden noch kommenden Schwall seiner Lust hinunter, bis sich auch der letzte Tropfen aus Johannes entladen hatte. Zufrieden zog ich mich zurück, küsste seine Eichel und stand wieder auf.

»Also bis später. Ich gehe jetzt duschen, und du solltest dich aufwärmen gehen.

»Mir ist bereits warm geworden«, grinste er und zog die Boxershorts wieder hoch. »Bis heute Abend! Da werde ich mich revanchieren, versprochen.«

»Passt schon«, sagte ich und zwinkerte ihm zu, weil ich damit seine Standardantwort auf solche Aussagen geklaut hatte.

Ich winkte Johannes zum Abschied zu, stieg in meinen Mietwagen und beeilte mich, ins Dorf und in die *Pension Sonnenschein* zu fahren.

»Grüß Gott«, hieß mich die ältere Dame im Dirndl an der Rezeption willkommen, als ich dort eintraf.

»Morgen!«, sagte ich gut gelaunt und wartete, dass sie mir meinen Schlüssel geben würde.

»Eigentlich brauchen's das Zimmer ja gar nicht, wenn's ohnehin nie darin nächtigen«, sagte sie und schaute mich neugierig an. »Wie man hört, haben's die Tanja durchs Dorf gefahren. Haben's bei ihr geschlafen?«

Innerlich verdrehte ich die Augen und dachte: *Na, wenn du wüsstest, wo ich übernachtet habe. Bei Tanja ganz sicher nicht.* Trotzdem war ich erstaunt, wie schnell der Tratsch im Dorf die Runde gemacht hatte, nur weil ich Tanja gestern nach Hause gefahren hatte.

»Passt schon«, klaute ich noch einmal Johannes' Floskel, denn sie schien mir genau die richtige Unverbindlichkeit zu haben. Sollte die Alte doch denken, was sie wollte. »Kann ich jetzt bitte meinen Schlüssel haben?«

»Ja, bitte schön, der Herr Sander«, sagte sie, doch ihre Stirn hatte sich in Falten gelegt. Wahrscheinlich rätselte sie, ob ich nun bei Tanja übernachtet hatte oder nicht.

Mich kümmerte das nicht weiter, stattdessen ging ich in mein Zimmer, und schon nach wenigen Minuten stand ich unter der Dusche und ließ mir das heiße Wasser über meinen Körper laufen. Noch immer hatte ich den Geschmack von Johannes im Mund, und mein Magen flatterte aufgeregt, als ich an ihn dachte.

Wie sollte ich nur den langen Tag überstehen, ohne ihn wiederzusehen?, dachte ich wie ein verliebter Teenager und holte mich dann zurück auf den Boden der Tatsachen, indem ich das Wasser auf kalt stellte. Die kleine Affäre hatte keine Zukunft, überlegte ich, denn schon in ein paar Tagen würde ich wieder in Berlin sein und mir eine Penthouse-Wohnung kaufen, während Johannes weiter in seiner Almhütte sitzen und den Kamin anstarren würde. Andererseits …

Nachdem ich fertig geduscht und im Gasthof, der zur Pension gehörte, ein rustikales Frühstück zu mir genommen hatte, schaute ich auf die Uhr und stellte fest, dass es erst halb elf war. Noch über eine Stunde Zeit, bis die Therapiesitzung, inklusive Vorweihnachtsüberraschung, losgehen würde.

Hmm, was sollte ich bis dahin nur anstellen? Da ich ohnehin rauf auf den Berg muss, um zu Dr. Heise zu gelangen, könnte ich doch vorher noch mal kurz bei Johannes vorbeifahren, sinnierte ich. Die Zeit würde dafür ausreichen. Zwar hatte ich mir gerade noch geschworen, mich nicht zu sehr in die Affäre zu stürzen, aber gegen einen kleinen Überraschungs-besuch würde doch wohl nichts einzuwenden sein.

Kurz dachte ich an meinen unangemeldeten Be-such von gestern, aber das war etwas anderes, fand ich. Da hatte ich noch nicht mit Johannes geschlafen, hatte noch nicht die ganze Nacht mit ihm verbracht und hatte ihm auch noch keinen geblasen. Dieses Mal würde er sich bestimmt ungetrübt freuen, mich noch einmal zu sehen, machte ich mir Mut. Und sollte sein Bruder Carl wider Erwarten doch wieder bei ihm sein, würde ich einfach kurzerhand umdrehen und mich aus dem Staub machen.

Verstohlen schaute ich mich im Schankraum um, ob die ältere Dame von der Rezeption, die auch die Wirtin des Gasthofs war, mich beobachtete, doch ich konnte sie nirgendwo sehen. Also ignorierte ich das Schild *Nichts vom Frühstück mitnehmen*, schnappte ich mir zwei Brötchen aus dem kleinen Körbchen und steckte sie zusammen mit einigen Plastikdöschen der portionierten Marmelade in meine Jackentaschen. Das reichte für ein zweites Frühstück mit Johannes.

»Soll ich Ihnen nicht lieber eine Tüte für die Brötchen geben?«, rief mir die Wirtin aus der Küche zu. Verdammt, sie hatte ihre Augen und Ohren scheinbar überall.

»Äh, nein danke«, sagte ich etwas verlegen und machte, dass ich weg kam.

Geschwind bugsierte ich den Jeep vom Parkplatz der Pension und fuhr zurück in das kleine Dorf, das ich doch gerade eben erst durchquert hatte. Warum hatte Johannes auch kein warmes Wasser? Dann hätte ich gleich bei ihm bleiben können, dachte ich und konnte es kaum erwarten, ihn wiederzusehen. *Cool down* sah anders aus, wie ich feststellen musste, als mein Herz schneller zu schlagen begann, sobald ich an den eigenbrötlerischen Bauern auf der Alm dachte.

Ganz in Gedanken an Johannes ratterte ich in meinem Mietwagen über die kopfsteingepflasterte Straße durch den Dorfkern – vorbei an der Kirche und dem für meine Begriffe etwas überdimensionierten Rathaus –, als ich vor mir vier Männer halb auf der Straße stehen sah. Einer von ihnen hielt einen großen, ausgebreiteten Plan in den Händen, und alle vier steckten ihre Köpfe hinein. Mit einem Schlenker fuhr ich um die kleine Gruppe herum, doch die Männer hatten keine Augen für den Verkehr, sondern starrten eifrig diskutierend auf den großen Papierbogen.

Erstaunt über so viel Leichtsinn schüttelte ich mit dem Kopf. Wäre ich nur etwas abgelenkter gewesen, hätte es gut sein können, dass ich mitten in sie hineingefahren wäre.

Erst als ich bereits an ihnen vorbeigefahren war, wurde mir bewusst, dass ich einen von ihnen kannte. Carl, der Bruder von Johannes, war einer der vier Typen gewesen, und wenn mich nicht alles getäuscht hatte, hatte er den Plan in den Händen gehabt.

Schnell fuhr ich rechts ran, parkte den Wagen in einer Parkbucht und schaute mich um. Tatsächlich. Dort hinten stand Carl mit drei anderen Männern, und wie vermutet war er wirklich derjenige, der den Plan hielt.

Ob es da womöglich um sein geplantes Golfhotel ging?, fragte meine innere Stimme. Also dass hier ein Bauprojekt besprochen wurde, stand jedenfalls fest. Als Bauleiter wusste ich schließlich, wie so eine Vor-Ort-Besprechung aussah. Genau so!

Wachsam beobachtete ich das Zusammentreffen. Ein ausgesprochen dicker Mann, unter dessen Lodenjacke sich ein riesiger Bauch wölbte, tippte immer wieder mit dem Finger auf eine Stelle des Papiers und schüttelte dabei heftig mit dem Kopf. Carl hielt genauso heftig dagegen, wobei er mit seinem Kinn in

Richtung des Plans deutete, woraufhin sich schließlich ein großer, dünner Mann in einem teuren Anzug einmischte und Carl beizupflichten schien.

Seltsam, dachte ich, wieso nur kam mir die Besprechung so konspirativ aus? Warum blickte Carl immer wieder von seinem Plan auf, um sich verstohlen umzusehen?

Ich würde es herausfinden, beschloss ich und sah weiter zu. Der vierte Mann, ein kleiner, nervöser Kerl mit Hornbrille, der unentwegt mit den Armen gestikulierte, deutete auf das Rathaus, und die ganze Gruppe hielt kurz inne. Carl faltete das Papier unbeholfen zusammen, wobei er zunächst versuchte, eine bestimmte Faltreihenfolge einzuhalten, bevor er aufgab und den Plan systemlos zusammenlegte.

Danach setzten sich die vier Männer in Bewegung.

Schleunigst stieg ich aus dem Auto und lief der Gruppe hinterher. Ein bisschen fühlte ich mich wie ein Privatdetektiv. Nils Sander, der einsame Schnüffler. Der größere Teil von mir aber kam sich einfach nur albern vor. Was machte ich da nur?

Trotzdem schlich ich weiter, hielt mich im Schatten der parkenden Autos auf und merkte, wie mein Atem vor Aufregung schneller ging. Ich beeilte mich, die vier nicht zu verlieren, achtete aber immer auf genug Abstand, sodass ich die Truppe zwar sah, aber nur schwerlich von ihr entdeckt werden konnte.

Allem Anschein nach wollten die Männer ins Rathaus. Sie blieben kurz gegenüber des Gebäudes stehen, ließen zwei Autos vorbei und überquerten dann die Straße, bevor sie die Stufen zu dem großen, alten Fachwerkhaus hinaufstiegen. Unschlüssig blieb ich, wo ich war, und schon im nächsten Augenblick waren die vier Typen hinter der Rathaustür verschwunden.

Mist, jetzt waren sie weg, ärgerte ich mich. Gerade wollte ich wieder zurück zu meinem Wagen gehen und die ganze Sache vergessen, als ich inne hielt. Ein Rathaus war ein öffentliches Gebäude, fiel es mir ein. Jeder konnte hinein, wenn er wollte. Oder etwa nicht? Ich würde es ausprobieren! Schnell rannte ich über die Straße und erklomm, immer zwei Stufen auf einmal nehmend, die Treppen zum großen Eingangsportal. Vorsichtig drückte ich eine der Eichentüren auf und schlüpfte durch einen kleinen Spalt ins Innere.

Der modrige Geruch einer alten Amtsstube schlug mir entgegen, als ich in die große Eingangshalle trat, von der aus eine große Treppe in die oberen Stockwerke führte. Hatte das Rathaus bereits von außen für ein so kleines Dorf überdimensioniert gewirkt, so sah es innen aus, als würde noch immer der gesamte Amtsschimmel aus der Zeit König Ludwigs II. darin arbeiten.

Ich schaute mich um und sah die vier Männer die breite, offene Treppe in den ersten Stock hinaufgehen. Ihre Schritte und Stimmen hallten laut durch die große, mit kunstvollen Fliesen geschmückte Halle.

»Nein, nein und noch mal nein«, hörte ich den Dicken mit der Lodenjacke sagen. »Der Genehmigungsprozess ist abgeschlossen. Ich werde nicht noch weitere sechs Löcher durchgehen lassen. Ein 12-Loch-Golfplatz ist groß genug.«

»Lassen Sie uns das vertagen«, schlug der Mann im schicken Anzug vor, ohne dass die Männer aufhörten, die Treppe zu erklimmen. »Wichtig ist, dass wir die Verträge noch vor Weihnachten unterschreiben. Herr Niemeyer, Sie haben uns schon vor zwei Wochen zugesagt, dass Ihr Bruder die Verträge unterzeichnet. Doch bisher habe ich nichts von Ihnen bekommen.«

»Die Unterschrift meines Bruders ist nur noch reine Formsache, Herr von Galen. Glauben Sie mir.« Carl schaute untergeben zu dem schnöseligen Anzugträger auf. »Gerade gestern habe ich mit ihm gesprochen, und er steht voll hinter dem Projekt.«

Lügner!, dachte ich.

»Er wird unterschreiben. Das kann ich Ihnen versprechen«, fügte er verschwörerisch hinzu. »Ich habe etwas Neues in Erfahrung gebracht, mit dem ich ihn zweifelsohne auf unsere Seite ...«

»Kommen Sie, kommen Sie«, unterbrach ihn der kleine Mann mit der Hornbrille. »Wir gehen in mein Büro. Hier hinein, meine verehrten Herrschaften, hier hinein.« Der Mann wedelte wild mit den Händen, bevor er zu einer großen Tür in der Mitte des Korridors des ersten Stocks schritt und vor ihr stehen blieb. Von hier unten sah es aus, als würde der Mann kaum bis zur Türklinke der pompösen, aber doch recht geschmacklosen Tür ragen. Mühsam drückte er die Klinke nach unten, und mit einem lauten Ächzten öffnete sich die schwere Holztür. Die vier verschwanden dahinter, und mit einem Krachen, das vielfach verstärkt durch die Halle dröhnte, fiel sie wieder zu.

»Sie da! Was machen Sie da?«, fragte eine energische Stimme neben mir.

Erschrocken drehte ich mich zur Seite und sah einen Mann neben mir stehen, der mich misstrauisch musterte. Alles an dem Mann schien grau zu sein. Sein Anzug: grau. Seine Gesichtsfarbe: grau. Seine Augen: grau. Sogar seine kratzige Stimme wirkte irgendwie grau.

Ich räusperte mich und überlegte fieberhaft, was ich antworten sollte. »Guten Tag. Dies ist doch das Rathaus, oder?«, fragte ich, um Zeit zu gewinnen.

»Das steht draußen groß über dem Eingang, also wird es sich wohl auch um das Rathaus handeln. Was wollen Sie?«

»Ich glaube, ich habe gerade einen alten Bekannten mit ein paar Männern hier hineingegangen sehen.«

Die Gesichtsfarbe des Grauen wurde noch grauer.

»Und wer bitte schön sollte das gewesen sein?«

»Äh … der Herr … König«, improvisierte ich, nachdem mein Blick auf ein Wappen gefallen war, das in der Mitte des Raums hing und an dessen Spitze eine Krone prangerte.

»Der Herr König. Und wer in Herrgotts Namen soll das sein?«, fragte der Graue.

»Der kleine Mann mit der Hornbrille«, warf ich unschuldig blinzelnd ein.

»Ja, der ist schon eine Art König, das stimmt alleweil, doch König heißt er nicht.« Ein hohes, gackerndes Kichern entfuhr seinem Mund und schallte von allen Seiten auf mich zurück. »Das ist doch unser Herr Bürgermeister. Der Herr Hofmann. Nicht König. Also, war's das?«

Der graue Herr wies bereits mit der Hand in Richtung Ausgang, doch ich hakte nach: »Aber der Carl Niemeyer war doch auch mit dabei, oder?«

»Das könnt schon sein. Wieso?«

»Es geht um das Golfhotel«, sagte ich. »Ich habe mich gefragt, ob noch Investoren gesucht werden. Denn ich könnte eine gewisse Summe entbehren, die ich dort vielleicht anlegen würde. Das Ganze klingt doch sehr vielversprechend. Eventuell sollte ich einmal mit dem Bürgermeister darüber sprechen. Was meinen Sie?«

»Nein, lassen Sie das bloß! Dafür brauchen Sie den Herrn Bürgermeister nicht zu stören. Herr von Galen ist der einzige Investor des Golfhotels. Nicht einmal die örtliche Sparkasse darf sich an dem Projekt beteiligen. So, jetzt habe ich aber wirklich keine Zeit mehr. Hier wird gearbeitet und regiert, nicht gequatscht und getrödelt. Also, bitte schön, dort ist der Ausgang.«

Unsanft schob mich der Graue zum Ausgang.

Während ich mir den Kopf zermarterte, verließ ich das Rathaus und lief zurück zu meinem Wagen.

Von Galen, von Galen … Woher nur kannte ich den Namen?, überlegte ich angestrengt. Dass er mir irgendwo und irgendwann in Verbindung mit einem Investment schon einmal zu Ohr gekommen war, dessen war ich mir sicher. Doch ich kam einfach nicht darauf, in welchem Zusammenhang.

Instinktiv griff ich in die Innentasche meiner Jacke, doch ich fasste ins Leere. »Mist«, fluchte ich. Noch immer hatte ich nicht richtig begriffen, dass mein Telefon nicht mehr bei mir, sondern bei Dr. Heise war.

So eine Schikane! Aber nun denn. Dann würde ich Nina eben irgendwann später vom Festnetz aus anrufen, um sie nach von Galen zu fragen.

Nina arbeitete als Verwaltungsangestellte für unsere Unternehmensberatung, und sie war ein Fossil – ein allwissendes Fossil. Wenn ich den Namen *von Galen* schon einmal gehört haben sollte, dann würde sie es wissen.

Kapitel 13

Nach meiner kleinen Detektiveinlage reichte die Zeit leider nicht mehr, um noch bei Johannes vorbeizuschauen, wenngleich ich ihm nur zu gern von seinem Bruder und meinem Besuch im Rathaus berichtet hätte. Also fuhr ich nicht bis zur Sternen-Alm, sondern parkte den Geländewagen vor der Praxis von Dr. Heise.

»Nils! Grüß Gott«, rief mir Dr. Heise entgegen, kaum dass ich aus dem Auto geklettert war. »Schön, dass Sie ein bisschen früher gekommen sind. Da können wir uns noch ein bisschen unterhalten.«

»Hallo Dr. Heise«, sagte ich, während sie mit stampfenden Schritten und einem einladenden Grinsen auf mich zugelaufen kam. Heute trug sie über ihrem weißen Petticoat doch tatsächlich ein schwarzes Kleid, das mit kleinen, leuchtend roten Weihnachtsmännern bedruckt war. Eine grüne Strumpfhose steckte in roten Chucks-Sneakern und komplettierte ihr Outfit. Nur die dicke Daunenjacke, die sie darüber trug, wollte so gar nicht zu ihrem restlichen Erscheinungsbild passen.

»Ist das die vorweihnachtliche Überraschung, von der Sie gestern gesprochen haben?«, entfuhr es mir, und ich zeigte auf das Weihnachtsmann-Kleid.

»Wie bitte?«, fragte sie und schaute dann auf ihr Kleid. »Ach so. Die kleinen Nikoläuse. Niedlich, oder?

Als ich das Kleid im Internet gesehen habe, war es um mich geschehen. Ich hätte mir noch die passende Strickjacke dazu bestellen sollen, dann hätte ich nicht die alte Jacke dazu anziehen müssen. Aber was soll's? Nichts ist perfekt auf der Welt. Oder, was meinen Sie?«

»Zu ihrem Kleid?«, fragte ich sie. »Wirklich … extravagant.«

»Nein, ich meinte doch nicht mein Kleid«, sie kicherte belustigt, »sondern den Perfektionismus auf der Welt.« Sie hakte sich bei mir unter und zog mich von der Hütte weg. »Kommen Sie, lassen Sie uns ein Stückchen gehen. Also Nils, was denken Sie?«

Wir liefen in Richtung Sternen-Alm, die ich als kleinen Punkt am Ende des Berges sehen konnte. Perfektionismus? Wenn ich an Johannes dachte, und ich dachte ziemlich oft an ihn, dann fühlte es sich perfekt an. Aber davon abgesehen?

»In meinem Job muss ich stets alles perfekt machen. Aber überall werden mir Steine in den Weg gelegt, damit ich mein Ziel möglichst schlecht oder gar nicht erreiche.«

»Wirklich?«, fragte Dr. Heise. »Wer legt Ihnen Steine in den Weg?«, fragte sie.

»Alle«, war meine spontane Antwort.

»Können Sie das etwas konkretisieren?«

Ich überlegte, wo ich am besten anfangen sollte.

»Okay. Nehmen Sie meinen Job. Ich bin Unternehmensberater. Das heißt, ich werde von Firmen beauftragt, die etwas an ihrem gegenwärtigen System ändern wollen. Und das bedeutet fast immer, dass sie Kosten und damit Personal einsparen müssen.« Mein Kopf fing schon wieder an zu surren, als ich von meinem Beruf erzählte. »Ich gehe also in diese Firmen und versuche, mir ein Bild zu machen. Aber egal, wo ich auftauche, haben die Mitarbeiter Angst um ihren Job und setzen alles daran, die wahren Strukturen zu verschleiern, damit sie ihre Stelle behalten können. Ich verstehe sie ja und würde genauso handeln. Doch es ist nun mal mein Job, Missstände aufzudecken und Strukturen zu optimieren. Da kann man nicht immer nur nett sein.

»Aber?«, fragte Dr. Heise, »Ich höre da ein Aber raus.«

»Ja, klar, was glauben Sie denn? Denken Sie, dass ich es gut finde, wenn auf mein Urteil hin Arbeitsplätze gestrichen werden? Schön ist das nicht. Aber was soll ich tun? In meiner Branche geht es um Gewinnoptimierung, da bleibt der eine oder andere zwangsläufig auf der Strecke. Und dass ich mir damit wenig Freunde mache, muss ich Ihnen nicht erklären. Also, ja – mir werden Steine in den Weg gelegt.«

Wie zur Demonstration kickte ich mit dem Fuß gegen einen kleinen Stein, der auf der Wiese lag.

Dr. Heise sagte nichts, und ich fragte mich, wieso nur ich ständig erzählte, während sie als Therapeutin eisern schwieg? Und wo blieb die Optimierung meines Zeitmanagements?

Fragend sah ich Dr. Heise an, doch sie machte noch immer keine Anstalten, etwas zu erwidern. Also fuhr ich fort: »Und wenn ich dann aus diesen Firmen wieder zurück ins Büro komme, geht es gleich so weiter. Dann sind es die Kollegen, die meine Arbeit sabotieren. Entweder, weil sie scharf auf meinen Job sind oder weil sie schlichtweg unfähig sein. Und wenn ich genau darüber nachdenke, oftmals beides.«

»Aha«, sagte sie nichtssagend. »Und wie fühlen Sie sich, wenn Sie an Ihre Arbeit denken?«

Ich wollte sagen: *Gut, denn ich bin gerade zum Abteilungsleiter befördert worden. Ach was, hervorragend, denn mit der Kohle, die ich verdiene, kann ich mir einen verdammt verschwenderischen Lebensstil leisten.* »Beschissen«, sagte ich stattdessen. »Manchmal wünschte ich, ich könnte auf einer Hütte leben und Kühe hüten.« Vielleicht mit Johannes zusammen, fügte eine leise Stimme in meinem Kopf hinzu. »Da würde ich endlich etwas tun, bei dem ich so sein könnte, wie ich wirklich bin.«

»Und wie sind Sie wirklich?«, fragte Dr. Heise.

»Keine Ahnung«, gab ich offen zu. »Aber nicht so herzlos, wie ich es als Unternehmensberater oftmals sein muss. Mir geht es nah, wenn jemand seinen Job verliert, nur damit der Konzern mehr Kohle scheffeln kann.«

Mittlerweile hatten wir beinahe die Hälfte des Weges zu Johannes zurückgelegt, und ich hielt verstohlen Ausschau nach ihm, konnte ihn aber nirgendwo entdecken.

»Welchen Ausgleich zum Job haben Sie denn?«, fragte mich Dr. Heise, während sie mit ihren dünnen Stoffschuhen gerade noch einem frischen Kuhfladen ausweichen konnte.

»Wenn ich einmal frei habe, dann gehe ich zum Sport und dann ins Bett. Und dann geht auch schon wieder die Arbeit los.«

»Was ist mit Freunden? Oder einem festen Freund?«, hakte sie nach.

»Kommen wir jetzt auf den Sex zu sprechen?«, fragte ich kritisch und musste gleich wieder an die letzte Nacht mit Johannes denken. Und an den heutigen Morgen.

Nie zuvor hatte ich Sex als Ausgleich oder Auszeit empfunden, im Gegenteil. Wenn ich jetzt darüber nachdachte, hatte ich auch da nur Höchstleistungen vollbringen wollen. Doch mit Johannes war das plötzlich etwas völlig anderes. Trotzdem wollte ich jetzt nicht ins Schwärmen geraten. Schon gar nicht vor seiner einzigen Nachbarin. Etwas in mir wusste nämlich, dass Johannes es nicht mögen würde, wenn das Dorf über uns Bescheid wüsste.

»Wenn Sie über Sex sprechen möchten: Nur zu!«, forderte sie mich auf.

»Ich glaube, das ist mir peinlich. Auch wenn ich nicht gerade enthaltsam lebe – sprechen tue ich nie darüber.«

»Warum nicht?«

»Sex ist wie Geld. Man hat es, genießt und schweigt. Zumindest, wenn man nicht so ein neureicher Snob ist.«

»Aber fehlt Ihnen keine feste Beziehung?«

Nein! Ich komme gut alleine klar! Das war normalerweise meine Antwort auf diese Frage. »Doch. Ein bisschen sehne ich mich vielleicht schon danach«, sagte ich hingegen jetzt.

»Sie sehnen sich danach? Darüber sollten Sie weiter nachdenken«, sagte Dr. Heise. »Wussten Sie, dass es gerade schwule Männer sind, die das Gefühl haben, ständig gegen alles und jeden ankämpfen zu müssen? Und oft ist es ja auch so. Noch immer müssen sie sich vor anderen für ihre Gefühle rechtfertigen. Das führt, rein statistisch gesehen, zu einer signifikant höheren Anfälligkeit für psychische Erkrankungen. Wussten Sie das?«

»Nein, das habe ich nicht gewusst.« Aber ich konnte es mir gut vorstellen. Als schwuler Mann saß man oft zwischen den Stühlen. Einerseits sollte man normaler als die Heteros sein, andererseits musste man immer gut aussehen, fit sein, immer Verständnis aufbringen. Das konnte schon ganz schön stressen.

»Aber lassen wir die Statistik mal beiseite. Ihnen sollte klar werden, wie Sie Ihr zukünftiges Leben gestalten möchten. Was wollen Sie tun? Wollen Sie alles alleine bewerkstelligen oder lieber mit einem festen Partner zusammen sein? Diese Fragen sollten Sie für sich klären, denn das führt Sie dann zu den wirklich wichtigen Dingen im Leben.«

Ich wollte gerade das Thema wechseln, als ich plötzlich in der Ferne Johannes mit einer Axt aus seiner Hütte kommen sah. Unbewusst verlangsamte ich meinen Schritt und blieb mit meinem Blick an ihm hängen.

Gerade bückte er sich, nahm einen Holzscheit vom Boden auf, stellte ihn auf den Baumstumpf und spaltete ihn mit einem gezielten Schlag, woraufhin die beiden Hälften in hohem Bogen zur Seite wegflogen und auf dem Boden neben den übrigen, bereits gespalteten Holzstücken landeten.

Konnte man wirklich glücklich sein, wenn man lediglich mit dem Nötigsten auf einem Berg lebte und Holz hacken musste, um im Winter heizen zu können? Johannes schien es zu können. Würde ich es vielleicht auch können? Energisch verdrängte ich den Gedanken. Solche Hirngespinste passten nicht zu mir, und nur weil Johannes ein toller Typ war und wir miteinander geschlafen hatten, musste ich mir nicht gleich die rosarote Brille aufsetzen.

»Nils?«, fragte mich Dr. Heise, und ich schaute sie an, als wäre sie gerade eben erst neben mir aufgetaucht und nicht schon eine ganze Weile neben mir hergelaufen.

»Bitte? Oh, Entschuldigung. Ich war in Gedanken. Was haben Sie gesagt?«

»Ob Sie Ihre Hausaufgaben gemacht haben? Die Liste mit Dingen, die Sie in Ihrem Leben ändern wollen?«

Fuck! Die Hausaufgaben! Die hatte ich ja vollkommen vergessen. Und was sollte ich in meinem Leben auch groß ändern wollen? Im Moment: nichts.

Ich beschloss, mich auf eine meine Kernkompetenzen zu verlassen. Aufs Improvisieren.

»Die Hausaufgaben. *Natürlich* habe ich die gemacht … äh … Die Liste habe ich aber nicht aufgeschrieben, sondern ich habe sie gedanklich gemacht. Das muss ich als Unternehmensberater ständig, weil ich Papierlisten immer wieder verlege und verliere.« Ich hüstelte ein wenig, um Zeit zu gewinnen.

Dr. Heise zog eine Augenbraue in die Höhe, ging aber ansonsten nicht auf meine kleine Notlüge ein. »Na, dann mal raus mit Ihrer gedanklichen Liste«, sagte sie, und ich konnte den skeptischen Unterton in ihrer Stimme beim besten Willen nicht überhören.

Womit wohl weder sie noch ich gerechnet hatte: Mit einem Mal hatte ich tatsächlich eine Das-hasse-ich-Liste in meinem Kopf, und diese ratterte ich herunter, bevor ich es mir anders überlegen konnte.

»Wenn ich daran denke, dass ich im Januar wieder in die Firma gehen muss, könnte ich gerade kotzen«, sagte ich. »Das würde ich ändern, aber das geht nicht. Auf die schnellen, anonymen Nummern in Schwulenclubs habe ich auch keinen Bock mehr. Und bei dem Gedanken an das hektische Großstadtleben mit seiner Lichtverschmutzung, bekomme ich Ausschlag.«

Puhh. Jetzt war es raus. Und komischerweise fühlte es sich richtig gut an, dass es draußen war.

»Ausschlag wegen was bitte? Wegen Lichtverschmutzung?«, fragte Dr. Heise ratlos.

»Ach, nicht so wichtig«, sagte ich, sah wieder zu Johannes und musste grinsen.

Egal, wie sehr ich es auch zu verdrängen versuchte, aber in diesem Augenblick musste ich mir eingestehen, dass ich dabei war, mich Hals über Kopf in den sturen Bauern zu verlieben.

Kapitel 14

»Heute lasse ich Ihnen Ihre gedankliche Hausauf-
gabenliste noch einmal durchgehen, aber glauben Sie
nicht, dass Sie hier nicht arbeiten müssen.« Dr. Heise
und ich hatten inzwischen den Rückweg angetreten,
denn die Zeit war uns davongelaufen. Nun war es bereits nach zwölf, und die anderen Klienten, wie sie
ihre Patienten nannte, würden sicherlich schon vor
der Praxis warten.

Mit zehn Minuten Verspätung kamen wir an dem
Holzhaus von Dr. Heise an, wo Lisa und Kai bereits
auf der Bank vor der verschlossenen Haustür saßen.
Von dem zügigen Rückweg war ich ein wenig außer
Atem, Dr. Heise aber schnaufte wie eine alte Dampf-
lock. Zwischen ihren keuchenden Atemzügen
schimpfte sie unablässig über die dünne Höhenluft
hier oben auf dem Berg, doch ich hätte ihr eher ein
paar Kilo weniger und dafür etwas Fitness empfohlen.
Aber natürlich sagte ich nichts dergleichen, sondern
begrüßte Lisa und Kai.

»Hallo, ihr beiden. Wartet ihr schon lange? Wir
waren noch kurz spazieren«, sagte ich. »Therapie-
spaziergang«, flüsterte ich ihnen dann noch zu.

»Erst seit ein paar Minuten. Stimmt's, Lisa?«, sagte
Kai und schaute Lisa dabei an.

»Jup, das stimmt« sagte sie emotionslos mit dem unvermeidlichen Kaugummi im Mund und schaute angeödet an mir und Dr. Heise vorbei.

Plötzlich ließ ein lauter Knall uns alle zusammenzucken. Wir drehten uns um und sahen, dass sich unter lautem Protest und mit knallendem Auspuff der alte VW Käfer von Tanjas Haushälterin wieder den Berg hinauf quälte.

»Scheiße, wie die Hexe mit ihrem alten Auto mich doch erschreckt hat«, schimpfte Lisa und hustete dabei laut. »Wegen ihr habe ich sogar meinen Kaugummi verschluckt!«

»Fräulein Pichler ist keine Hexe. Sag das bloß nicht in ihrer Gegenwart«, wurde sie von Dr. Heise ermahnt, die allmählich wieder etwas ruhiger atmete.

»Ist sie doch«, sagte Lisa. »Schauen Sie sich doch nur ihre große Nase an. Und auch sonst. Fräulein Pichler sieht genauso aus wie die Hexe in meinem alten Kinderbuch.«

»*Fräulein* Pichler?«, fragte ich amüsiert. »Ist Tanjas Haushälterin nicht etwas zu alt, um ein Fräulein zu sein?«

»Sie ist nicht verheiratet und eine Dame der alten Schule. Also ist sie ein Fräulein«, klärte Dr. Heise mich auf. »Früher hatte sie nur in den größten Herrenhäusern Bayerns als Hausdame gearbeitet. Das färbt immer noch auf sie ab. Also nicht vergessen, Herrschaften: *Fräulein* Pichler!«

Inzwischen hatte Fräulein Pichler ihren alten Käfer erfolgreich vor der Praxis geparkt und stieg dann zusammen mit Tanja aus dem alten Wagen aus.

»Grüß Gott, Fräulein Pichler! Schön, dass Sie heute Zeit für uns haben.« Dr. Heise lief mit ausgebreiteten Armen auf die Haushälterin zu, die ihrerseits die

Nase rümpfte und Dr. Heises Kleidung von oben bis unten missbilligend musterte.

»Schon recht, Frau Doktor«, entgegnete sie, und an Tanja gerichtet sagte sie dann: »Komm, Mädchen! Hole mir bitte den Korb aus dem Auto.«

Tanja öffnete den Kofferraum, der sich bei dem alten Käfer noch vorne befand, und nahm einen großen Weidenkorb heraus, der mit allerhand Schachteln und Dosen gefüllt war.

»Fräulein Pichler ist die Vorweihnachtsüberraschung«, erklärte Dr. Heise fröhlich. »Sie wird uns beim Backen der Adventsplätzchen helfen, da meine Backkünste leider zu wünschen übrig lassen.«

»Plätzchen backen? Hallo? Wie oldschool ist das denn bitte?« Lisa verzog angewidert das Gesicht. »Und vor allem: Wofür soll das gut sein?«

»Jetzt wird nicht gemeckert, Lisa«, sagte Dr. Heise und nahm Tanja den Korb ab. »Lasst uns zusammen hineingehen, und ich werde euch dann in der Gemeinschaftsküche alles Weitere zur heutigen Sitzung erklären. Also: Hopp, hopp, hinein mit euch.«

Gut gelaunt schloss sie die Tür auf und ging beschwingt ins Innere, jedoch nicht in den Therapieraum, in dem wir gestern unsere Gruppensitzung abgehalten hatten, sondern in einen angrenzenden Raum – die Gemeinschaftsküche.

Die Aussicht, die die große Küche bot, war ähnlich atemberaubend wie die im Therapieraum. Aber im Gegensatz zum spärlich möblierten Sitzungsraum bot die Küche allerlei Raffinessen. Alles, was man von einer modernen Küche erwartete, war vorhanden. Und das in doppelter Ausführung. Zwei Kochinseln, mit diversen Schubladen und Schränken, auf denen je eine große Arbeitsplatte lag, standen in der Mitte des

Raums. Und an der Wand dahinter gab es zwei Spül-
becken, zwei Backöfen sowie weitere Schränke und
Regale.

Dr. Heise wuchtete den Korb auf eine der
Kochinseln und stellte sich dann vorne auf. »Sie bilden Zweierteams. Lisa und Kai, sowie Tanja und Nils.
Jedes Team hat eine Küchenhälfte zur Verfügung und
kann darin schalten und walten, wie es möchte.«

Wie bitte? Ich sollte nicht nur Plätzchen backen,
sondern das Ganze auch noch zusammen mit Tanja?
Stöhnend atmete ich aus und ließ die Schultern hängen. Das konnte ja heiter werden. Das letzte Mal, als
ich Plätzchen gebacken hatte, war ich vielleicht sechs
oder sieben Jahre alt gewesen, und schon damals hatte
es mit einer riesigen Sauerei und knochentrockenen
Kokosmakronen geendet. Die Dinger hatte ich so
zäh hinbekommen, dass selbst meine mich liebende
Mutter nach zehn minütigem Kauen resigniert aufgegeben und den restlichen Keks in den Müll befördert hatte. Und das, was sie danach gesagt hatte, war
bis heute mein Leitspruch in Sachen Weihnachtsbäckerei geblieben: *Komm, wir fahren in den Supermarkt.
Plätzchen kaufen.*

»Jedes Team backt zwei Sorten Plätzchen«, führte
Dr. Heise ihre Instruktionen fort, »sodass wir am
Ende der Sitzung vier verschiedene Sorten herrlich
duftender Weihnachtsplätzchen in unsere Keksdosen
füllen können.«

»Was soll denn daran bitte therapeutisch sein?«,
ätzte Lisa, die sich aber bereits mit Kai zusammen
hinter die erste Kochinsel gestellt hatte.

Tanja gesellte sich nun an meine Seite und schaute
mich durch ihre dicke Goldrandbrille kritisch an. *Ich
glaube nicht, dass du backen kannst*, schien dieser Blick zu

sagen. Recht hatte sie, aber ihr gegenüber hätte ich das nie zugegeben. Niemals.

»Selbstverständlich ist das therapeutisch«, sagte Dr. Heise, »denn beim Backen konzentrieren Sie sich ganz auf das, was Sie gerade tun. Und genau dieses Bewusstsein bringt Sie weiter. Denn wer sich Zeit nimmt, die kleinen Dinge zu überblicken, sieht auch im Großes wieder klar. Machen Sie sich also, wenn es gleich losgeht, die ganze Zeit über bewusst, was Sie gerade tun. Wie fühlt sich der Teig unter den Fingern an? Wie riechen die Zutaten? Welches Gewürz schmeckt nach Kindheit? Hören Sie auf alles, was Ihre Sinne Ihnen sagen. Und vor allem: Werden Sie ein Team. Lernen Sie, wieder zu vertrauen.«

»Stark! Ist das ein Wettkampf?«, fragte Kai aufgeregt. »Das Team, das zuerst fertig ist, gewinnt? Geht es darum? Wie in diesen Kochshows im Fernsehen?«

»Nein, nein.« Dr. Heise schüttelte mit dem Kopf. »Niemand muss der Erste sein. Wir sind hier weder im Fernsehen noch bei Ihnen auf der Rennstrecke. Trotzdem sollten wir am Ende des Tages vier Sorten Plätzchen in unseren Keksdöschen haben.« Sie holte vier nostalgisch anmutende Blechdosen aus einem Schrank und stellte jeweils zwei auf eine der beiden Kücheninseln.

»Jeder bekommt eine dieser hübschen Keksdosen. Sucht euch eine aus«, sagte Dr. Heise.

Hübsche Dosen? Quatsch! Kitschige Dinger, dachte ich und fragte mich, wie man so alberne Motive schön finden konnte. Also mein Geschmack war das schüchtern wirkende Eichhörnchen, das auf dem Kopf eine Weihnachtsmann-Mütze trug und in der Pfote eine Nuss hielt, definitiv nicht. Diese Dose würde ich Tanja überlassen. Also nahm ich mir die andere

Blechdose, auf dem ein antiquiert wirkendes Pärchen mit einem Pferdeschlitten durch eine verschneite Berglandschaft brauste und überschwänglich lachte.

»Und jetzt aufgepasst!«, rief Dr. Heise. »Die Hausaufgabe, die Sie alle bis morgen zu erledigen haben, ist Folgende: Überraschen Sie jemanden, den Sie mögen oder lieben, mit Ihrer gefüllten Keksdose. Morgen sprechen wir dann darüber, wem Sie sie geschenkt haben und aus welchem Grund.«

»Na, dann kann ich meine Plätzchen ja gleich im Ofen verbrennen lassen«, sagte Lisa und setzte sich missmutig auf die Arbeitsplatte.

»Nein, das kannst du nicht«, sagte Dr. Heise. »Auch du wirst jemanden finden, dem du sie schenken kannst. Da bin ich mir ganz sicher.« Sie klatschte energisch in die Hände und zeigte dann auf Tanjas alte Haushälterin. Fräulein Pichler hatte mittlerweile ihren langen Mantel ausgezogen und war nun gerade dabei, sich einen altmodischen, mit Blumen bedruckten Kittel überzuziehen.

Falls auch ich einen solch scheußlichen Kittel tragen müsste, würde ich sofort die Flucht ergreifen, dachte ich. Therapiestunde hin oder her.

»Fräulein Pichler wird Ihnen die Rezepte geben und Ihnen bei der Zubereitung mit Rat und Tat zur Seite stehen. Stimmt's, Fräulein Pichler?«

Während Tanjas Haushälterin irgendetwas Unverständliches brummelte – im Stillen stimmte ich Lisa zu; Fräulein Pichler sah wirklich wie die Hexe im Märchen aus –, klatschte Dr. Heise noch einmal in die Hände und strahlte mit den leuchtend roten Weihnachtsmännern ihres Kleides um die Wette. »Wunderbar! Dann ran an die Arbeit, meine Lieben. Ich will, dass der Duft von Weihnachten durch dieses Haus zieht, wenn ich gleich wiederkomme.« Damit ging sie aus der Küche und ließ uns mit Fräulein Pichler allein.

Resigniert stellte ich mich zu Tanja, die bereits gebückt hinter der zweiten Kochinsel stand und in den Schubladen nach den richtigen Utensilien für unsere Plätzchen-Backaktion suchte. Nach und nach beförderte sie einen Mixer, diverse Schüsseln, Löffel und sogar Förmchen zum Ausstechen zutage.

Fräulein Pichler instruierte derweil Lisa und Kai an unserer Nachbarinsel. »Sie da.« Mit dem Finger deutete sie auf Kai. »Sie machen die Vanillekipferl. Und zwar nach meinem eigenen Rezept. Also machen Sie sie ordentlich!« Humorlos hielt sie Kai den Zettel mit dem Rezept unter die Nase, und er nahm ihn eilig und fing sofort an, die Backanleitung zu studieren. Wie es schien, wollte er nach wie vor einen Wettkampf aus dem Backen veranstalten.

Typisch Leistungssportler, dachte ich.

»Lisa, du bist für die Spitzbuben verantwortlich. Wichtig ist, dass der Teig überall gleich dick ist, wenn du ihn später ausrollst. Sonst werden die Plätzchen nicht gleichmäßig durchgebacken.«

Lisa saß immer noch auf der Arbeitsplatte, mit dem Rücken zu Fräulein Pichler und ignorierte sie.

»Ja, Himmel, Herrgott, Sakrament noch mal! Mädchen, runter da, wenn ich mit dir spreche!« Der herrische Tonfall der alten Dame ließ sogar Lisa aufblicken, und sie schwang sich von der Arbeitsplatte.

»Hier ist dein Rezept! Und wie gesagt, den Teig schön gleichmäßig ausrollen. Verstanden?«

»Ja, Fräulein Rottenmeier«, sagte Lisa und spielte damit wohl auf die böse Haushälterin von *Heidi* an. Fräulein Pichler sah sie kritisch an, sagte aber nichts dazu, sondern kam nun zu uns.

»Tanja, du backst die Zimtsterne. Die habe ich extra dir zugeteilt, denn Zimt ist gut, wenn man einen Mann verführen will. Das hat schon zu Zeiten der alten Ägypter funktioniert. Aphrodisierende Gewürze helfen selbst in den hartnäckigsten Fällen.«

Tanjas Gesicht lief knallrot an. Nervös nahm sie ihr Rezept und tauchte dahinter ab, um dann hektisch in den unteren Schubladen nach etwas zu suchen.

»Und Sie da«, Fräulein Pichler meinte mich. »Sie machen Spritzgebäck«, sagte sie, ohne mich anzusehen, und knallte den Zettel vor mir auf die Arbeitsplatte.

Warum so garstig?, dachte ich. Trotzdem konnte ich mir ein Grinsen nicht verkneifen, denn natürlich hatte *ich* das Spritzgebäck bekommen. Ausgerechnet ich, wo ich den Namen schon immer recht amüsant gefunden hatte und mir nach dem Sex mit Johannes kein passenderes Gebäck für ihn hätte vorstellen können.

»Muss ich irgendetwas beachten?«, fragte ich, als ich mir sicher war, dass ich nicht mehr loslachen würde.

»Nein«, antwortete sie leise und beugte sich verschwörerisch zu mir vor. »Am besten, verschwinden Sie wieder in die Stadt, wo Sie hergekommen sind, und backen da Ihre Plätzchen. Bei uns auf dem Dorf geht nämlich alles noch gesittet zu. Da brauchen wir niemanden, der alles durcheinanderbringt«, giftete sie mich an und ließ mich dann völlig perplex und mit offenem Mund zurück.

Was war das denn gerade? Hatte die alte Hexe mich beleidigt, oder verhielt sie sich Leuten aus der Stadt gegenüber generell so abweisend? Verdutzt schaute ich mich nach den anderen im Raum um, aber

außer mir schien niemand Fräulein Pichlers Worte gehört zu haben. Tanja klapperte nach wie vor lautstark
in einer Schublade, während Kai hektisch auf Lisa
einredete und mit ihr einen Schlachtplan entwarf.

Skeptisch blickte ich Fräulein Pichler nach, die mir
mittlerweile den Rücken zugekehrt hatte und wieder
in die Küchenmitte lief.

»Dann wollen wir mal«, hörte ich Tanja sagen, ehe
sie wieder hinter ihrem Rezept auftauchte.

»Ja«, meinte ich knapp. »Kann es sein, dass deine
Haushälterin etwas gegen mich hat?«

»Agnes?«, fragte sie. »Warum sollte sie dich nicht
mögen?«

»Sie hat gerade so seltsame Andeutungen gemacht.
Dass ich alles durcheinanderbringe und dass es auf
dem Dorf gesittet zugeht.«

Tanja überlegte einen Moment, dann kicherte sie.
»Gestern hat sie mitbekommen, dass du mich mit dem
Auto nach Hause gebracht hast. Jetzt wird sie denken,
dass du mir erst den Hof machst und mich dann später
sitzen lässt, wenn du wieder nach Berlin verschwindest.
So ist sie eben, die Agnes. Manchmal ist sie wie eine
Mutter zu mir. Wahrscheinlich, weil sie keine eigenen
Kinder hat. Jedenfalls kann ich mir gut vorstellen, dass
sie denkt, zwischen uns würde sich etwas anbahnen.
Aber keine Angst ...« Sie schob ihr Rezept zurecht und
sah auf die Zutatenliste. »Ich weiß, dass man einen
schwulen Mann nicht umpolen kann ... ohne Eier!«

»Hä?«, fragte ich und wunderte mich darüber, dass
jemand wie Tanja das Wort Eier in den Mund nahm
und dann noch so clever war, zu erkennen, dass sie
ohne Eier keine Chance bei mir hatte.

»Eier!«, rief sie aufgeregt. »In meinem Rezept
fehlen die Eier. Puderzucker, Zimt, Mandeln, Quitten-

gelee … Alles ist da. Nur keine Eier.« Sie fuhr mit dem Zeigefinger über das Papier und studierte noch einmal jede Zutat, bevor sie einen spitzen Schrei ausstieß: »Ha! Doch da: zwei Eiweiß.« Erleichtert atmete sie aus. »Ich hätte mir auch beim besten Willen nicht vorstellen können, wie das ohne Eier funktionieren sollte.« Dann druckste sie ein bisschen herum. »Das kann ich nicht so gut. Und du? Kannst du Eier trennen?«

Massieren konnte ich welche, dachte ich belustigt. Aber Eier trennen?

»Klar«, behauptete ich, ohne jemals auch nur ein Ei getrennt zu haben. Doch zumindest hatte ich schon einmal im Fernsehen gesehen, wie es ging, und so schwer hatte es dort nicht ausgesehen. Das würde ich problemlos schaffen.

Tanja sah mich erleichtert an, ich grinste zurück und blickte dann auf mein Rezept.

»Puh, ich brauche aber viele Zutaten«, stöhnte ich, als ich die Liste studierte. »Mehl, Butter, Zucker, Vanillezucker, ein Ei, gemahlene Mandeln, Konfitüre … Da scheint dein Rezept aber einfacher zu sein.«

»Dr. Heise sagt, dass wir als Team arbeiten sollen. Also werde ich dir helfen. Du hilfst mir schließlich auch.«

»Cool. Dann fangen wir am besten mit deinen Zimtsternen an. Wenn die tatsächlich der Liebe auf die Sprünge helfen, will ich unbedingt ein paar davon abhaben. Sofern du sie nicht alle selbst brauchst«, neckte ich sie, was mir einen bitterbösen Blick einbrachte.

»Einverstanden«, sagte Tanja nun aber freundlich. »Dann müsstest du mir jetzt zwei Eier trennen, denn ich brauche zwei Eiweiß. Ich siebe derweil den Puderzucker durch.«

Zielstrebig holte sie eine Packung Eier aus dem Kühlschrank, stellte zwei Porzellanschälchen vor mich und wartete darauf, dass ich loslegen würde.

Dann mal nichts wie ran an die Eier, spornte ich mich an, nahm ein Ei aus dem Karton und schlug es beherzt an die Kante einer Schale. Genauso, wie es der Starkoch in der Fernsehsendung immer tat. Nur mit dem Unterschied, dass er nach dem Aufschlagen der Schale stets zwei gleich große Hälften in den Händen hielt, während ich jetzt mit leeren Händen, dafür aber mit klebrigen Fingern dastand. Gebannt blickte ich auf das Missgeschick und sah dem Ei dabei zu, wie es sich großzügig auf der Arbeitsfläche verteilte.

»Ups! Da habe ich wohl zu viel Kraft eingesetzt. Das Fitnessstudio scheint sich also doch bezahlt zu machen«, scherzte ich lahm.

»Oh nein, Nils!«, rief sie und ihre Stimme überschlug sich. »Ich habe es geahnt! Du kannst gar keine Eier trennen, stimmt's? Das darf ja wohl nicht wahr sein. Sieh mal, Lisa beginnt bereits, mit dem Mixer ihren Teig zu kneten, während wir noch nicht einmal angefangen haben.«

Sah ich das richtig? Bildeten sich Tränen in Tanjas Augen? Ja, tatsächlich. Aufgelöst nahm sie ein Küchenpapier und tupfte damit hinter ihre Brille. Wie es aussah, stand sie kurz vor einem Nervenzusammenbruch.

Suchend ließ ich meinen Blick durch die große Küche wandern. Wo in aller Welt war Dr. Heise, wenn man sie brauchte?

»Sorry, es stimmt«, versuchte ich, beruhigend auf Tanja einzureden. »Ich kann keine Eier trennen. Aber das ist doch nicht so schlimm ...« Hektisch schaute ich auf mein Rezept und sah erleichtert, dass man für das Spritzgebäck nur ganze Eier brauchte und diese mit einem Mixer einfach und problemlos unter die anderen Zutaten rühren konnte.

»Fangen wir doch einfach mit dem Spritzgebäck an und fragen später deine Haushälterin, ob sie uns beim Trennen der Eier hilft«, schlug ich vor. »Einverstanden?«

»Ja«, sagte sie zittrig, schüttelte dann aber doch ihren Kopf. »Aber nein, das geht nicht! Ich habe doch schon den Puderzucker gesiebt.«

Wieder schossen ihr Tränen in die Augen, während ich noch einmal hektisch meine Zutatenliste überflog.

»Perfekt!«, rief ich, als würde unser beider Leben von Puderzucker abhängen und als hätte ich die Lösung, die uns retten könnte. »Für mein Rezept brauchen wir davon 125 Gramm.«

»Ich habe aber 175 Gramm gesiebt«, rief Tanja hysterisch, so als wäre es ein Ding der Unmöglichkeit, dies noch mal geschwind zu ändern.

»Egal. Wir nehmen die 175 Gramm. Zucker kann man nie genug haben. Du musst dann noch 200 Gramm Butter dazugeben, und schon kannst du anfangen, zu rühren.«

Kurz schien Tanja mit sich zu ringen, ob sie nun doch noch laut losheulen oder meinen Vorschlag akzeptieren sollte. Grübelnd legte sie ihren Zeigefinger an den Mund, aber schon im nächsten Augenblick röhrte ihr Handmixer mit dem von Lisa um die Wette.

Puh! Erleichtert atmete ich auf und gab nach und nach sämtliche Zutaten in die Schüssel, während Tanja fröhlich vor sich hin mixte und sich bereits ein schöner, gelber Teig gebildet hatte.

Nie hätte ich es zugegeben, aber schmunzelnd stellte ich fest, dass mir das Backen langsam anfing,

Spaß zu machen. Außerdem ertappte ich mich dabei, wie auch ich immer mal wieder zu Lisa und Kai herüber schielte, um zu sehen, wie weit die beiden waren. Unausgesprochen hatte sich das Plätzchenbacken nun doch zu einem Wettbewerb entwickelt. Team Single-Frust/Burnout gegen Teenie-Hölle/Sinnkrise. Klare Favoriten: Kai und Lisa. Stolz blickten sie zu uns herüber, und da Lisa bereits so weit war, ihren Teig auszurollen, wähnten sie sich schon als Sieger. Doch sie hatten ihre Rechnung ohne Fräulein Pichler gemacht.

»Dieser Teig muss neu gemacht werden! Aus diesem pampigen Etwas werden Sie definitiv keine Vanillekipferl formen können. Niemals!«, schimpfte sie mit Kai, während ich mich diebisch freute. Schließlich hatten wir unseren Teig für das Spritzgebäck bereits in den Kühlschrank gestellt, wo er eine Weile ruhen sollte, und so konnten wir nun mit Tanjas Zimtsternen weitermachen.

»Agnes, kannst du uns die Eier trennen?«, fragte Tanja vorsichtig.

Die alte Haushälterin drehte sich um und bedachte sie mit einem milden Blick, bevor sie mir einen abfälligen zuwarf. Offensichtlich überlegte sie, was stärker wog: ihr Wunsch, Tanja zu helfen, oder die Ablehnung, die sie mir gegenüber empfand.

»Die Pichler hilft niemandem, klar?«, rief Kai vom Mülleimer aus, in dem er gerade seinen misslungenen Teig entsorgte. »Uns wurde auch nicht geholfen. Wenn ich gewusst hätte, dass die Butter unbedingt in Flocken untergerührt werden muss, lägen wir jetzt schon uneinholbar vorne.«

»Ihr Lieben, wir veranstalten hier keinen Wettstreit. Das hatten wir doch im Vorfeld geklärt«, rief Dr. Heise, die gerade wieder zu uns in die Küche kam.

»Entschuldigen Sie bitte, dass es etwas länger gedauert hat, aber ich musste noch die letzten Details meines Weihnachtsurlaubs klären.«

»Weihnachtsurlaub?«, fragte ich neugierig.

»Habe ich Ihnen das noch nicht erzählt, Nils? Ich verbringe Weihnachten immer in die Karibik. Schon seit Jahren.«

»Wie schön«, sagte ich, doch ich dachte: wie furchtbar! Denn im Moment konnte ich mir nichts vorstellen, was mich weniger reizte, als wegzufliegen. Ich wollte hier sein. Hier auf diesem Berg. Hier bei Johannes.

Zwischenzeitlich war Fräulein Pichler – innerlich nannte ich sie bereits nur noch Agnes, die Hexe – zu uns gekommen und trennte in Rekordzeit das Eigelb vom Eiweiß. Nachdem sie fertig war, ging sie ohne ein weiteres Wort zurück zu Lisa und Kai.

»Wie kann man nur so unfreundlich sein?«, meinte ich zu Tanja. »Und überhaupt, wie kam es denn dazu, dass sie deine Haushälterin wurde? Ich dachte, sie arbeitet nur in den vornehmsten Häusern?«

»Na, vielen Dank auch«, sagte Tanja, während sie begann, das Eiweiß steif zu schlagen. »Du denkst wohl, bei mir würde es nicht vornehm zugehen.«

Ich verdrehte die Augen. »Nein, das nicht. Aber du wirst doch nicht ernsthaft behaupten wollen, dass du aus einem vornehmen … Ach, vergiss es einfach.«

»Lustig«, kicherte Tanja. »Ich habe nur einen kleinen Witz gemacht. Und du bist darauf reingefallen. Ich wusste natürlich, dass du ein herrschaftliches Haus meinst.«

Tanja und Witze? Das passt so wenig zusammen wie Bier und Schwarzwälder Kirschtorte, dachte ich amüsiert.

»Also, das war so«, sagte Tanja in ihrem trockenen, didaktischen Lehrerinnen-Ton, »Agnes hat als junge Frau in den großen Häusern gearbeitet, aber als ihre Mutter krank wurde, kam sie hierher zurück, um sie zu pflegen. In dieser Zeit hat sie dann auch angefangen, den Niemeyers den Haushalt zu führen. Die waren nämlich mit allem total überfordert, nachdem die Frau des alten Niemeyer gestorben war.«

Niemeyer? So hießen doch Johannes und Carl mit Nachnamen.

»Niemeyer? Ist das nicht die Familie, der die andere Alm auf dem Berg hier gehört?«, fragte ich beiläufig.

Tanja stellte die Schüssel mit dem inzwischen steif geschlagenen Eiweiß zurück auf die Arbeitsplatte und studierte das Rezept. »Genau. Kennst du Carl oder Johannes?«, fragte sie.

»Flüchtig«, wich ich ihr aus. »Ich bin bei meinem ersten Spaziergang an der Alm vorbeigegangen und habe den Wolfshund gesehen ...«

»Ein scheußliches Ding«, unterbrach sie mich, »und ganz gefährlich! Sieh dich bloß vor. Agnes hatte das Vieh auch nie gemocht. Aber jetzt muss sie sich ja zum Glück nicht mehr vor dem Wolf fürchten, denn nachdem auch der Vater von Carl und Johannes gestorben war, hat sie den Hof verlassen, und seitdem arbeitet sie für mich«, sagte sie und rückte sich die Brille zurecht. »Bei mir ist es auch viel ruhiger als auf dem Bauernhof der Niemeyers. Wenn ich nur an die ungezogenen Zwillinge denke. Furchtbar. Ich könnte dir Geschichten erzählen ...«

Sofort musste ich an Carl Junior und die Blindschleiche in Tanjas Tasche denken, und ich drehte mich schnell um, damit sie mein Grinsen nicht sehen konnte.

»Lisa!« Dr. Heise stieß einen spitzen Schrei aus. »Was machst du da?«

Ruckartig drehten wir uns alle zu Lisa um, damit wir sehen konnten, was sie denn nun schon wieder angestellt hatte.

»Ich mache Plätzchen, warum?«, fragte sie mit einem unschuldigen Augenaufschlag und formte weiter Plätzchen aus dem Teig, den sie gleichmäßig auf der Arbeitsfläche ausgerollt hatte.

Zusammen mit Tanja lief ich zu ihr und schaute mir an, was sie trieb. Äh? Formte sie da etwa …? Ja, tatsächlich! Anstatt eine der vorhandenen Ausstechformen – Tannenbaum, Stern, Schneemann, Rentier, Weihnachtsglöckchen – zu benutzen, schnitt sie ihre Motive mit einem Messer aus dem Teig. Totenköpfe, eine Hand mit ausgestrecktem Mittelfinger, das eingekreiste Anarchie-A, und sogar einige Penisse samt dicker Eichel stachen mir ins Auge.

»Oh, mein Gott«, sagte Fräulein Pichler peinlich berührt und schüttelte ihren Kopf, bevor Tanja sich entrüstete: »So etwas habe *ich* dir in der Schule nicht beigebracht.«

»Wieso? Was ist daran so schlimm? Ich dachte, wir sollten uns beim Backen selbst verwirklichen und unser Innerstes nach außen kehren. Nichts anderes mache ich«, sagte sie lässig und arbeitete an einem weiteren Penis-Keks.

»Ach, Lisa. Du bist und bleibst ein Unikat«, sagte Dr. Heise und zuckte mit den Schultern. »Doch egal. Ich möchte Sie alle bitten, sich nun wieder darauf zu konzentrieren, Ihren Plätzchen den letzten Schliff zu geben.«

Fräulein Pichler nickte zustimmend. Also gingen Tanja und ich zurück zu unserer Kochinsel und machten uns daran, fertig zu werden.

Emsig und unter fröhlichem Geplaudere wurde nun an allen Plätzen ausgestochen, vom Teig genascht, glasiert und verziert, und wenn mich nicht alles täuschte, hörte ich Kai sogar leise *Last Christmas* pfeifen.

Zufrieden begann Fräulein Pichler, ihren Korb mit den nicht verarbeiteten Backzutaten zu füllen, und wir schoben unsere kleinen Kunstwerke schließlich stolz in die vorgeheizten Öfen.

Keine Viertelstunde später zog ein feiner Plätzchenduft durch die Küche und verwandelte das Holzhaus auf dem Berg in eine himmlische Weihnachtsbäckerei. Wie gut das duftete! Begeistert schnupperte ich und nahm als erstes eine erdige Zimtnote wahr. Kein Wunder aber auch, freute ich mich schelmisch, schließlich hatte ich heimlich eine Extraportion Zimt in Tanjas Zimtsterne gemischt. Sie würde den Liebeszauber gut gebrauchen können, hatte ich gedacht – wen auch immer sie mit den Keksen beglücken wollte.

Angezogen vom Duft, stellten wir uns alle vor die Backöfen und sahen unseren Plätzchen beim Braunwerden zu. Tanja Zimtsterne sahen wie gemalt aus, und auch mein Spritzgebäck war nicht zu verachten. Selbst Lisas Anti-Kekse wurden gelobt.

»Prima, wie toll sie ihre Form behalten, deine kleinen Peni … äh, deine Plätzchen«, meinte Dr. Heise und konnte sich ein Kichern nicht unterdrücken.

Lediglich Kai sah etwas zerknirscht aus. Auch sein zweiter Versuch, den Teig für Vanillekipferl herzustellen, schien nämlich gehörig in die Hose gegangen zu sein. Zwar hatte er mit Ach und Krach kleine Halbmonde daraus formen können, aber ein Blick in den heißen Ofen verriet, dass trotzdem etwas nicht nach Plan gelaufen war. In der Hitze hatten seine Monde ihre Form verloren. Erst waren sie geschmolzen, dann ineinandergeflossen, und nun lag da ein einziger gigantischer Riesenkipferl-Fladen auf dem Backpapier und wartete darauf, fertig gebacken zu werden.

»Irgendetwas stimmt mit Ihrem Rezept nicht, Fräulein Pichler«, versuchte Kai, sich herauszureden.

»Quatsch! Du wolltest einfach nur ein Riesenplätzchen backen. Süßes Glück XL. Stimmt's, Kai?«, meinte ich und klopfte ihm anerkennend auf die Schulter.

Alle lachten, alle strahlten, und selbst Lisa unterließ eine ganze Weile ihre bissigen Kommentare.

Als dann draußen vor dem Fenster die Wintersonne langsam unterging, holten wir unsere Plätzchen aus den Öfen und konnten es gar nicht abwarten, dass sie abkühlten und wir endlich davon naschen konnten.

»Lisa, darf ich einen deiner Stinkefinger probieren?«, fragte ich. »Oder vielleicht doch lieber einen Penis!«

»Und ich hätte gern ein Stück vom Vanillekipferl«, meinte Tanja, »wir können ihn ja einfach klein brechen. Einverstanden, Kai«?

Man könnte fast meinen, wir hätten Spaß, dachte ich, als schließlich jeder seine Keksdose füllte. Doch wieso *fast*? Warum *hätten*? Nein, wir *hatten* Spaß. Verdammt viel sogar. Wir alberten herum, redeten dummes Zeug und lobten uns gegenseitig. Ja, ich musste zugeben, dass ich mich richtig gut fühlte. So …, ich überlegte, … so glücklich.

Selig verschloss ich meine Keksdose und freute mich darauf, sie Johannes zu schenken und ihn gleich von den Plätzchen kosten zu lassen. Denn eines stand fest: So anregend wie die Zimtsterne wirkten, würde Johannes nicht nur die Plätzchen vernaschen.

Kapitel 15

»So, ihr Lieben, denkt daran, dass ihr bis morgen eure Plätzchen verschenkt haben müsst. Das ist die Hausaufgabe«, verabschiedete uns Dr. Heise, und jeder von uns lief mit einer Blechdose voller selbst gebackener Weihnachtsplätzchen in der Hand aus der Praxis.

»Ich hätte nicht gedacht, dass Backen so viel Spaß machen kann«, strahlte Kai. »Obwohl in meinem Rezept wirklich der Wurm drinsteckte.«

»Nein«, empörte sich Fräulein Pichler. »Sie haben zu viel Butter und zu wenig Mehl genommen. Hätten Sie sich penibel an meine Vorgaben gehalten, wäre Ihnen das Malheur erspart geblieben.«

»Ach, wissen Sie was?«, strahlte Kai. »Hauptsache, wir hatten Spaß. Also ich fand es richtig klasse, und ich habe jetzt auch überhaupt keine Lust, schon nach Hause zu gehen. Was haltet ihr davon, wenn wir unsere kleine Weihnachtsfeier etwas ausdehnen und noch zusammen etwas trinken gehen?«

»Warum nicht? Ich bin dabei«, stimmte Lisa ungewohnt fröhlich zu.

»Ich weiß nicht«, sagte Tanja. »Bei mir zu Hause liegen einige Diktate, die ich durchsehen müsste ...«

»Das kannst du doch später machen, Mädchen«, unterbrach sie Fräulein Pichler. »Wie willst du jemals einen Mann bekommen, wenn du nie unter Leute gehst?«

Tanja wurde wieder rot und murmelte etwas Unverständliches, das Kai gleich als Zustimmung wertete. »Klasse, Tanja«, jubelte er. »Aber Sie müssen uns auch begleiten, Fräulein Pichler!«

»Wenn es sein muss«, sagte sie trocken, »ich bin schließlich keine Spielverderberin.«

»Prima. Fehlt nur noch Nils, dann wären wir komplett. Also Nils, was ist mir dir? Kommst du auch mit?«, fragte mich Kai.

Eigentlich hatte ich keine Lust, etwas trinken zu gehen, denn ich wollte so schnell wie möglich zurück zu Johannes.

»Ach, ich wollte heute Abend …«, druckste ich herum.

»Komm schon! Nur auf ein Bier. Oder von mir aus auf einen Kaffee. Die Plätzchen dazu hätten wir ja sogar dabei«, zwinkerte er mir zu.

Ich schaute auf meine Armbanduhr. Es war kurz vor Fünf. Mit Johannes hatte ich keine feste Uhrzeit ausgemacht, also gab ich mich geschlagen und sagte: »Okay. Ein Getränk.«

»Spitze. Am besten gehen wir in den *Sonnenhof*, das ist die mit Abstand schönste Gaststätte unten im Dorf«, schlug Kai vor.

Der Vorschlag kam mir ganz gelegen, denn der *Sonnenhof* war die Gaststätte, die zu meiner Pension gehörte und in der ich heute Morgen die Brötchen geklaut hatte. Wenn wir dorthin gingen, würde ich vorher kurz in meinem Zimmer vorbeischauen können, um mir ein paar andere Klamotten anzuziehen.

Also stimmte ich schnell zu: »Der *Sonnenhof* ist gut, da bin ich dabei.«

Die anderen nickten ebenfalls zustimmend.

»Dann wäre das ja geklärt, und wir sehen uns gleich unten im Dorf. Lisa, willst du bei mir mitfahren?«, fragte Kai, und Lisa nickte eifrig.

»Klar. Voll cool«, sagte sie.

»Bis gleich«, meinte ich und ging zu meinem Mietwagen. Gerade als ich einsteigen wollte, ließ Fräulein Pichler den alten VW an und gab einige Male im Leerlauf Gas, woraufhin eine dichte, schwarze Rußwolke aus dem Auspuff dampfte und mich einnebelte.

Ich hustete und wedelte die Abgase weg, bevor ich mich beeilte, in meinen Leihwagen zu steigen.

Rücksichtslose Hexe, dachte ich und bereute es bereits, dass ich zugesagt hatte, mit ins Dorf zu fahren. Doch nun hatte ich keine andere Wahl mehr, und so fügte ich mich in mein Schicksal, ließ den Motor an und fuhr los.

Als ich unten im Dorf am Gasthaus ankam, stand Kais schwarzer Audi Q7 bereits vor dem Eingang und funkelte im Licht der Straßenlaternen. Kai und Lisa hatten die Fahrt ins Dorf wahrscheinlich in Rekordzeit bewältigt, vermutete ich, denn sie hatten mich oben am Berg in einem mörderischen Tempo überholt. Kai hatte dabei seinen Wagen so dicht vor mir wieder auf den Weg gezogen, dass ich erschrocken abgebremst und ihn mindestens noch einen Kilometer lang verflucht hatte. Aber jetzt verstand ich, was Lisa so *cool* daran gefunden hatte, mit Kai mitfahren zu dürfen. Er fuhr wie eine gesengte Sau.

Tanja und Fräulein Pichler schienen ebenfalls schon eingetroffen zu sein. Zumindest stand ihr VW Käfer ein paar Meter weiter die Straße hinunter. Wie es aussah, würde ich als Letzter eintrudeln. Also beeilte ich mich und rannte hinauf in den ersten Stock, wo mein Pensionszimmer lag. Dort angekommen warf ich meinen Autoschlüssel und die Keksdose auf den Beistelltisch, zog ich mich rasch um und sprintete wieder nach unten.

Normalerweise konnte man durch eine kleine Seitentür direkt von der Pension in den Gastraum gelangen, doch abends war diese Tür stets verschlossen. Es blieb mir daher nichts anderes übrig, als die Pension wieder zu verlassen, einmal ums Gebäude herumzulaufen und durch den Haupteingang in das Lokal zu gehen. So wie alle anderen Gäste auch.

Als ich die Tür öffnete, stieg mir der Geruch von frisch gezapftem Bier und deftigen Versuchungen in die Nase. Darunter mischte sich ein feiner Tannennadelduft, der von dem Weihnachtsbaum herrührte, der reich geschmückt in der Mitte des Lokals stand.

Kaum hatte ich den Raum betreten, drehten sich einige Köpfe nach mir um, musterten mich kurz und wandten sich dann wieder ab, um ihre Gespräche fortzuführen. Suchend blickte ich mich um, aber unsere Therapiegruppe konnte ich nirgendwo entdecken.

Die Gaststätte war proppenvoll, wie ich feststellen musste, als ich meine Augen ein zweites Mal über die Tische wandern ließ. Definitiv waren wir nicht die Einzigen, die hier heute ihre kleine Weihnachtsfeier abhielten, denn auf vielen der Tische lagen kleine oder größere Geschenke.

Aus den Augenwinkeln sah ich einen nach oben gestreckten Arm, und kurz dachte ich, dass ich nun unsere Gruppe gefunden hätte. Doch es war Franzi, die Schwägerin von Johannes, die mir fröhlich zuwinkte. Sie saß mit drei anderen Frauen an einem kleinen Tisch neben der Theke und strahlte mich an.

Ich winkte freundlich zurück und schaute mich weiter um. Doch vergebens. Aus meiner Gruppe schien keiner hier zu sein.

Aber da hinten, war das nicht Johannes? Ich sah noch einmal genauer hin, und tatsächlich, meine Augen hatten mich nicht getäuscht. Es war Johannes. Er saß mit zwei Männern zusammen an einem Tisch in der hintersten Ecke, und alle drei steckten sie die Köpfe zusammen. Der eine Mann sah in seinem dunkelblauen, in die Jahre gekommenen Anzug aus wie ein Versicherungsvertreter oder ein Sparkassen-Angestellter, während mir der andere Mann sofort bekannt vorkam. Wild gestikulierend redete er auf Johannes ein, und als er sich etwas mehr in meine Richtung drehte, erkannte ich ihn. Es war der Bürgermeister, den ich am Vormittag im Rathaus gesehen hatte.

Merkwürdig, dachte ich, was machte denn Johannes hier? Und wieso saß er mit dem Bürgermeister am Tisch?

Kurz erwägte ich, hinzugehen und ihn zu begrüßen, doch ich verwarf mein Vorhaben auf der Stelle wieder, denn ich erkannte ein geschäftliches Meeting, wenn ich eines sah. Auch, wenn es am frühen Abend in einem überfüllten Wirtshaus zwischen Weihnachtssternen und Glühweinbechern stattfand.

Nein, Nils, da störst du jetzt nicht, sagte ich mir. Zumal Johannes ohnehin nicht darauf erpicht war, sein Privatleben vor den Dorfleuten auszubreiten.

Gerade wollte ich mich wieder unauffällig in eine andere Ecke der Gaststätte verdrücken, als mein Blick auf etwas fiel, das vor Johannes auf dem Tisch stand. Eine Keksdose. Sie war mit einem nostalgischen Motiv versehen, und selbst von hier hinten konnte ich erkennen, dass es ein Eichhörnchen war, das den

Deckel und den Rand der Dose zierte. Verdutzt kniff ich die Augen etwas zusammen, um besser sehen zu können. Und tatsächlich! Das Eichhörnchen hatte eine rote Mütze auf dem Kopf, hielt eine Nuss in den Pfoten und schaute verschreckt drein, als fürchtete es, jemand könnte ihm die Nuss wegnehmen.

Es gab schon seltsame Zufälle, dachte ich. Dass Johannes ausgerechnet genau so eine Keksdose vor sich stehen hatte wie die, die Tanja beim therapeutischen Backen bekommen hatte ... Sachen gibt's ...

Und dann fiel es mir wie Schuppen von den Augen. Das war kein Zufall. Natürlich nicht. Wie blind ich doch gewesen war. Es was Tanjas Keksdose. Genau die Dose, die sie jemanden schenken sollte, den sie liebte. Aber warum sollte Tanja ausgerechnet in Johannes verliebt sein?

Mir surrte der Kopf, während mir das Klappern der Gläser und die Gespräche der Gäste plötzlich unnatürlich laut vorkamen. Jemand lachte schallend auf, bevor eine ganze Gruppe von Frauen gackernd mit ins Gelächter einstimmte, doch ich schaute nicht hin. Mein Blick fokussierte sich auf Johannes und auf die Blechdose, die er vor sich stehen hatte.

Verwirrt versuchte ich, zu verstehen, in welcher Beziehung Tanja zu Johannes stand, als mir plötzlich ihre weinerliche Stimme aus der ersten Therapiesitzung wieder durch den Kopf schoss.

Erst vor ein paar Wochen bin ich wieder mit einem Mann ausgegangen ... Ich habe mich in ihn verliebt, aber wahrscheinlich will auch er mich nicht.

Nun wurde mir klar, von wem Tanja an diesem Tag gesprochen hatte. Von Johannes. Er war es, mit dem sie ein Date gehabt hatte und in den sie sich dann verliebt hatte. Doch wieso in drei Teufels

Namen ging Johannes, der überhaupt nicht auf Frauen stand, mit Tanja aus, die unbedingt einen Mann suchte?

Ganz einfach, dachte ich, nachdem ich eins und eins zusammengezählt hatte. Johannes ging mit Tanja aus, um den Schein zu wahren, und damit es im Dorf kein Gerede über ihn gab. Ja, so musste es sein, und so passte es auch zu dem, was Carl seinem Bruder an den Kopf geschmissen hatte:

Jetzt bringst du auch noch deine Liebschaften mit hierher. Wenn das im Dorf die Runde macht, sind wir alle erledigt!

Die Erkenntnis traf mich wie ein Schlag. Niemals hätte ich gedacht, dass Johannes sich so verstellen würde, nur um nicht zum Dorfgespräch zu werden. Hatte ich mich in ihm getäuscht? War er gar nicht der Mensch, für den ich ihn gehalten hatte – ein Mann, der seiner Überzeugung folgte; ein Mann, der sich nicht verbiegen ließ, sondern zu dem stand, was er dachte, fühlte und glaubte? Hatte er sich tatsächlich dazu hinreißen lassen, mit den Gefühlen einer Frau zu spielen, für die er selbst niemals dieselben Gefühle würde aufbringen können?

Etwas Schweres legte sich um mein Herz und hielt sämtliches Geschehen von mir fern. Hatte sich Johannes selbst verraten, und was war ich dann für ihn?

Eine kalte Stimme flüsterte mir die Antwort zu: *Ein flüchtiges Abenteuer, Nils. Mehr nicht.*

»Junger Mann, stehen's nicht im Weg herum, ich muss hier durch.« Energisch schob mich die Wirtin zur Seite, damit sie mit ihrem Tablett voller Bierkrüge zum nächsten Tisch gehen konnte, und riss mich damit aus meiner Lethargie. Ich machte einen Schritt zur Seite, und in diesem Augenblick sah ich Kai, der zusammen mit den anderen an einem Tisch in der Nähe der Theke saß und mir überschwänglich zuwinkte. Jetzt verstand ich, weshalb ich meine Gruppe bisher nicht entdeckt hatte – der große Weihnachtsbaum hatte ihren Tisch vollständig verdeckt.

»Nils! Hier sind wir!« Kai winkte nun noch wilder. »Komm her zu uns.«

Völlig perplex ging ich zu ihnen an den Tisch.

»Schön, dass du endlich da bist«, sagte Kai. »Wir dachten schon, du würdest gar nicht mehr kommen. Bist du unterwegs verloren gegangen?«

Lisa, Tanja und Kai schauten mich freudig an, während Agnes Pichler ihren Mund verzog. Doch das bemerkte ich nur am Rande, denn vor meinem inneren Auge sah ich, wie Tanja Johannes schmachtende Blicke zuwarf und ihm ihre Plätzchen schenkte. Ohne dass ich es hätte verhindern können, hörte ich mich eifersüchtig fragen: »Tanja, was hast du mit Johannes zu tun?«

Verwirrt schaute Tanja mich durch ihre Goldrandbrille an. »Mit dem Johannes Niemeyer?« Sie wurde feuerrot. »Ach, du meinst, weil ich ihm meine Weihnachtsplätzchen geschenkt habe … Also, das ist so …«, stotterte sie. »Der Johannes ist schon ein Netter.« Verlegen zupfte sie ein Blatt von dem Weihnachtsstern, der vor ihr auf dem Tisch stand, und riss das Blatt in kleine Stücke. »Und er hat sich auch sehr über die Plätzchen gefreut«, fügte sie freudestrahlend hinzu.

»Nie im Leben«, sagte ich giftig, und ich wusste, dass ich überreagierte, doch die Eifersucht hatte mich mittlerweile fest im Griff und war dabei, einen Narren aus mir zu machen.

»Woher willst du das wissen?«, fragte sie mich. »Und was hast du denn mit dem Johannes zu schaffen?«

»Den Kopf will er ihm verdrehen. Krank ist das!«, rief unvermittelt Agnes Pichler und funkelte mich böse an. »Geh zurück in die Stadt, wo du hergekommen bist. Hörst du? Und lass unseren Johannes in Ruhe! Er ist nicht so einer wie du.« Nun kreischte ihre Stimme so laut, dass an den umliegenden Tischen die Gespräche verstummten und sich alle Gäste zu uns umdrehten. Wütend fuchtelte sie mit ihrem Zeigefinger erst in der Luft herum und zeigte dann drohend auf mich. »Du wirst den Johannes nicht auf deine verdorbene Seite ziehen. Du nicht. Sodom und Gomorra! Pfui Teufel!«, zischte sie und formte ihren Mund, als würde sie auf den Boden spucken.

Kurz fragte ich mich, woher die Pichler über Johannes und mich Bescheid wusste, als sie auch schon weiter giftete. »Also verschwinde wieder nach Berlin. Da können zwei Männer vielleicht so etwas miteinander anstellen. Aber nicht hier bei uns auf dem Dorf! Da geht es noch anständig zu.«

»Geh' Agnes. Wovon sprichst du denn?«, fragte ein Mann mit fettem Wanst und einem breiten Schnurrbart. Er saß zusammen mit einigen anderen Männern am Stammtisch neben uns und stellte gerade seinen halbleeren Maßkrug zurück auf den Tisch. Mit spöttischem Grinsen leckte er sich die schaumigen Bierreste von seinem Schnurrbart und wartete begierig darauf, dass Agnes weiteren Tratsch hinaus posaunte.

»Der da!« Sie zeigte noch einmal mit dem Finger auf mich. »Der hat den Johannes verführt. Schämen sollte er sich, schämen!«

»Ich? Ich habe was …?«, fragte ich, und vor Wut blieb mir die Stimme weg.

»Aber der Johannes ist doch nicht schwul«, rief jetzt Tanja. »Der Nils ist schwul, ja. Aber nicht der Johannes!«

»Was ich bin und was ich nicht bin, geht niemanden etwas an. Und im Wirtshaus erst recht nicht.« Wie aus dem Nichts war Johannes neben mir aufgetaucht, und seine Stimme klang noch wütender, als ich mich fühlte.

»Habt ihr nichts Besseres zu tun, als euch die Mäuler zu zerreißen?«, fragte er jetzt mit bedrohlich leiser Stimme, die trotzdem bis in den letzten Winkel des Lokals drang. Die Leute wichen Johannes' vorwurfsvollem Blick aus und senkten beschämt ihre Köpfe. Niemand wagte, etwas zu sagen, und fast schien es, als wagte auch niemand, zu atmen.

Einige Tropfen Bier lösten sich vom Zapfhahn der Theke und fielen in den darunter stehenden Krug. Ansonsten war es still wie im Auge eines Wirbelsturms.

»Aber Johannes ...«, entgegnete schließlich Agnes Pichler, und sie versuchte, ihre Stimme schmeichelnd klingen zu lassen, »du bist ...«

»Sei still!«, unterbrach er sie. »Du hast heute Abend schon zu viel gesagt. Kein Wort mehr!«

»Lass die arme Frau doch sprechen«, fiel der dicke Schnurrbart-Träger vom Stammtisch ihm dazwischen. »Es täte uns schon interessieren, was sie noch zu sagen hat.«

»Ach, Schmidhammer, spar dir dein verlogenes Gewäsch«, fuhr ihn Johannes an.

»Das sagt der Richtige«, sagte ich an Johannes gewandt. »Dass du dich mit Tanja verabredet hast und ihr Hoffnungen machst, finde ich genauso verlogen.«

Kurz schien Johannes meine Worte auf sich wirken zu lassen. Dann funkelte er mich mit demselben Zorn an, mit dem er gerade noch den dicken Schnurrbart-Träger bedacht hatte.

»Stehe ich hier vor Gericht? Geht es darum? Ist das der große Prozess? Das Dorf, Nils und Tanja gegen den Eigenbrötler von der Alm?« Enttäuscht ließ er seinen Blick durch das Gasthaus streifen. »Und du, Nils«, nun sah er mich an, »was ist nur in dich gefahren? Was ich tue und was nicht, überlässt du besser mir. Wir sind hier fertig. Das war's!«

Ich wollte gerade etwas darauf antworten, doch als ich meinen Mund öffnete, drehte sich Johannes um und schritt energisch Richtung Tür, während er der Wirtin zurief: »Gerda, schreib die Getränke auf meinen Deckel. Ich zahle morgen.«

Verwirrt blickte ich ihm nach. Weder verstand ich sein Verhalten, noch wusste ich meine Gefühle und Gedanken richtig einzuordnen.

»Na, Tanja! Das ist ja was!«, rief der dicke Schmidhammer vom Stammtisch aus Tanja zu und durchbrach damit die beschämte Stille, die sich nach dem Zufallen der Gasthaustür wieder unter den Anwesenden breitgemacht hatte. »Vorhin haben wir noch über dich gesprochen, und da hat die Wirtin behauptet, du hättest was mit dem da.« Abfällig nickte er in meine Richtung. »Stimmt's nicht, Gerda?« Er schaute zur alten Wirtin, die mit aufgeklapptem Mund hinter der Theke stand und keinen Finger mehr krümmte, da sie ja nichts vom Schauspiel verpassen wollte, das sich ihr gerade bot.

»Na, das sah ja auch so aus. Gell, Tanja? Hast dich doch von ihm nach Hause bringen lassen, oder?«, rief die Wirtin, und man sah ihr an, dass sie stolz war, ihren Senf dazugeben zu können, eher der Schmidhammer fortfuhr. »Aber nix da! Der kommt dieser Breznsalzer aus Berlin hierher, um dir deinen Johannes wegzuschnappen. Sapperlot, verflixt noch mal. Egal, was du machst, Tanja, du endest doch als alte Jungfer!«

Die Männer, mit denen der Schmidhammer am Stammtisch saß, fingen derb zu lachen an und klopften sich auf die Schenkel, während sich die übrigen Gäste nicht rührten.

Tanja indes sprang auf, schnappte nach Luft und wollte sich empören. Erst einmal, dann noch einmal setzte sie zum Sprechen an, bekam aber keinen Ton heraus. Kurz sah sie so verängstigt aus wie das Eichhörnchen, das ihre Keksdose zierte, doch dann griff sie entschlossen nach etwas, das vor ihr auf dem Tisch lag, und noch ehe jemand etwas sagen konnte, stürmte sie schluchzend durch den Raum und auf den Ausgang zu.

Zum zweiten Mal in kürzester Zeit fiel die schwere Holztür mit einem lauten Rumps ins Schloss, und zum dritten Mal herrschte im Wirtshaus eine bedrückende Stille.

Ein, zwei Sekunden hörte man nichts. Keine Stimmen. Kein Gläsergeklapper. Nichts. Bis Lisa aufsprang und rief: »Scheiße! Habt ihr sie denn nicht mehr alle? Wir müssen ihr nach!«

Kapitel 16

Nachdem Lisa geschrien hatte, blieb es einen weiteren Moment lang ruhig im voll besetzten Gasthaus, doch dann steckten alle Gäste wieder die Köpfe zusammen und fingen an, aufgeregt miteinander zu tuscheln.

Ich hörte verschiedene Gesprächsfetzen durch das Gasthaus ziehen.

»Der Johannes und der aus Berlin?«

»Nein, das glaube ich nicht!«

»... und die Tanja! Dass die keinen Mann bekommt, das war mir ja schon immer klar.«

»Der arme Carl und seine Familie. Das hat er nicht verdient. Wenn das der Vater mitbekäme. Im Grab umdrehen würde er sich. Gott hab ihn selig ...«

Ich achtete nicht auf die Gespräche, weil ich viel zu sehr damit beschäftigt war, das, was gerade passiert war, auf die Reihe zu bekommen. Johannes war wutentbrannt aus dem Wirtshaus gestürmt. Tanja hatte völlig verzweifelt das Weite gesucht. Und ich war an beidem nicht ganz unschuldig.

»Jetzt tut doch endlich was, statt nur hier rumzuhängen und dämlich zu glotzen!« Lisa sah uns zornig an.

»Setz dich sofort wieder hin, Mädchen«, befahl Agnes Pichler.

»Sie können mich mal. Von Ihnen lasse ich mir nichts sagen. Sie haben das Ganze mit Ihren Andeutungen und Vorwürfen doch erst provoziert. Was, wenn Tanja etwas passiert, so aufgelöst wie sie ist? Dann ist das Ihre Schuld!«

»Jetzt beruhige dich mal wieder, Lisa«, sagte Kai. »Wieso sollte Tanja etwas passieren? Sie macht bestimmt nur einen kleinen Spaziergang, um wieder einen klaren Kopf zu bekommen. Und dabei sollten wir sie nicht stören.«

»Fuck, schnallst du es nicht?«, rief Lisa. »Tanja ist doch ohnehin total durch den Wind. Und jetzt geistert sie allein da draußen herum.«

»Also ehrlich, Lisa, du tust gerade so, als sei Tanja ein Kleinkind, auf das man aufpassen muss«, warf Kai kritisch ein.

»Ach, Männer!« Lisa machte eine wegwerfende Bewegung mit der Hand. »Ihr seid so sensibel wie ein Vorschlaghammer. Was versteht ihr schon von Frauen?«

Ich überlegte. Es stimmte schon – Tanja war etwas schusselig und speziell. Vielleicht wäre es doch keine so schlechte Idee, sicherheitshalber nach ihr zu schauen. Man konnte ja nie wissen … Außerdem fühlte ich mich schuldig, schließlich war *ich* es gewesen, der dieses ganze Affentheater ausgelöst hatte.

»Ich glaube zwar auch, dass mit Tanja alles in Ordnung ist«, sagte ich beschwichtigend, »sie wird schlicht und einfach auf dem Weg nach Hause sein. Aber um auf Nummer sicher zu gehen, fahren wir doch mal kurz bei ihr vorbei und sehen nach, ob sie gut zu Hause angekommen ist. Einverstanden, Lisa?«

»Ja, los! Lasst uns fahren!« Lisa hatte sich bereits ihre Jacke und ihre Tasche geschnappt und wollte sich auf den Weg zum Ausgang machen, als Kai plötzlich aufgebracht sagte: »Ich kann meinen Autoschlüssel nicht finden.«

Inzwischen war er aufgestanden und durchwühlte hektisch die Taschen seiner Jeans, doch wie es aussah, fand er nichts. »Ich bin mir sicher, dass der Schlüssel die ganze Zeit vor mir auf dem Tisch gelegen hat«, sagte er und deutete auf die Tischplatte vor sich, auf der außer einer mit Rentieren bedruckten Tischdecke und einem kläglich aussehenden Weihnachtsstern nichts lag oder stand.

»Vielleicht hat Tanja ihn genommen«, vermutete Lisa aufgebracht.

»Warum sollte sie?«, fragte ich. »Sie kann doch gar kein Auto fahren.«

»Unsinn. Natürlich kann sie Auto fahren«, sagte Lisa. »Sie hat nur eine Blockade, das wisst ihr doch.«

»Wartet! Ich gehe geschwind nachsehen, ob mein Wagen noch vor der Tür steht«, entgegnete Kai. »Dann wissen wir es.«

»Ich komme mit«, rief Lisa und folgte Kai, der bereits aus dem Lokal lief.

Gerade als ich mich ihnen anschließen wollte, kam Johannes' Schwägerin Franzi zu mir und schaute mich betrübt an.

»Es tut mir leid, Nils, dass es so weit gekommen ist. Aber so etwas musste ja früher oder später einmal passieren.«

»Spar dir dein Mitleid«, fauchte ich sie an und wusste im selben Moment, dass ich ungerecht zu ihr war. Sie hatte es nicht verdient, meinen Zorn abzubekommen. Schließlich konnte sie nichts für dieses verlogene Dorf, und sie konnte auch nichts für ihren Schwager. Trotzdem konnte ich mich nicht zügeln und zeterte weiter. »Ich habe keine Lust, den Sünden-bock für euch zu spielen – nur damit eure schein-heilige Dorfidylle gewahrt bleibt.«

Franzi wich einen Schritt zurück und hielt abweh-rend die Hände vor die Brust. »Ich verstehe, dass du sauer bist, aber ...« Weiter kam sie nicht, denn in dem Moment stürzte Kai zurück zu uns ins Gasthaus.

»Nils, komm schnell, und gib mir deinen Auto-schlüssel. Wir müssen Tanja folgen! Sie ist tatsächlich mit meinem Wagen weggefahren.«

Nun war ich derjenige, der nicht wusste, wo mein Autoschlüssel steckte. Nervös griff ich in sämtliche Hosentaschen, aber dann fiel mir ein, dass ich ihn zu-sammen mit meiner Plätzchendose oben im Zimmer gelassen hatte.

»Mist! Warte! Ich muss meinen Autoschlüssel noch schnell aus meinem Zimmer holen.«

»Ich kann euch doch fahren«, schaltete sich Franzi dazwischen und schaute Kai auffordernd an.

»Prima. Kommt schnell, wir müssen uns beeilen. Lisa ist schon ganz hysterisch und steckt mich mit ihrer Panik langsam an.«

Zu dritt liefen wir aus dem Wirtshaus nach drau-ßen, wo uns die kalte Luft des Winterabends entge-genschlug. Franzi rannte voraus und drückte noch im Gehen auf den Türöffner an ihrem Autoschlüssel. Ein verbeulter Kia Sportage, der schief in einer Park-bucht vor dem Wirtshaus stand, blinkte zwei Mal auf, und gerade als Franzi auf den Fahrersitz klettern wollte, sagte Kai: »Lass besser mich fahren. Dann sind wir schneller.«

Franzi sah Kai fragend an. »Ich bin Rennfahrer«, erklärte er ihr. »Also keine Angst, dem Wagen wird nichts passieren.«

Kurz überlegte Franzi skeptisch, dann warf sie Kai aber doch den Schlüssel zu, bevor sie selbst auf der Beifahrerseite einstieg. Lisa und ich kletterten nach hinten, und noch ehe ich meine Tür geschlossen hatte, startete Kai den Motor, wendete und beschleunigte das Auto so stark, dass wir alle in unsere Sitze gepresst wurden.

»Ich hab's doch gleich gesagt. Die Tanja darf man in dem Zustand nicht allein lassen! Also wenn ihr mich fragt, dann …«, rief Lisa, aber Kai unterbrach sie: »Dass Tanja mit dem Wagen weg ist, heißt noch gar nichts. Sie kann Auto fahren – wenn auch unsicher. Auf jeden Fall müssen wir jetzt alle einen klaren Kopf bewahren. Du auch, Lisa!«

Schmollend schob Lisa ihre Unterlippe vor und sagte erst einmal nichts mehr.

»Am besten fahren wir zu ihr nach Hause und schauen dort nach«, schlug Franzi vor.

Kai jagte, jede Geschwindigkeitsbegrenzung missachtend, durch das Dorf und hielt dann zehn Minuten später vor dem kleinen Haus, in dem Tanja lebte.

Noch bevor der Wagen zum Stehen kam, ahnte ich, dass wir niemanden finden würden, denn im gesamten Haus brannte nirgendwo ein Licht. Und auch von Kais Audi fehlte jede Spur. Trotzdem gingen wir zum Haus, klopften an und klingelten. Doch vergeblich. Wie befürchtet, regte sich nichts, und keiner öffnete die Tür.

»Scheiße, was machen wir jetzt bloß?«, fragte Kai, dem man seine Sorge um Tanja allmählich deutlich ansah. »Wo könnte sie denn hingefahren sein?«

»Wartet mal, ich glaube, ich habe eine Idee«, sagte ich. In meinem Unterbewusstsein hatte sich gerade etwas geregt und versuchte nun, an die Oberfläche zu gelangen. Neulich, als ich Tanja mit dem Auto nach Hause gefahren hatte, hatte sie doch von ihrem Lieblingsplatz gesprochen, erinnerte ich mich. Aber wo war der noch mal, dieser Platz? Denk nach, Nils, denk nach!, spornte ich mich an.

»Tanja hat einen Lieblingsplatz. An irgendeinem See, wenn ich mich recht entsinne«, sagte ich und hoffte, dass jemand von den anderen vielleicht mehr damit würde anfangen können. Doch alle schwiegen und starrten mich fragend an.

»Ein Bergsee«, fiel es mir wieder ein. »Genau. Sie sagte, dass ihr Lieblingsplatz an einem Bergsee liegt.«

»Bergseen gibt es hier in der Umgebung viele«, ließ mich Franzi wissen. »Weißt du denn nicht, wie er heißt? Oder fällt dir dazu sonst noch etwas ein?«

Fieberhaft überlegte ich, was Tanja noch gesagt hatte, und ich verfluchte mich dafür, dass ich nicht besser zugehört hatte. »Hmm … Sie sagte etwas von einer Straße oder einem Weg, der an dem See endet. Zumindest für Autos … Und der See muss in der Nähe der Sternen-Alm liegen … Ja, genau das hat sie gesagt.«

»Dann weiß ich, welcher Bergsee es ist«, rief Franzi aus. »Er liegt in einer Schlucht, und es stimmt: Von dort kommt man mit dem Auto nicht mehr weiter. Es gibt nur einen schmalen Pfad, der erst an dem See entlang und dann nach oben auf den Gipfel führt.«

»Ja, Franzi! Das muss er sein«, rief ich.

»Wenn sonst niemandem etwas einfällt, wo Tanja sein könnte, dann fahren wir jetzt dahin«, entschied Kai, und da keiner eine andere Idee hatte, stiegen wir wieder ins Auto. Kai wendete, fuhr los und raste mit dem Wagen schließlich halsbrecherisch über die Dorfstraße. Selbst als wir auf den Bäcker zufuhren, verringerte er die Geschwindigkeit nur unmerklich.

»Bremsen! Du musst da vorne gleich abbiegen, damit wir auf die Bergstraße kommen«, rief ich.

»Weiß ich doch«, sagte Kai seelenruhig, ohne den Fuß vom Gas zu nehmen. Neben der Bäckerei, kurz vor der Abzweigung, zog Kai mit einem Ruck die Handbremse und riss das Steuer herum. Mit quietschenden Reifen brach der Wagen zur Seite hin aus, und für einen Moment dachte ich, dass sich das Auto gleich überschlagen würde. Die zwei Reifen auf der Beifahrerseite verloren den Kontakt zur Straße, und der Wagen neigte sich gefährlich auf die Fahrerseite. Lisa und Franzi kreischten auf, bevor der Kia wieder krachend mit allen vier Reifen auf der Straße landete.

Kai fuhr wirklich wie ein Besessener. Aber er wusste, was er tat, und er hatte das Auto fest im Griff – die Schnauze des Wagens zeigte jetzt tatsächlich in Richtung des Schotterwegs, der hinauf zur Alm führte. Stolz nickend gab Kai Gas, und nur einen Herzschlag später sprintete der SUV bereits den Feldweg hoch, sodass hinter uns die Steine aufstoben.

»Wie geil!«, freute sich Lisa und hieb mit der Hand gegen Kais Rückenlehne.

»Dich werde ich nie wieder dieses Auto fahren lassen«, keuchte dagegen Franzi, die ganz blass geworden war.

Inzwischen waren wir an der Praxis von Dr. Heise angekommen, als Kai fragte: »Bis hierhin kenne ich den Weg. Und wie geht es jetzt weiter?«

»Du musst dem Weg folgen, bis du die Sternen-Alm siehst. Das ist die Hütte, die als nächstes kommt. Kurz vor der Alm gabelt sich der Weg. Dort musst du rechts weiterfahren«, beschrieb Franzi die weitere Strecke. »Aber bitte bieg ganz normal ab. Noch so ein Manöver, und ich muss mich übergeben!«

Kai fuhr weiter, und schon nach wenigen Minuten tauchte vor uns die Sternen-Alm auf. Johannes Hütte war in völlige Dunkelheit getaucht, und aus dem Kamin stieg kein Rauch in den Himmel. So, wie die Alm nun dalag, kalt und abweisend, deutete nichts darauf hin, dass ich gestern hier oben eine der schönsten Nächte meines Lebens verbracht hatte. Wo Johannes wohl gerade war? Und ob er an mich dachte? An uns dachte?

Das braucht dich nicht mehr zu interessieren, sagte ich mir stumm. Aber es tat trotzdem weh, zu wissen, dass etwas, das so schön begonnen hatte, ein ebenso abruptes wie schmerzhaftes Ende genommen hatte.

Als könnte Lisa meine Gedanken lesen, fragte sie: »Hast du jetzt eigentlich was mit Johannes? Oder was sollte die Szene vorhin im Gasthaus?«

»Nein, *jetzt* habe ich nichts mehr mit Johannes«, sagte ich gereizt, weil ich das Thema nicht weiter vertiefen wollte.

»Aber du hattest was mit ihm, stimmt's?«, bohrte Lisa nach. »Du passt auch viel besser zu ihm als Tanja«, flüsterte sie mir dann ins Ohr, was mir einen weiteren Stich ins Herz versetzte. Ich schluckte schwer.

Bevor ich etwas erwidern konnte, rief Kai: »festhalten!« Und im nächsten Moment trat er so heftig auf die Bremse, dass wir alle aus unseren Sitzen und in die Gurte geschleudert wurden. »Scheiße, da steht ein Wolf auf dem Weg!«, fluchte er.

Im Scheinwerferlicht des Wagens stand Kira auf dem einsamen Schotterweg und schaute neugierig zu unserem Auto, während wir immer näher auf sie zu schossen. Trotz der Vollbremsung quietschten die Reifen kaum, weil die vielen kleineren und größeren Kieselsteine unter den blockierenden Rädern das

Auto immer weiter in Richtung der Wolfshündin treiben ließen.

»Hau ab! Weeeeeg da!«, schrie ich, aber Kira rührte sich nicht – wahrscheinlich hörte sie mich nicht – und starrte stattdessen weiter in die grellen Scheinwerfer unseres Autos.

Inzwischen konnte ich sehen, wie Kira den Kopf senkte und angriffslustig aus ihren gelben Augen nach vorne blickte, bevor der Wagen endlich zum Stehen kam.

»Das war knapp«, sagte Kai, während er erleichtert ausatmete. »Seit wann gibt es hier denn Wölfe?«, fragte er.

»Das ist Kira«, rief ich und öffnete die Tür.

»Bist du bescheuert? Bleib im Auto. Mit Wölfen ist nicht zu spaßen«, rief Kai, aber ich stand schon neben dem Wagen und sagte: »Kira! Komm her, meine Süße!«

Die Wolfshündin hob den Kopf, während sie meine Witterung aufnahm. Dann entspannte sich ihr ganzer Köper, und sie kam mit zwei Sätzen auf mich zugelaufen, bevor sie sich mit ihrem weichen Fell an mich drückte. Ihre feuchte Schnauze vergrub sie in meiner Jacke, während ich sie durch ihren dichten Pelz hindurch kraulte und streichelte.

»Das ist Kira. Sie ist nur ein halber Wolf«, sagte ich zu Kai, der die Wolfshündin noch immer kritisch betrachtete.

Inzwischen waren auch Franzi und Lisa ausgestiegen.

»Vielleicht kann Kira uns helfen?«, schlug Franzi vor. »Auf dich scheint sie zu hören, Nils. Wir könnten sie nach Tanja suchen lassen. Was meint ihr?«

Ich kannte mich nicht mit Hunden und schon gar nicht mit Wolfshunden aus, aber aus dem Fernsehen wusste ich, dass man einen Hund an einem Kleidungsstück schnüffeln lies, wenn man wollte, dass er eine Fährte aufnahm. Zumindest im Krimi tat man das immer so.

»Ich glaube nicht, dass das funktioniert. Dazu bräuchten wir etwas, das Tanja gehört. Ein Kleidungsstück oder etwas in der Art«, gab ich also zu bedenken.

»Ha!«, rief Lisa. »Wartet mal.« Sie ging ans Auto und holte etwas vom Rücksitz.

»Ich habe Tanjas Tasche aus dem Gasthaus mitgenommen. Das müsste doch funktionieren. Von diesem scheußlichen Täschchen trennt sich Tanja normalerweise nie. Die dürfte nach kaum etwas anderem als nach Tanja riechen.«

Höchstens nach Blindschleiche, dachte ich unangebrachter Weise, verkniff es mir zum Glück aber, es laut auszusprechen. Stattdessen sagte ich: »Prima, Lisa«.

Allmählich begann ich mich über sie zu wundern. Wenn sie nicht den gegen alles und jeden wetternden Teenager spielte, konnte man richtig gut mit ihr auskommen. Da war ich mir inzwischen sicher.

»Super«, rief Kai aus. »Dann lasst uns weiterfahren. Wie lange brauchen wir noch, bis wir am See sind?«, fragte er Franzi.

»Nicht mehr lange. Dort hinten kommt eine Kurve, und direkt dahinter liegt der See.«

Kai, Lisa und Franzi stiegen wieder ein, und ich fragte mich, ob Kira wohl mit uns in das Auto springen würde.

»Komm Kira, hopp«, versuchte ich es, und zu meinem eigenen Erstaunen sprang die Wolfshündin wirklich auf den Rücksitz und blieb dort neben Lisa sitzen. Ich beeilte mich, ebenfalls einzusteigen, und schon gab Kai wieder Gas.

Keine fünf Minuten später bogen wir um eine Kurve, und dann sahen wir den See, wie er am Fuß des Berges in einer Schlucht lag. In der Dunkelheit wirkte seine glatte Oberfläche vollkommen schwarz und undurchdringlich. Nur der Mond und die Sterne spiegelten sich im Wasser, und man konnte fast den Eindruck haben, es sei ein Stück Himmel auf die Erde gefallen.

»Schaut mal!«, rief Franzi uns zu. »Ich sehe da hinten ein Licht.«

»Das ist mein Auto«, sagte Kai, und jetzt sah ich es auch. Der schwarze Audi stand mit offener Fahrertür am Ende des Weges, und das Licht, in das wir blickten, rührte von der brennenden Innenbeleuchtung her.

»Schnell«, sagte ich überflüssigerweise, denn Kai hatte unseren Wagen bereits weiter beschleunigt, sodass wir wenige Sekunden später neben seinem Q7 parkten.

Sofort sprang Kai aus den Auto und lief zu seinem Audi, wobei Franzi dicht hinter ihm war. Danach stiegen Lisa und ich aus, und als Letzte hüpfte Kira schließlich aus dem Wagen. Leichtfüßig landete sie im taunassen Gras der Wiese, die neben dem Weg lag.

Innständig hoffte ich, dass Tanja zur Beruhigung einfach nur im Wagen sitzen geblieben war, um auf den See zu schauen, aber die offene Tür des Autos sprach dagegen.

»Der Wagen ist leer«, rief uns Kai zu und machte meine Hoffnung damit vollends zunichte. Mit diesen Worten schlug er die Tür zu, woraufhin die Beleuchtung im Innenraum langsam erlosch, sodass nun nur noch das Licht von Mond und Sternen den See sowie die Landschaft erhellte.

Kurz mussten wir uns alle erst an die neuen Lichtverhältnisse gewöhnen, aber zum Glück war auch diese Nacht wieder wolkenlos und der Mond fast voll, sodass wir letztendlich doch genug von unserer Umgebung erkennen konnten.

»Meint ihr, dass sie den Berg hinaufgelaufen ist?«, wollte Lisa wissen.

»Schon möglich«, sagte ich. »Wahrscheinlich sogar. Wo sollte sie denn sonst sein?«

»Sie könnte …«, druckste Lisa herum. »Na ja … sie könnte in den See gefallen sein.«

»Quatsch!«, unterbrach sie Kai energisch. »Sie ist den Berg hinauf, und dort werden wir sie gleich finden, wenn wir hier nicht länger doof herumstehen. Los, Nils! Lass den Wolf an Tanjas Tasche riechen, und dann gehen wir hoch.«

»Die Wolfshündin. Nicht den Wolf«, sagte ich automatisch und ließ mir von Lisa die Ledertasche geben. Dann rief ich Kira und hielt ihr die Tasche unter die feuchte Nase. Die Wolfshündin schnüffelte erst interessiert an den Metallverschlüssen und schnupperte dann am Leder.

»Ja! Such, Kira, such!«, feuerte ich sie an und hoffte, dass es sich professionell anhören würde. So als wüsste ich, was ich tat. In Wirklichkeit hatte ich nämlich keinen blassen Schimmer, wie man Hunde oder gar halbe Wölfe dazu animierte, nach jemandem zu suchen.

»Krass! Es klappt«, sagte Lisa, als Kira genug geschnüffelt hatte und nun zielstrebig über den schmalen Weg rannte, der am See vorbei und hinauf zum Berggipfel führte.

»Hinterher!«, rief Kai, und wir folgten Kira auf ihrer Suche nach Tanja. Zumindest hoffte ich, dass Kira nach Tanja suchte und nicht einfach bloß irgendeinem Geruch nachrannte, der dem des Leders ähnlich war. Nicht, dass sie am Ende nur einem Murmeltier oder einer Berggams folgte. Doch für Bedenken hatte ich jetzt keine Zeit, und da wir ohnehin keinen anderen Plan hatten, schob ich alle Zweifel beiseite und sah zu, den Anschluss an die anderen nicht zu verlieren.

Erst führte der schmale Pfad, der dem Felsen abgetrotzt worden war, noch am See entlang, aber schon nach wenigen Metern stieg er an und führte dann stetig nach oben. Kira lief, als koste es keinerlei Kraft, leichtfüßig den Weg hinauf, während ich schon nach wenigen Metern keuchte, als würde ich an einer Expedition auf den Mount Everest teilnehmen.

»Nicht so schnell«, sprach mir Lisa, die hinter mir lief, aus der Seele. »Ich sehe ja kaum noch etwas. Außerdem rutsche ich mit meinen Sneakern ständig aus.«

Zusammen mit Kai, der neben mir lief und mit mir den Kopf des Suchtrupps bildete, drehte ich mich um. Während Franzi gut mit uns Schritt gehalten hatte, war Lisa bereits weit hinter uns zurückgefallen. Sie hielt sich mit einer Hand an dem Stahlseil fest, das als Steighilfe am Felsen befestigt worden war, und vermied es, nach links zu schauen, wo die Felswand zunehmend steil zum See hin abfiel. Nur ein falscher Tritt, und man würde unten im Bergseewasser landen. Bestenfalls.

»Lauft ihr vor!«, rief Franzi hoch zu mir und Kai. »Ich warte hier auf Lisa. Das wird nichts mit der Kleinen. Sie bricht sich in den dünnen Stoffschuhen noch den Hals.«

»Gute Idee. Das wird wohl das Beste sein«, sagte Kai zu mir, ehe er zu Franzi hinunterschrie: »Okay, so machen wir es.«

»Los weiter!«, sagte ich.

Kira war nun schon so weit vorne, dass wir sie kaum noch im Licht des Mondes sehen konnten, und so rief ich: »Kira, warte!« Aber die Wolfshündin hörte nicht auf mich, sondern lief unbeirrt weiter und weiter.

Also blieb uns nichts anderes übrig, als ihr so schnell wie möglich zu folgen, was mit der Zeit immer anstrengender wurde, denn zum einen stieg der Weg immer steiler an, zum anderen wurde er immer schmaler und auch rutschiger.

»Tanja!«, riefen Kai und ich abwechselnd und lauschten in die Dunkelheit hinein. Nichts. Keine Antwort.

»Meinst du wirklich, dass sie hier hoch ist? Mitten in der Nacht?«, fragte ich und blieb einen Moment stehen, um zu verschnaufen. Mein schneller Atem kam in kleinen weißen Wölkchen stoßweise aus meinem Mund.

»Sie muss einfach dort sein«, sagte Kai, der ebenfalls keuchend nach Atem rang. »Wo sollte sie sonst sein?«

»Egal. Lass uns nicht lamentieren. Wir müssen weiter. Ich sehe Kira schon nicht mehr«, trieb ich uns an, weil ich nicht über die Alternative, wo Tanja sonst noch sein könnte, nachdenken wollte. Mein Bauch sagte mir nämlich nichts Gutes. Er sagte mir, dass es nur zwei Möglichkeiten gab. Tanja war hier oben auf dem Berg. Oder dort unten im See.

Wir kämpften uns weiter Richtung Gipfel, riefen dabei immer wieder Tanjas Namen, nur um danach wieder in völliger Stille weiterzulaufen. Außer meinem keuchenden Atem und meinem hämmernden Herzen konnte ich nichts hören. Bis schließlich das laute, langgezogene Heulen eines Wolfes die Ruhe durchbrach.

Augenblicklich blieb ich stehen, und Kai, der dicht hinter mir lief, wäre fast in mich hinein gelaufen.

»Was war das?«, fragte er.

»Ich bin mir nicht ganz sicher«, antwortete ich. »Zwar habe ich Kira noch nie heulen gehört, aber ich denke, dass das Geräusch von ihr kam.« Mein Herz begann, noch schneller zu schlagen.

»Ist das gut oder schlecht, wenn sie heult?«, wollte Kai wissen.

»Keine Ahnung«, musste ich gestehen, doch dann versuchte ich, optimistisch zu sein. Ohne es selbst so recht zu glauben, sagte ich: »Ich schätze: gut. Also komm, wir müssen hinauf.«

Kurz sahen wir uns Mut machend an, dann stiegen wir so schnell wir konnten weiter hoch, was mir furchtbar langsam vorkam. Inzwischen hatte ich schreckliches Seitenstechen, meine Beine fühlten sich wie Pudding an, und atmen tat ich wie ein abgekämpfter Schlittenhund nach einer Polartour.

Ein Schritt. Und noch einen Schritt. Kurz stehen bleiben. Dann wieder einen Schritt und noch einen. Kurz stehen bleiben. Durchatmen.

»Da ist Kira!«, rief ich, als ich etwa hundert Meter vor uns die schwarze Silhouette der Wolfshündin entdeckte. Sie drehte Kreise auf dem schmalen Pfad und hatte dabei den Kopf am Boden. Immer, wenn sie ein paar Runden gedreht hatte – vor, nach rechts, zurück, nach links und wieder von vorne –, ging sie an den Rand des Felsenweges, hielt den Kopf über die Kante und schaute nach unten. Dann begann sie von Neuem, den Pfad mit der Nase abzusuchen und sich dabei im Kreis zu drehen.

»Meinst du, Kira sucht noch immer nach Tanja?«, fragte Kai ängstlich, und ich verstand sofort, was er damit hatte sagen wollen: *Die Fährte, der Kira gefolgt war, endete dort oben.* Allem Anschein nach war Tanja bis zu der Stelle gekommen, an der nun Kira stand und anschlug. Bis dorthin, aber nicht weiter. Denn rechts davon gab es nur den nackten Fels und links davon die Schlucht, deren Ende sich im Bergsee ergoss.

Einen Augenblick lang traute sich niemand von uns, weiterzugehen, und so blieben wir erstarrt stehen, als seien wir ein Teil des Berges. Dann aber schaffte ich es, mich in Bewegung zu setzen und lief zu der Stelle, wo Kira Alarm schlug. Währenddessen fragte ich zaghaft »Tanja?«, ohne dass ich ernsthaft auf eine Antwort hoffte.

Als ich endlich bei Kira ankam, leckte sie mir kurz über die Hand, um dann wieder aufgeregt über den Felsrand zu schauen. Zweifelsohne wollte sie mir damit etwas mitteilen, und ich wusste auch, was.

Widerwillig folgte ich ihrem Blick.

Zuerst sah ich nur den dunklen Pfad vor mir und ganz unten den schwarz glänzenden See, der sich wie ein stiller Zeuge vor dem Unheil zu verstecken schien. Mir wurde schwindlig, und eilig griff ich nach dem Stahlseil hinter mir.

Ganz klein, wie in einem nur mit Schwarz und Grau bemalten Miniaturland, glaubte ich, die beiden Autos am Rand des Sees zu erkennen, mit denen wir gekommen waren. Sonst aber entdeckte ich nichts, und ich verfluchte uns dafür, dass wir nicht daran gedacht hatten, wenigstens eine Taschenlampe mitzunehmen. Wer aber hätte auch schon ahnen können, dass Tanja anstatt nach Hause zu gehen, zu einer nächtlichen Bergtour aufgebrochen war?

Nicht ohne das Stahlseil loszulassen, wagte ich mich noch einen Schritt weiter an den Rand.

Unabsichtlich trat ich dabei gegen einen kleinen Kieselstein, und er flog in einem weiten Bogen über die Felskante, bevor er geräuschlos in das dunkle Nichts stürzte.

Vorsichtig beugte mich weiter vor und blickte in die Schlucht hinab.

»Nils?«, hörte ich eine Stimme fragen, die nicht von Kai stammte, und fast hätte ich vor Schreck laut aufgeschrien.

»Tanja!«, rief ich, als ich sicher war, dass ich das Seil hinter mir noch fest in der Hand hatte.

»Ja. Hier!«, rief Tanja, und jetzt sah ich sie. Keine zwei Meter unter mir saß sie auf einem kleinen Felsvorsprung und hielt mit beiden Händen ihren linken Knöchel fest umklammert.

»Mensch, Tanja! Wie kommst du denn dort unten hin?«, fragte ich die wohl unpassendste und zugleich unnötigste Frage überhaupt, doch sie war mir so herausgerutscht. »Kai! Tanja ist dort unten«, schob ich schnell nach, »sieh doch! Aber sei vorsichtig.«

Inzwischen stand Kai neben mir. Er ließ sich auf die Knie fallen, kroch dann langsam vor bis an den Rand und spähte hinunter.

»Tanja!«, rief er. »Gott sei Dank. Wir haben uns solche Sorgen gemacht.«

»Ich kann euch gar nicht sagen, wie froh ich bin, euch zu sehen«, bibberte Tanja. »Ich bin abgerutscht. Ihr müsst mich irgendwie zu euch hochziehen. Aber seid bloß vorsichtig. Dort oben ist ein Wolf«, rief sie, und als hätte Kira auf ihr Stichwort gewartet, tauchte sie neben mir auf und sah zu Tanja hinunter.

»Keine Angst«, beruhigte ich Tanja. »Das ist Kira.

Sie tut dir nichts. Im Gegenteil sogar – sie hat dich gefunden. Was ist mit deinem Fuß?«

»Mein Knöchel«, stöhnte sie. »Ich glaube, dass ich ihn mir beim Sturz verstaucht habe. Oder vielleicht ist er sogar gebrochen.«

»Kannst du trotzdem aufstehen?«, fragte Kai. »Wenn du dich hinstellst, können wir dich hochziehen.«

Tanja versuchte, sich aufzurichten.

»Aua, nein. Das geht nicht. Das tut zu sehr weh.«

»Versuch es noch einmal. Aber ganz vorsichtig, und belaste nur den rechten Fuß«, sagte ich und gab mir die größte Mühe, meine Stimme ruhig und gelassen klingen zu lassen.

»Nein, nein! Der Knöchel ist bestimmt gebrochen. Es schmerzt jedenfalls fürchterlich«, klagte Tanja, ohne es noch einmal zu versuchen.

»Bitte, probiere es noch einmal. Beiß die Zähne zusammen. Und wenn du dann stehst, ziehen wir dich an den Armen hoch. Das geht ganz leicht. Bitte!«, flehte ich, denn ich wusste nicht, was wir stattdessen machen sollten. Als Alternative fiel mir höchstens noch die Bergrettung ein, aber um die zu alarmieren, würden wir erst wieder hinunter ins Tal laufen müssen.

»Nein. Unter keinen Umständen werde ich das tun. Mit gebrochenen Gliedmaßen ist nicht zu spaßen«, rief uns Tanja entgegen, und ich konnte es nicht fassen. Selbst am Abgrund sitzend, sprach sie wie eine Lehrerin, die ihre Schüler belehrte und maßregelte.

Ich bin Frau Kuhlmann, und um ein Haar wäre ich in den See und in den sicheren Tod gestürzt. Aber da dies nicht passiert ist – Hefte raus! Diktat!

Ich stöhnte auf und sah, dass auch Kai ratlos mit den Schultern zuckte. Was sollten wir tun? Ich hatte keine Ahnung. Doch dann kam mir die Blindschleiche in den Sinn, die Carl Junior ihr einst in die Tasche gesteckt hatte.

»Okay, dann gehen wir jetzt zurück ins Tal und holen die Bergwacht«, sagte ich süßlich. »Und keine Angst. Die Schlangen hier oben in den Bergen sind bei diesen Temperaturen meist nicht sehr schnell.«

»Schlangen?«, kreischte es von unten. Und ehe ich mich versah, fasste sie beherzt hinter sich, griff in eine Felsspalte und zog sich keuchend hoch.

»Ja, sehr gut«, rief Kai zu Tanja hinunter. »Aber Schlangen?«, flüsterte er dann an mich gewandt, woraufhin ich mit den Schultern zuckte und vielsagend grinste.

Schnell griffen er und ich jeweils eine Hand von Tanja, und zusammen zogen wir sie mit einem Ruck zurück auf den Weg, wo sie nun saß und uns anstrahlte.

»Vielen Dank. Ihr habt mir das Leben gerettet.«

»Ach was«, sagte Kai.

»Quatsch«, stammelte ich, »nicht der Rede wert.«

»Doch, doch. Ohne euch hätten mich die Schlangen oder die Wölfe gefressen. Da bin ich mir sicher.« Nun traten ihr Tränen in die Augen. »Fast wäre ich abgestürzt. Wie konnte ich nur so dumm sein, im Dunkeln hierher zu kommen?«

»Ist ja noch mal gutgegangen«, sagte ich tröstend und war heilfroh, dass wir Tanja gefunden hatten. »Aber was ich dir noch sagen wollte, Tanja …«, fügte ich an. »Mir tut es leid, dass ich vorhin im Wirtshaus so gemein zu dir gewesen bin. Ich wollte dich nicht verletzten. Wirklich nicht. «

»Du hast mich nicht verletzt«, sagte Tanja. »Es war dieser widerliche Schmidhammer.«

»Aber ihr ... ich meine, du und Johannes ...«, stammelte ich.

»Es gibt kein Ich-und-Johannes«, sagte Tanja nun ohne jede Lehrerinnen-Attitüde. »Hat es nie gegeben. Als ich vorhin dort unten saß, hatte ich genug Zeit, um der Realität ins Auge zu blicken.« Sie reichte Kai eine Hand, und er zog sie ächzend auf die Füße, wobei Tanja nur ihren unverletzten Knöchel belastete. »Es war Agnes, die uns neulich zusammen eingeladen hat. Jeden getrennt voneinander. Weder Johannes noch ich hatten gewusst, dass der andere dazukommen würde. Agens hat versucht, uns zu verkuppeln. Ja, so könnte man es wohl ausdrücken.« Tanja begann vorsichtig, den verstauchten Knöchel zu belasten und zog dann scharf die Luft ein, bevor sie fortfuhr: »Johannes war nett. Wirklich sehr nett, und ich habe mich tatsächlich ein bisschen in ihn verliebt, aber er hat mir von Anfang an gesagt, dass das mit uns nichts werden würde. Jetzt weiß ich auch, warum«, sagte sie und sah mich an.

»Und wieso hast du ihm dann trotzdem deine Weihnachtsplätzchen geschenkt?«, fragte ich.

»Ganz einfach: weil er nett ist. Und weil ich vielleicht ganz tief im Inneren gehofft habe, dass er doch etwas für mich empfindet.«

Dann war alles gesagt, und wir blickten uns verständnisvoll an, bevor wir uns auf unseren Weg zurück ins Tal machten. Kira und ich gingen voraus, während Tanja und Kai uns folgten. Sie hielt mit der einen Hand das Stahlseil fest umklammert, während Kai neben ihr lief und sie stützte.

Mir kam der Rückweg fast beschwerlicher vor als der Aufstieg, doch immerhin gab mir der lange Marsch genügend Zeit zum Nachdenken.

Mit jedem Meter, den wir weiter nach unten hum-pelten, wurde mir klarer, dass Johannes weder mit Tanjas noch mit meinen Gefühlen gespielt hatte und dass er erst recht kein Doppelleben hatte führen wollen. Wie hatte ich das nur glauben können?

Schon verrückt, dachte ich, manchmal tut oder sagt man Dinge, die mit allem, was man sonst für richtig hält, nicht das Geringste zu tun haben. Ja, manchmal erkennt man sich selbst nicht mehr wieder. So wie ich vorhin, als Johannes im Gasthaus vor dem Dorftribunal gestanden hatte und ich ihm nicht geholfen, sondern ihm zusätzlich noch Vorwürfe gemacht hatte. Vor der versammelten Dorfgemeinde.

Nie und nimmer würde er mir das verzeihen können.

Kapitel 17

»Tanja! Ich hätte nicht gedacht, dass ich mich mal so sehr freuen würde, dich zu sehen«, rief Lisa, die zusammen mit Franzi an den Autos gewartet hatte. Aufgeregt lief sie zu Tanja und nahm sie überschwänglich in die Arme, was Tanjas dicke Goldrandbrille verrutschen ließ.

»Oh«, sagte Tanja nur, war aber sichtlich gerührt von der unerwarteten Freude.

»Sieh mal, was ich hier habe. Tatatata.« Lisa holte die Ledertasche hervor, die sie aus dem Wirtshaus mitgenommen hatte. »Sogar deine geliebte Handtasche habe ich gerettet.«

»Und die Tasche hat dich gerettet, Tanja«, sagte ich und erzählte ihr, wie Kira daran geschnuppert hatte und dann ihrer Fährte gefolgt war.

Lisa und Franzi wollten genau wissen, wie wir Tanja gefunden hatten. Und während Kai und ich haarklein von der Rettungsaktion berichteten, fütterte Lisa Kira mit den Keksen aus ihrer Blechdose, die sie aus Kais Wagen geholt hatte. Die Wolfshündin verdrückte genüsslich ein Weihnachtsplätzchen nach dem anderen und schmiegte sich zwischendurch an Lisas Bauch. Diese Sonderration an Keksen und Streicheleinheiten hatte sich Kira wirklich redlich verdient.

Nachdem wir mit unserem Bericht geendet hatten, beschlossen wir, uns auf den Heimweg zurück ins Dorf zu machen. Schließlich war der Tag für uns alle lang und ereignisreich gewesen.

»Eigentlich kannst *du* den Audi zurückfahren«, sagte Kai zu Tanja. »Schließlich hast du ihn auch geklaut und dann hierher gebracht.« Kai zwinkerte Tanja zu.

»Mit dem verletzten Fuß kann ich nicht auf die Kupplung treten«, sagte sie, und jetzt war er wieder da, der unverkennbare Lehrerinnen-Ton.

»Du musst nicht die Kupplung treten. Schon vergessen? Der Wagen hat Automatik. Da brauchst du deinen linken Fuß überhaupt nicht«, lächelte Kai.

»Stimmt«, sagte Tanja und wurde rot. »Es tut mir leid, dass ich dein Auto, ohne zu fragen, genommen habe. Aber ich war vorhin schrecklich wütend über das, was der Schmidhammer gesagt hat. Und so traurig. Da habe ich den Schlüssel auf dem Tisch liegen sehen, ihn einfach genommen und bin mit dem Auto hierher gefahren. Das war nicht richtig. Ich weiß das«, sagte sie leise und blickte beschämt auf den Boden. Dann aber sah sie plötzlich Freude strahlend wieder auf. »Doch soll ich euch etwas verraten? Ich bin einfach drauflosgefahren. Ohne Angst und ohne Herzklopfen. Seltsam, oder?«

»Du solltest wirklich dranbleiben, nachdem es vorhin mit dem Autofahren so gut geklappt hat«, riet ich ihr, und zu meiner Überraschung spannte sie daraufhin die Schultern an, nahm den Kopf hoch und sagte stolz: »Einverstanden. Also wenn ich darf, fahre ich zurück.«

»Klar«, sagte Kai und half ihr hinter das Steuer seines Audi.

»Wie abgefahren!«, rief Lisa. »Das lasse ich mir nicht entgehen. Wann erlebt man schon mal eine

Blitzheilung? Eigentlich müssten wir noch bei Dr. Heise vorbeifahren und sie aus dem Bett hupen.« Schwungvoll sprang Lisa nach hinten in den Wagen.

»Willst du bei mir mitfahren?«, fragte mich Franzi.

»Gerne«, antwortete ich, während wir zusahen, wie Tanja den Wagen startete und beherzt zurücksetzte, bevor sie – anfangs mit etwas zu viel Gas – zurück ins Dorf fuhr.

»Meinst du, wir sollten auch Kira mitnehmen und bei Johannes absetzen?«, fragte Franzi mich, nachdem Kais Wagen hinter der Kurve verschwunden war.

Kurz überlegte ich und bekam ein ungutes Gefühl, als ich an Johannes dachte. Was sollte ich ihm sagen, wenn ich ihn jetzt wiedersehen würde? Wie sollte ich mich entschuldigen? Ich wusste es nicht. Doch Kira war bereits so weit von uns weggelaufen, dass sich die Frage, ob wir sie mitnehmen und bei Johannes rauslassen sollten, gar nicht mehr stellte. »Ich glaube, dass sie ganz gut allein zurechtkommt«, sagte ich erleichtert.

Franzi stieg in ihren alten Kia, und ich setzte mich zu ihr auf den Beifahrersitz. Am Rückspiegel baumelten zwei kleine Kinderschuhe, ein blauer und ein schwarzer. Die winzigen Adidas-Schuhe sahen süß und cool zugleich aus, und sie schienen Fußballschuhe zu sein, denn ich konnte winzige Stollen an den Sohlen erkennen.

»Sind die von Carl Junior und Jo?«, fragte ich und deutete darauf.

Franzi lachte leise und sagte: »Ja. Die Schuhe waren ihre ersten Fußballschuhe. Johannes hatte sie ihnen damals geschenkt. Die waren natürlich viel zu teuer und schon nach ein paar Monaten zu klein. Aber Carl und Jo haben sie so geliebt, dass ich jeweils einen aufgehoben und an den Rückspiegel gehängt habe.«

»Niedlich«, sagte ich, und ich fühlte einen Stich, als ich Johannes vor mir sah, wie er mit seinen beiden Neffen auf der Wiese vor der Alm Fußball spielte. Wenn der heutige Abend anders verlaufen wäre, hätte ich vielleicht im Sommer auch einmal mit ihnen zusammen gekickt.

Wie hatte ich mich nur so dermaßen daneben benehmen können?, dachte ich resigniert. Sogar Franzi hatte ich vor den Kopf gestoßen, obwohl sie sich nur bei mir hatte entschuldigen wollen.

Verlegen sah ich sie von der Seite an. »Du, Franzi, ich möchte mich dafür entschuldigen, dass ich dich vorhin im Gasthaus so angefahren habe. Du kannst ja nichts für das Gerede in eurem Dorf.«

»Ach was. Schwamm drüber«, sagte sie nur und lenkte den Wagen um die Kurve. »Was genau ist denn vorhin im Wirtshaus überhaupt passiert?«

»Das kann ich dir auch nicht sagen«, musste ich gestehen und überlegte noch einmal, wie es abgelaufen war. »Es war alles meine Schuld«, gestand ich. »Ich war eifersüchtig, weil ich dachte, dass Tanja etwas mit Johannes hat.«

Franzi lachte auf. »Johannes und Tanja? Wer hat dir denn den Bären aufgebunden?«

»Ach, nicht so wichtig«, entgegnete ich kleinlaut. »Ich war so blöd … Jedenfalls habe ich, nachdem ich ins Wirtshaus gekommen war, Tanja gefragt, was zwischen ihr und Johannes läuft. Aber noch bevor sie richtig antworten konnte, ist plötzlich Agnes ausgerastet. Sie hat mich wüst beschimpft und beleidigt, hat gesagt, dass ich Johannes verführen würde und all so ein Zeug.«

»Das habe ich mitbekommen«, warf Franzi ein. »So, wie alle, die heute Abend dort waren. Agnes hat ja laut genug geplärrt.«

»Dann hast du den Schluss auch mitbekommen?«

»Ja«, antwortete sie betrübt. »Johannes ist wutentbrannt abgehauen.«

»Aber erst, nachdem auch ich es mir gründlich mit ihm versaut hatte.«

»Du magst ihn, oder?«, fragte sie unvermittelt und sah mich kurz von der Seite an, bevor sie sich wieder auf den dunklen Schotterweg konzentrierte.

»Weiß nicht ...«, sagte ich unwirsch. Doch dann gab ich mir einen Ruck. »Natürlich weiß ich es. Ja, ich mag Johannes. Sehr sogar.« Ich schluckte schwer. Erst einmal und dann noch einmal, aber der Kloß in meinem Hals verschwand erst mit dem dritten Schlucken. »Ich weiß nicht, wie ich es beschreiben soll. Aber in Johannes Gegenwart fühle ich mich zum ersten Mal seit langer Zeit wieder wie ein richtiger Mensch. Nicht wie eine Maschine, die nur arbeitet und funktioniert. Weißt du, Franzi, ich war so sehr drin in diesem Hamsterrad, dass ich gar nicht darüber nachgedacht habe, auszubrechen. Arbeiten, Geld verdienen, arbeiten, Geld verdienen ... Sonst gab's nichts. Ich denke, ich habe nicht einmal mehr mich selbst gespürt. Bis ich Johannes über den Weg gelaufen bin.« Ich schaute aus dem Fenster und betrachtete den kupferfarbenen Mond, der sich nicht aus der Ruhe bringen ließ. »Bei Johannes kann ich so sein, wie ich bin. Ihm ist dieses ganze Streben nach Luxus und Anerkennung nicht so wichtig. Er sieht einfach nur den Menschen. Ich aber habe alles versaut.«

»Ja, Johannes ist etwas ganz Besonderes. Das stimmt. Und das war er auch schon immer. Ich kenne ihn zwar erst, seit ich mit seinem Bruder zusammen bin, aber selbst Carl hat ihn, obwohl er ja der Ältere der beiden ist, stets bewundert. Johannes war schon immer der Unkonventionelle und der Freie, der unbeirrt seinen Weg geht. Das hat Carl stets imponiert.«

»Warum haben sich die zwei dann so auseinandergelebt?«, fragte ich sie, weil ich nicht glauben konnte, dass Carl seinen Bruder bewunderte. Nicht der Carl, den ich kennengelernt hatte.

»Das verfluchte Geld«, sagte sie. »Der Eindruck, den du von Johannes hast, stimmt. Ihm sind Geld und Ansehen nicht so wichtig. Und auch, was die Leute von ihm denken, interessiert ihn nicht sonderlich. Nie hat er ernsthaft verheimlicht, dass er schwul ist.«

»Aber offen schwul lebt er hier ja wohl auch nicht«, warf ich ein.

»Das stimmt. Aber nicht, dass du denkst, er wollte sich verstecken.« Sie schüttelte energisch mit dem Kopf. »Nein. Johannes will nur nicht, dass Carl Junior und Jo unter dem Dorftratsch leiden.«

»Doch genau das wird jetzt, wo es bekannt ist, unter Garantie passieren«, gab ich zu bedenken und sah schon, wie die beiden Jungs von den anderen wegen ihres Onkels aufgezogen wurden.

»Ich würde mir deswegen keinen Kopf machen, Nils! Du weißt doch, dass es meistens anders kommt, als man denkt. Und du hast unsere Zwillinge doch kennengelernt. Haben sie auf dich den Eindruck gemacht, als würden sie sich von irgendjemandem etwas gefallen oder gar hänseln lassen?«

Ich dachte an die beiden Rabauken und lächelte. Nein, die zwei würde so schnell niemand ungestraft hänseln, da war ich mir sicher.

»Jo und Carl Junior kommen ganz gut klar. Die lassen sich nicht alles bieten«, sagte ich.

»Worauf du wetten kannst. Erst letzte Woche musste ich wieder in der Schule antanzen, weil die beiden einen viel älteren Schüler an ein Klettergerüst gebunden hatten. Die hysterische Religionslehrerin hat dann angefangen, von Folter und Jugendarrest zu faseln.« Sie verdrehte die Augen. »Was früher einfach ein Streit unter Jungs war, ist heute gleich eine Verhaltensauffälligkeit. Manchmal schießen die Lehrer echt übers Ziel hinaus, wenn du mich fragst. Denn der Angeber, den sie festgebunden hatten, hatte es verdient. Er ist einer, der sich immer auf die Kleinen stürzt und sie fertig macht. In letzter Zeit hatte er sogar angefangen, Mitschülern das Taschengeld abzunehmen, sodass sich einige der Kids schon gar nicht mehr in die Schule getraut hatten. Bis Jo und Carl sich den Schläger vorgeknöpft hatten. Danach war Ruhe.«

Wir lachten beide über die Zwillinge, und obwohl ich sie erst einmal gesehen hatte, war ich stolz auf die beiden.

»Also sind es der Hof und das geplante Golfhotel, die Johannes und seinen Bruder entzweit haben?«, fragte ich.

»Ja.« Nun lag keine Spur mehr von Fröhlichkeit in Franzis Stimme. »Der verdammte Hof und das verfluchte Geld. Wie gesagt, Johannes macht sich nicht viel aus Geld, und er braucht auch nicht viel. Trotzdem ändert es nichts an der Tatsache, dass der Hof nur noch rote Zahlen schreibt. Er wirft einfach nicht genug für uns alle ab. Und im Gegensatz zu Johannes müssen Carl und ich an unsere Familie denken. Mit Zwillingen ist das Leben nicht gerade billig.«

»Würden sich denn die Probleme mit dem Bau des Golfhotels lösen?«, fragte ich vorsichtig.

»Solche Projekte kosten doch erst einmal Unsummen, bevor sie irgendwann einmal in ferner Zukunft Ertrag abwerfen.«

Franzi rutschte verlegen auf ihrem Sitz hin und her, während sie um eine Antwort rang. »Es kostet viel Geld, das stimmt, aber wir haben einen Investor, der sich um das Finanzielle kümmert. Das ist wie bei einem Bankkredit.«

»Okay«, sagte ich nur, und fast hätte ich angefangen, zu dozieren, was der Unterschied zwischen einem Investor und einem Bankkredit ist und wo die Risiken liegen. Aber ich wollte nicht den pessimistischen Unternehmensberater heraushängen lassen, der alles hinterfragt und alles schlechtredet. Diese Rolle mochte ich inzwischen immer weniger.

Also fragte ich: »Was hältst du denn ganz persönlich von dem Golfhotel?«

»Ich? Was soll ich schon davon halten?«, fragte sie unsicher zurück.

»Du hast doch bestimmt ein Bauchgefühl. Etwas, das dir unabhängig vom Verstand sagt: gut oder nicht gut.«

»Wenn das Golfhotel erst einmal läuft, kommen schon nach fünf Jahren die ersten Gewinne, und dann ...«

»Nein«, unterbrach ich sie. »Nicht das, was im Werbeprospekt des Investors steht. Das, was *du* davon hältst. Unabhängig davon, wie es dem Hof zurzeit finanziell geht, und ohne darüber nachzudenken, ob die Zwillinge bald wieder neue Fußballschuhe brauchen. Wie ist *deine* Meinung zu dem Projekt?«

Sie dachte lange nach und schien in sich hineinzuhorchen.

Gerade als ich glaubte, dass sie nicht mehr antworten würde, brach es aus ihr heraus: »Ich mag das

Golfhotel schon jetzt nicht! Es bringt nur Streit in unsere Familie, und es zerstört alles, was die Generationen vor uns aufgebaut haben. Wenn ich nur daran denke, bekomme ich schon Bauchschmerzen.«

Franzi seufzte erleichtert, als wäre ihr gerade ein schwerer Stein vom Herzen gefallen. Doch schon im nächsten Moment schien der Stein seinen gewohnten Platz wieder eingenommen zu haben. »Carl lässt sich nicht davon abbringen«, sagte sie mit resignierter Stimme. »Es ist bereits alles unter Dach und Fach, wie er immer so schön sagt. Es fehlt nur noch die Unterschrift von Johannes.« Sie machte eine Pause. »Noch würde Johannes aber einen Teufel tun und einfach unterschreiben. Johannes? Nein, nicht ohne weiter für das zu kämpfen, an was er glaubt.«

»Meinst du?«, fragte ich. »Carl scheint da aber anderer Meinung zu sein. Er geht davon aus, dass Johannes zeitnah unterschreibt. So oder so ähnlich hat er sich jedenfalls heute im Rathaus geäußert, als er sich mit dem Bürgermeister über das Golfhotel unterhalten hat.«

»Carl war beim Bürgermeister? Heute? Dass Johannes sich im Wirtshaus mit dem Bürgermeister treffen wollte, wusste ich. Den Termin hatte er bereits letzte Woche ausgemacht, um seine Biohof-Pläne vorstellen zu können. Aber dass Carl heute ebenfalls beim Bürgermeister war, ist mir neu. Was er da wohl gewollt hat? Die beiden sind die Pläne für das Golfhotel doch schon x-mal zusammen durchgegangen.«

»Was genau sie besprochen haben, kann ich dir auch nicht sagen. Ich habe nur zufällig ein paar Wortfetzen aufgeschnappt. Carl meinte, Johannes stände kurz vor der Unterschrift.« Verlegen druckste ich herum und überlegte, ob ich Franzi die ganze Wahrheit sagen sollte. Immerhin ging es um ihren Mann, und ich wollte sie nicht gegen ihn aufbringen.

»Und ... äh ... Ich habe noch etwas mitbekommen«, sagte ich schließlich doch, weil ich fand, dass sie es wissen sollte. »Ich hatte den Eindruck, dass Carl etwas gegen Johannes in der Hand hat, mit dem er ihn zur Unterschrift bewegen will.«

»Wie bitte?«, fragte Franzi skeptisch. »Und was sollte das sein?«

»Ach, ich weiß ja auch nicht so recht. Aber seltsam ist es schon ... Nur wenige Stunden später verkündet Agnes vor dem ganzen Dorf, dass Johannes schwul ist. Glaubst du, dass das ein Zufall war?«, fragte ich vorsichtig.

Verstohlen musterte ich Franzi, aber ihr Gesicht verriet nicht, was sie dachte. Ausdruckslos blickten ihre Augen auf den Weg, während sie das, was ich ihr zwischen den Zeilen gesagt hatte, tonlos in ihren eigenen Worten wiedergab.

»Du glaubst also, dass Carl der Agnes von dir und Johannes erzählt hat, damit sie es dann im Dorf herumtratscht? Das glaube ich nicht. Warum sollte er das tun?«, fragte sie, aber ihre Stimme klang weniger skeptisch als ihre Worte.

»Vielleicht, um Johannes unter Druck zu setzen und ihn so zur Unterschrift zu bringen«, mutmaßte ich. »Könnte das sein?«

Unvermittelt stoppte Franzi mitten auf der Schotterstraße, legte ihren Kopf gegen das Lenkrad und begann zu weinen.

»Dieses elende Golfhotel«, sagte sie mit bebender Stimme. »Es bringt nur Unglück.«

Eigentlich hätte ich mittlerweile Übung darin haben müssen, weinende Frauen zu trösten, schließlich hatte ich in den letzten Tagen mehr Frauen weinen sehen als in den letzten Jahren zusammen. Doch noch immer wusste ich nicht, was in einer solchen Situation zu tun war. Unbeholfen legte ich Franzi einen Arm auf die Schulter und tätschelte sie leicht, bevor sie sich zu mir herüberbeugte und ihren Kopf an meine Brust lehnte. Nach einer Weile fühlte ich, wie ihre Tränen durch meinen Pullover bis an meine Haut drangen.

Plötzlich, aus heiterem Himmel, hatte ich eine Idee. Zunächst erzählte ich Franzi nur davon, um sie zu trösten, doch nach einer Weile diskutierten wir aufgeregt miteinander und steckten die Köpfe zusammen.

»Meinst du wirklich …?«

»Ja, das könnte funktionieren.«

»Abgemacht.«

»So oder so, einen Versuch ist es wert.«

Zuerst trockneten nur die Tränen auf Franzis Gesicht, aber als wir alles besprochen hatten und wir weiterfuhren, waren auch die Tränen auf meinem Pullover getrocknet.

Alles würde gut werden. Denn wir hatten einen Plan.

Kapitel 18

»Herzlich willkommen zur letzten Therapiestunde vor der Weihnachtspause.« Dr. Heise breitete ihre Arme aus und blickte einen nach dem anderen aufmunternd in die Augen.

Wir saßen wieder in dem gemütlichen Therapieraum, und wieder brannten die Kerzen auf dem Adventskranz, der in der Mitte unseres Stuhlkreises stand.

Übermüdet schaute ich in die Flammen – meine Augenlieder wurden bereits schwer – und hoffte, dass ich die Stunde durchstehen würde, ohne einzuschlafen. In der letzten Nacht hatte ich nicht viel Schlaf bekommen. Zu viel war gestern passiert, und zu viele Gedanken waren mir anschließend durch den Kopf geschossen, als ich allein in meinem Pensionszimmer gesessen hatte. Anstatt ins Bett zu gehen, hatte ich über dem Plan gebrütet, den Franzi und ich uns ausgedacht hatten.

Zwischenzeitig hatte ich auch erwogen, bei Johannes vorbeizufahren, aber das hatte ich dann schnell wieder verworfen. Schließlich war Johannes furchtbar wütend gewesen. Und das völlig zu Recht. Immerhin hatte ich ihn blamiert. Und immerhin wusste jetzt das ganze Dorf über ihn Bescheid. Wäre ich nicht bei ihm aufgetaucht, wäre das alles nicht passiert. Zwar würden sich die Wogen im Dorf sicher schnell wieder glätten, wenn ich morgen abgereist sein würde. Aus den Augen aus dem Sinn, hatte meine Mutter immer gesagt. Doch weh tat es trotzdem.

»Nils?«, fragte Dr. Heise, während Kai mir mit dem Ellenbogen sanft in die Rippen stieß.

Überrascht zuckte ich zusammen und sah Dr. Heise an. »Ja, ich freue mich auch auf die letzte Therapiestunde«, sagte ich, woraufhin alle zu lachen anfingen.

»Sie hat gefragt, ob sie für dich vielleicht wieder das Psychologen-Sofa aufbauen soll, damit du dich ein bisschen hinlegen kannst«, kicherte Kai.

Ich merkte, wie ich rot wurde und sagte dann nur: »Entschuldigung. Jetzt bin ich wieder ganz bei der Sache.«

»Sehr schön«, sagte Dr. Heise. »Fangen wir also am besten mit den Hausaufgaben an. Wem haben Sie gestern mit ihren Plätzchen eine Freude gemacht und warum? Wer will anfangen?«

»Die Plätzchen gestern waren abgefahrene Wunderplätzchen!«, gluckste Lisa los. »Die haben eine Spontanheilung ausgelöst.«

»Ja, das muss von meinem Riesen-Vanillekipferl gekommen sein«, rief Kai ausgelassen in die Runde, und wir mussten alle lachen. Alle, bis auf Dr. Heise, die empört auf ihrem Stuhl saß.

»Leute, so geht das nicht! Bitte nehmt die Therapie ernst.« Sie schüttelte noch zwei Mal vorwurfsvoll mit dem Kopf, bevor Tanja schüchtern die Hand hob und zu erzählen anfing.

»Ich kann wieder mit dem Auto fahren«, sagte sie freudestrahlend. »Heute Morgen bin ich mit Kai sogar bis nach München gefahren, nur um einen Kaffee zu trinken. Und dann bin ich auf der Autobahn mit über 160 Stundenkilometern zurückgefahren, nur damit wir pünktlich zur Therapie wieder hier im Dorf sind. Stimmt's, Kai?«

Dr. Heise klappte erst der Mund auf und dann wieder zu, doch sagen konnte sie nichts.

»Stimmt genau«, sagte Kai und rückte seinen Stuhl etwas näher an Tanja heran. »Wir sind heute Morgen in aller Herrgottsfrühe losgefahren, und wir sind wirklich bis München gekommen. Und auch wieder zurück. Als Rennfahrer kann ich euch bestätigen: Tanja schupst schon die langsamen Fiat Pandas aus dem Verkehr, dass es nur so kracht.«

Tanja boxte ihm spielerisch in die Seite. »Nein, glaubt ihm kein Wort. Das mache ich natürlich nicht. Ich bin sehr umsichtig und vorsichtig gefahren.«

»Na, na. Dem kleinen Roten hast du aber schon die Lichthupe gezeigt, als er nicht rechtzeitig von der Überholspur weggekommen ist ...«

»Das habe ich nur gemacht, weil es aussah, als hätte der Fahrer vergessen, die Spur zu wechseln. Den LKW hatte er doch längst überholt. Es kann schon einmal vorkommen, dass andere Verkehrsteilnehmer nicht richtig aufpassen, und dann muss man sie auf ihre Fehler aufmerksam machen. Außerdem waren wir spät dran ...«

Wieder mussten wir alle lachen, und dieses Mal stimmte sogar Dr. Heise mit ein, nicht ohne noch ein paar Mal »Das gibt's doch nicht« und »Ein Weihnachtswunder!« zu sagen.

»Und alles nur, weil Tanja von meinen Plätzchen genascht hat«, rief Kai mit vor Stolz geschwollener Brust. Fast hätte man glauben können, er meine es ernst. »Ich habe meine Vanillekipferl nämlich Tanja geschenkt«, gestand er.

»Was?«, fragten Lisa und ich gleichzeitig.

»Warum denn das?«, schob Lisa nach.

Urplötzlich sah Kai verlegen aus, und Tanja lief rot an.

»Wir sollten doch jemanden beschenken, den wir gerne haben«, sagte Kai, und nun glühte auch sein Gesicht. Er schaute auf den Boden und knetete unablässig seine Hände. »Da kam für mich niemand außer Tanja in Frage. Ich wollte ihr schon lange sagen, dass ... nun ja ... ihr wisst schon ... dass ich sie gerne näher kennenlernen würde. Aber Tanja hat doch immer gesagt, dass sie niemanden aus ihrer Umgebung will, außer vielleicht diesen einen Typen, der aber sie nicht will.« Kai schluckte schwer. »Deswegen habe ich mich nie getraut, sie anzusprechen. Gestern aber, nachdem wir Tanja gerettet haben ...«

»Gerettet?«, fragte Dr. Heise überrascht.

»Ja. Die Rettungsaktion. Tanja ist doch im Dunkeln vom Berg gestürzt, nachdem das Dorf gestern Johannes und Nils fast gesteinigt hat. Nur weil sie sich lieben«, klärte Kai Dr. Heise im Rennfahrertempo auf.

»Johannes und Nils? Und eine Steinigung im Dorf?«, brabbelte Dr. Heise verständnislos. »Tanja ist abgestürzt? Und dann fährt sie nach München? Ich verstehe überhaupt nichts mehr.«

»Genau!«, rief Kai und griff nach Tanjas Hand. »Tanja hatte ja mein Auto gestohlen, und daher musste sie es auch wieder zurückbringen. Ausgleichende Gerechtigkeit, finde ich.«

Tanja sah ihn verliebt an und erzählte dann die Geschichte für ihn weiter: »Als er mich später bei mir zu Hause abgesetzt hat, habe ich ihn noch hineingebeten, und da hat er mir dann seine Keksdose geschenkt. Ich war genauso verblüfft wie Sie, Dr. Heise, das können Sie mir glauben. Wir haben dann die ganze Nacht geredet und Plätzchen gegessen. Kai ist so süß.«

»Boah ey, jetzt übertreib aber mal nicht«, sagte Lisa in ihrer altbekannten Alles-Scheiße-Art, aber sie lächelte dabei, und ich sah, dass sie sich für die beiden freute.

»Ich habe meine Plätzchen dem Wolf gegeben«, warf Lisa beiläufig ein, und Dr. Heise sah nun vollkommen verwirrt aus.

»Lisa. Bitte. Nimm wenigstens du diese Stunde ernst«, tadelte sie.

»Hey, das stimmt aber«, sagte Lisa gespielt empört.

»Nein«, korrigierte ich sie grinsend. »Stimmt nicht. Es war nur ein halber Wolf.« Ich zwinkerte ihr zu.

»Klugscheißer!« Lisa streckte mir die Zunge raus. »Ich habe Kira – dem halben Wolf – meine Plätzchen gegeben, denn sie war es, die Tanja gefunden hatte. Kira ist die Wolfshündin von Johannes, aber Johannes und Nils sind nicht mehr zusammen, falls Sie das jetzt glauben«, plapperte sie noch hinterher.

»Lisa!«, sagte Kai und sah mich mitleidig an, ohne dabei Tanjas Hand loszulassen.

»Schon okay«, meinte ich. »Wie immer hat Lisa den Nagel auf den Kopf getroffen, wie mein Vater gesagt hätte. Aber wahrscheinlich waren Johannes und ich ohnehin nie richtig zusammen. Und eine Zukunft hätte es für uns sowieso nicht gegeben.« Ich lachte freudlos auf und schaute wieder in die Flammen vor mir. »Ein Bauer von der Alm und ein Unternehmensberater aus Berlin. Nein. Ich hatte eine schöne Zeit, und jetzt geht jeder wieder seiner Wege. So ist es besser. Morgen bin ich ohnehin wieder weg. Mein Flug ist gebucht, und ich will endlich zurück in die Stadt«, sagte ich, doch es fühlte sich an, als hätte mir jemand das Herz herausgerissen. Nichts wollte ich weniger, als zurück nach Berlin zu fliegen, und nichts wollte ich mehr, als hier bei Johannes zu bleiben. Doch ich hatte meine Chance, mit ihm glücklich zu werden, ordentlich in den Sand gesetzt. Anderenfalls hätte Johannes sich doch längst bei mir gemeldet.

»Du fährst morgen zurück? An Heiligabend?«, fragte Tanja.

»Klar. Die Therapie macht eine Pause, morgen ist wenig Verkehr, und hier hält mich nichts.«

Ein verlegenes Schweigen breitete sich aus, und nicht einmal Dr. Heise schien zu wissen, was sie darauf sagen sollte.

Wir zuckten alle zusammen, als hinter uns polternd die Tür zum Therapieraum aufflog.

Franzi stürzte hinein, ihr Haar stand in alle Richtungen ab, und sie sah so übernächtigt aus, wie ich mich fühlte. »Nils! Du musst unbedingt kommen! Sie wollen schon heute …«, begann sie atemlos. »Wo hast du überhaupt dein Handy? Ich habe es bestimmt hundert Mal probiert, aber nie warst du erreichbar.«

Dr. Heise stöhnte auf, als hätte ihr jemand in den Bauch geboxt. »Das Handy meiner Patienten ist immer bei mir, Franzi! Verflixt, was ist heute nur los? Ich bin in einer Behandlung!«

»Entschuldigung, dass ich hier so reinplatze, Gaby«, sagte Franzi zu Dr. Heise. »Aber ich muss wirklich ganz dringend Nils mitnehmen. Es ist überaus wichtig. Im Rathaus ist gerade der traditionelle Weihnachtsempfang. Und bei der Gelegenheit wollen sie die Verträge für das Golfhotel unterschreiben. Der Bürgermeister hat sogar die Blaskapelle kommen lassen!«

»Aber ich denke, Johannes unterschreibt niemals?«, fragte ich aufgeregt.

»Doch! Er hat Carl heute Morgen angerufen und gesagt, dass er uns nicht mehr im Weg stehen will. Carl hat dann umgehend den Bürgermeister angerufen, und der hat alle zusammengetrommelt. Das halbe Dorf ist ja sowieso schon bei dem Weihnachtsempfang.«

»Dort gibt es kostenlos Maronen-Suppe«, sagte Tanja und strahlte. »Die ist wirklich lecker. Vielleicht sollten wir alle hingehen? Wenn Nils jetzt ohnehin dorthin muss … Ich fahre auch.« Sie grinste Kai an, woraufhin er ihr mit einer Hand zärtlich über die Wange fuhr.

Lisa verdrehte die Augen und murmelte altklug: »Wie verliebte Teenager. Ich glaube, ich muss kotzen.«

»Was soll ich denn bei der Dorfversammlung?«, fragte ich resigniert.

»Unser Plan!«, rief Franzi. »Hast du unseren Plan vergessen, oder war alles, was du gestern im Auto gesagt hast, nicht ernst gemeint?«

»Natürlich habe ich das ernst gemeint«, rief ich empört. »Ich habe sogar die halbe Nacht an unserem Plan gearbeitet.« An Dr. Heise gewandt fügte ich hinzu. »Das war übrigens das erste Mal seit Monaten, vielleicht sogar seit Jahren, dass ich wieder gerne an etwas gearbeitet habe. Es hat richtig gut getan. Heute bin ich zwar müde, aber die Arbeit gestern war großartig.«

»Ich gebe auf«, sagte Dr. Heise und ließ sich tief in ihren Stuhl sinken. »Ich kann heute keinem von Ihnen folgen. Wölfe, Spontanheilungen und Arbeitseinsätze. Liebespaare und welche, die keine mehr sind. Pläne und Rettungsaktionen. Ich kann nicht mehr. Gut, dass ich morgen in die Karibik fliege, denn allmählich bin ich mehr als urlaubsreif.«

»Aber für unseren Plan ist es viel zu früh«, sagte ich zu Franzi. »Selbst, wenn ich die nächsten zwei Wochen jeden Tag und jede Nacht daran arbeiten würde, würde ich es nicht schaffen, rechtzeitig fertig zu werden.«

»Bitte, Nils!«, flehte Franzi mich an. »Du musst etwas unternehmen. Kannst du nicht improvisieren? Immerhin arbeitest du doch für eine der größten Unternehmensberatungen. Die Leute werden auf dich hören, wenn du zu ihnen sprichst. Dir werden sie glauben!«

»Die Leute sollen mir glauben? Ausgerechnet mir? Das wage ich, zu bezweifeln. Hast du vergessen, wie sie mich gestern im Wirtshaus angestarrt haben? Wie einen Außerirdischen, der darüber hinaus auch noch ihren Johannes verführt hat. Nein. Wenn ich da aufkreuze, werden sie mich wohlmöglich steinigen.«

»Ich komme mit«, sagte Tanja resolut. »Dann wird dir nichts passieren.«

»Achtung, Achtung! Hier kommt Super-Tanja, die Rächerin der Schwachen und der Schwulen. Rette sich, wer kann«, spottete Lisa, woraufhin Kai sie böse ansah.

»Na gut«, sagte ich, denn es rührte mich, wie sich Tanja für mich einsetzte. Außerdem hatte ich es Franzi versprochen.

Ich stand auf und meinte: »Okay. Dir zuliebe, Franzi, werde ich es versuchen. Und für die Zwillinge. Aber dann jetzt schnell los! Nichts wie hin, bevor es zu spät ist.«

»Na, schöne Weihnachten zusammen«, stöhnte Dr. Heise und fügte noch matt »ihr Lieben!« hinzu.

Damit schienen wir offiziell in die Ferien entlassen worden zu sein. Franzi und ich rannten aus der Praxis, und ohne weitere Aufforderung folgten uns Lisa, Kai und Tanja, die sich humpelnd auf Kai stützte.

Kapitel 19

Franzi raste mit dem alten Kia ins Tal, als wollte sie Kai, dem Rennfahrer, Konkurrenz machen. Zwei Mal dachte ich, dass wir gleich erst aus der Kurve und dann vom Berg flögen, aber unser Wagen hielt tapfer seine Spur.

Tanja folgte uns zusammen mit Lisa und Kai im Audi, und wann immer ich mich zu ihr umdrehte, war sie knapp hinter uns.

Zwei Frauen gegen Tod und Teufel, dachte ich und sandte einige Stoßgebete zum Himmel, bis wir endlich unversehrt im Tal ankamen und vor dem Rathaus parkten.

Hinter uns trat Tanja so fest auf die Bremse, dass die Reifen des Q7 quietschten. Perplex drehte ich mich nach ihr um, weil ich sehen wollte, ob alles okay war. Doch Tanja zuckte hinter dem Steuer nur mit den Achseln, streckte die Handflächen zum Himmel, und ich las ihr ein *Ups! Etwas schnell!* von den Lippen ab.

Nichts wie raus hier, sagte ich mir, stieg aus und lief auf die Stufen zum Eingang des Rathauses zu. Franzi folgte mir, während die anderen noch dabei waren, auszusteigen.

Eigentlich wollte ich auf Tanja, Kai und Lisa warten, aber Franzi trieb mich an, weiterzugehen.

»Beeil dich, Nils! Lass uns reingehen. Die anderen kommen schon nach.«

Gemeinsam stemmten wir uns gegen die schwere Eingangstür und liefen in die Halle.

Der überdimensionierte Eingangsbereich war nicht wiederzuerkennen, denn in jeder Ecke stand ein gewaltiger, reich geschmückter Weihnachtsbaum mit unzähligen elektrischen Lichtern. Wie es aussah, würde im Foyer später die Suppe eingenommen werden, denn es roch schon köstlich nach frischem Eintopf, und etliche Stehtische warteten auf Gäste.

Während wir durch die Halle und auf die Treppe zuliefen, sahen uns die Mitglieder der örtlichen Blaskapelle neugierig nach, denn sie saßen bereits in einer Ecke und fieberten ihrem Einsatz nach dem Ende des offiziellen Empfangs entgegen.

»Ja mei, die Franzi«, rief einer, der eine große Tuba auf dem Schoß hielt. »Brauchst gar nicht mehr hoch gehen, oben ist gleich Schluss.«

Franzi winkte dem Tubaspieler kurz zu, drosselte aber nicht ihre Geschwindigkeit, sondern rannte die Treppe hinauf. Ich folgte dich hinter ihr, und so sprinteten wir schließlich über den Korridor, bis wir an eine zweiflügelige Tür kamen, neben der ein Schild darauf hinwies, dass dahinter der Kaiser-Saal lag.

Mir blieb noch kurz die Gelegenheit, mich darüber zu amüsieren, dass ich gestern wohl nicht ganz unrecht mit meiner Vermutung gehabt hatte, dass dieses Dorf so tat, als würde es noch von König Ludwig II. regiert werden. Kaiser-Saal? Das passte, grinste ich. Aber schon stieß Franzi energisch gegen die Tür, was diese krachend auffliegen ließ.

Die Dorfbewohner, die auf funktionalen, roten Stühlen inmitten des ansonsten prächtigen Saals saßen, drehten sich teils neugierig, teils erschrocken oder empört nach uns um. Sofort erkannte ich einige Gesichter aus dem Gasthof wieder, ehe mein Blick zum Kopf des Saals schwenkte, wo an einem langen, durch ein Podest erhöhten Konferenztisch sechs Männer und eine Frau saßen, die allesamt in Richtung des Publikums schauten. In der Mitte, quasi auf dem Platz des Kaisers, thronte der Bürgermeister, flankiert vom Pfarrer links und dem Investor Theodor von Galen rechts. Ansonsten kannte ich von der illustren Truppe nur noch Carl, der rechts außen saß, und den Mann, der am entgegengesetzten Ende Platz genommen hatte: Johannes.

Franzi lief durch den freigehaltenen Mittelgang auf den Konferenztisch zu, aber niemand, der daran saß, beachtete uns. Alle schauten gebannt zu Johannes, der gerade mit einem altmodischen Füllfederhalter kratzend etwas schrieb.

»Nein, Johannes! Nicht unterschreiben!«, rief Franzi, sodass es zwischen den kunstvoll getäfelten Wänden des Saals laut widerhallte.

Die Feder kratzte kurz weiter, bevor sie verstummte und Johannes verdutzt aufsah.

»Bitte, du darfst nicht unterschreiben«, schrie Franzi, während sie mit mir auf den großen Tisch zu lief. »Du musst dir erst anhören, was Nils zu sagen hat«, flehte sie, als wir endlich vor dem Podest standen und zu Johannes und den anderen aufsahen.

»Was ist das für ein Lärm hier? Was soll die Störung?« Der Bürgermeister wedelte wild mit den Armen, und kurz sah er aus, als wünschte er sich, mit einem dieser altmodischen Holzhämmer, die in amerikanischen Gerichtsserien inflationär zum Einsatz kamen, auf der Stelle für Ruhe und Ordnung sorgen zu können.

»Ruhe im Saal!«, rief er dann auch wirklich und klatschte mit seiner flachen Hand auf den Tisch, was augenblicklich für Stille sorgte.

Gerade fing er an, entrüstet mit dem Kopf zu schütteln, als er registrierte, wer da unten vor ihm stand. »Franzi! Was in aller Welt machst du denn hier?«

»Das würde mich auch interessieren«, rief Carl vom anderen Ende des Tisches aus.

»Johannes, du darfst nicht unterschreiben! Hör dir an, was Nils dazu zu sagen hat.«

»Zu spät«, sagte Johannes und reichte den Stapel Papiere, der vor ihm lag, der älteren Frau mit grauem Pferdeschwanz, die neben ihm saß. Sie klopfte die Dokumente ein paar Mal mit der Kante auf die Tischplatte, damit die losen Seiten sich wieder ordentlich zu einem Stapel sortierten.

»Ich habe alles abgezeichnet«, sagte Johannes bitter. »Jetzt stehe ich eurem Golfhotel nicht mehr im Weg. Das war es doch, was ihr die ganze Zeit über gewollt habt.«

Johannes sah erst Franzi und dann mich an, und ich konnte die Enttäuschung in seinen Augen nicht nur sehen, sondern geradezu fühlen. Dann wandte er seinen Blick ab und schaute stur geradeaus zu den Menschen im Saal, die bereits heftig zu tuscheln anfingen. Wahrscheinlich hofften sie, dass das gestrige Wirtshaus-Drama nun erst so richtig in Schwung kommen würde. Doch da mussten wir sie enttäuschen. Der zweite Akt war nur ein kurzes Spektakel. Die Verträge waren unterzeichnet, die Vorstellung war bereits zu Ende.

»Sind wir zu spät?«, rief Tanja atemlos. Auf Kai gestützt humpelte sie gerade durch die Mittelreihe des Saals auf die Bühne zu.

»Ja«, sagte ich leise, bevor der Bürgermeister wieder anfing, mit der Hand auf den Tisch zu schlagen.

»Also bitte, was ist denn hier los? Jetzt kommen Sie auch noch und stören unseren Empfang, Fräulein Kuhlmann. Unfassbar! Von Ihnen hätte ich so ein Benehmen am wenigsten erwartet. Sie, die doch ein Vorbild für unsere Kinder sein sollten.«

»*Frau* Kuhlmann, nicht Fräulein«, rief Tanja ungehalten. »Ich bin verlobt.«

Ein Raunen ging durch den Saal, und Kai sah Tanja an, als sei sie übergeschnappt. Dann aber änderte sich sein Gesichtsausdruck, und ein Strahlen legte sich auf seine Züge. Übermütig hob er Tanja an der Taille hoch und küsste sie fest auf den Mund.

»Was? Da habe ich wohl etwas verpasst. Sollte ich nicht wenigstens Bescheid wissen?«, sagte er und lachte Tanja liebevoll an.

Tanja wurde rot und nuschelte dann: »Ich wollte nicht … Das war nur wegen dem *Fräulein* … Es sollte nicht ernst gemeint sein«, aber Kai beendete ihren Redefluss mit einem langen Kuss.

»Igitt, wie kitschig«, sagte Lisa, die hinter den beiden stand. Doch auch wenn sie sich dabei demonstrativ wegdrehte, so sah ich trotzdem, dass sie freundlich kicherte.

Der Pfarrer grinste ebenfalls fröhlich und hielt Tanja und Kai den ausgestreckten Daumen hin. Vermutlich hörte er bereits die Hochzeitsglocken in seiner Kirche läuten – etwas voreilig, wie ich fand, ärgerte mich im nächsten Augenblick aber darüber, dass ich romantische Momente immer hinterfragen musste.

»Also gut, *Frau* Kuhlmann«, sagte der Bürgermeister nun fahrig und wischte sich mit einem

Stofftaschentuch über die glänzende Stirn. »Wenn Sie sich jetzt bitte setzen würden. Sie alle! Wir wollen weitermachen. Frau Huber, bitte!«

Die ältere Frau mit dem grauen Pferdeschwanz sortierte ein letztes Mal die Papiere und stand dann auf.

»Kommt, lasst uns gehen! Hier können wir nichts mehr ausrichten«, sagte ich leise zu den anderen, woraufhin wir mit gesenkten Köpfen abzogen, und die Dorfbewohner auf den Zuschauerstühlen wieder zurück in einen gelangweilten Dämmerzustand fielen.

Fast hatten wir schon die Tür erreicht, als erneut die Stimme des Bürgermeisters durch den Saal drang: »Jetzt fehlt nur noch die Unterschrift von Carl Niemeyer, und dann können wir unser weihnachtliches Maronen-Süppchen genießen.«

Schlagartig fuhr erst Franzi herum, ehe auch wir anderen verstanden, was der Bürgermeister da gesagt hatte.

»Du hast noch nicht unterschrieben?«, rief Franzi durch den Saal.

»Was ist los mit dir?«, zischte Carl ihr zu. »Franzi, was soll das hier? Es fehlt nur noch meine Unterschrift, dann können wir das Hotel endlich bauen.« Verwirrt blätterte er in dem Stapel Dokumente, der nun vor ihm lag. »Wo muss ich unterschreiben?«

»Ganz hinten«, sagte Theodor von Galen, der Investor, mit seiner öligen Stimme. »Direkt neben der Unterschrift Ihres Bruders.«

Hektisch blätterte Carl bis ans Ende der Papiere.

Jetzt oder nie, dachte ich und spannte meine Schultern an. Beherzt hievte ich mich auf das Podest und stand nun auf der Bühne. Direkt neben Johannes. Keine Handbreit trennte uns voneinander, aber trotzdem kam er mir unerreichbar vor.

»Verdammt, was machst du da, Nils?«, flüsterte er mir kaum hörbar zu.

Statt zu antworten, sah ich ihm nur kurz in die Augen und schloss meine dann für einige Sekunden. *Vertrau mir*, sollte das heißen, dabei wusste ich selbst nicht so genau, was ich tat.

»Meine Damen und Herren«, sagte ich schließlich. »Wenn ich kurz um Ihre Aufmerksamkeit bitten dürfte.« Erleichtert stellte ich fest, dass meine Stimme fest und ruhig klang. »Mein Name ist Nils Sander, und ich bin Abteilungsleiter bei der *KPDD Unternehmensberatung*. Eine der größten Unternehmensberatungen in Europa. Ich würde Ihnen gerne etwas zu dem geplanten Golfhotel erläutern.«

Gerade wollte der Bürgermeister etwas sagen, als ihm Theodor von Galen zuvorkam. »Runter von der Bühne!«, schnauzte er mich an. »Sie haben nicht das Wort erhalten, sondern stören eine öffentliche Versammlung.«

»Lassen Sie ihn doch sprechen«, mischte sich nun Tanja mit sich überschlagender Stimme ein.

»Also ich muss doch sehr bitten«, rief Theodor von Galen und rückte sich nervös die Krawatte zurecht.

»Was soll der da schon erzählen?« Agnes Pichler, die irgendwo in der Mitte gesessen hatte, war nun aufgesprungen und zeigte mit dem Finger auf mich. »Der hat den Johannes verdorben, und jetzt will er auch noch unser Golfhotel in den Schmutz ziehen. Reicht es denn noch immer nicht? Ich habe dir doch gestern Abend schon gesagt, dass du dich ...«

»Agnes«, kam es nun vom Podest her. Der Pfarrer war aufgestanden und fasste sich an den dicken Bauch, der unter seiner schwarzen Soutane steckte.

Agnes Pichler verstummte, und auch das aufgeregte Murmeln in den Zuschauerreihen verstarb schlagartig, als der Pfarrer weitersprach. »Aber was redest du da nur?«

Kurz ließ die alte Haushälterin den Kopf sinken, als hätte sie einen Schlag abbekommen, dann aber streckte sie sich wieder und keifte weiter: »Herr Pfarrer, Sie wissen nicht, was *der* dort gemacht hat.« Wieder deutete sie auf mich. »Er hat mit dem Johannes ... Ich getraue mich gar nicht, es laut zu sagen.«

»Agnes, reiß dich zusammen«, unterbrach sie der Bariton des Pastors zum zweiten Mal. »Willst du dich versündigen? An der Liebe zweier Menschen?«

»Aber Herr Pfarrer ...«, sagte Agnes Pichler tonlos, bevor sie ihren Mund wieder zuklappte.

»Hast du denn nie zugehört, was ich sonntags gepredigt habe? Morgen ist Heiligabend, die Geburt Jesu Christi. Und was ist das höchste Gebot Jesu? Die Liebe, Agnes! Die Liebe, hörst du? Wenn diese zwei sich lieben«, er deutete mit einer Geste in Johannes' und meine Richtung, »denkst du ernsthaft, dass Gott dann etwas dagegen hat?« Er machte eine kurze Pause. »Jesus nahm alle in seine Arme. Auch die Ausgestoßenen und Verachteten, die Hungernden und Fremden, die Kranken und Hilfesuchenden. Er war frei von Vorurteilen, dafür voller Liebe. Und das sollten auch wir sein. Voller Liebe. Für *alle* Menschen.«

Ich sah ins Publikum, aber alle senkten den Kopf. Ob aus Scham, aus Einsicht oder nur, weil es der Pfarrer war, der ihnen ins Gewissen redete – ich wusste es nicht. Aber ich wusste, dass es mich rührte, dass er sich für mich und Johannes einsetzte.

»Na, lassen Sie das mal nicht Ihren Chef in Rom hören«, empörte sich plötzlich Schmidhammer, der

Schnurrbart-Träger vom Stimmtisch, und einige der Anwesenden lachten verstohlen.

»Schmidhammer«, rief der Pfarrer. »Ausgerechnet du, solltest nicht den Papst und seine Dogmen zitieren. Du nicht. Denn überlege: Habe ich dich, als Geschiedenen und Wiederverheirateten, jemals von der Kommunion ausgeschlossen? Habe ich dich je stehen lassen wie einen Gläubigen zweiter Klasse? Das hätte ich tun müssen, wenn ich alles exakt so täte, wie Rom es wünscht. Aber der Papst wohnt nicht hier mit uns im Dorf.«

Nun meldete sich eine Frau aus den hinteren Reihen zu Wort: »Was nutzt das schon? Die Zeiten ändern sich, Herr Pfarrer. Doch nicht zum Guten. Toleranz ist passé. Wenn ich da nur an die Präsidentschaftswahl in Amerika denke. Oder an die ganzen Hassbotschaften in den Netzwerken. Pah! Erschreckend ist das. Doch ganz ehrlich, bevor ich mich selbst in die Schusslinie bringe, halte ich lieber meinen Mund. So gut Sie das mit Ihrer Toleranz auch meinen, Herr Pfarrer – ich bin da realistisch und sehe schwarz.«

»Danke, Roswitha«, sagte der Pfarrer. »Aber wenn ich darf«, er sah den Bürgermeister fragend an, der ihm kurz zunickte, »würde ich als Antwort darauf gerne eine kleine Weihnachtsgeschichte erzählen. Vielleicht kennen einige von euch sie bereits. Doch ich erzähle sie euch leicht abgewandelt, und außerdem kann man eine gute Geschichte gar nicht oft genug erzählen.« Er holte tief Luft und begann.

»Vier Kerzen brannten am Adventskranz. So still, dass man hörte, wie die Kerzen zu sprechen anfingen.

Die erste Kerze seufzte und sagte: ›Ich heiße Frieden. Mein Licht leuchtet zwar, aber die Menschen bekämpfen sich.‹ Ihr Licht wurde immer kleiner und erlosch schließlich ganz.

Die zweite Kerze flackerte und sagte: ›Ich heiße Toleranz. Aber ich bin überflüssig. Die Menschen lassen sich von ihrer Angst leiten und grenzen andere aus. Es hat keinen Sinn mehr, dass ich brenne.‹ Ein Luftzug wehte durch den Raum, und die zweite Kerze war ebenfalls aus.

Leise und traurig meldete sich nun die dritte Kerze zu Wort. ›Ich heiße Liebe. Ich habe keine Kraft mehr, zu brennen. Die Menschen stellen mich an die Seite. Sie sehen nur sich selbst und nicht die anderen, die sie lieb haben sollen.‹ Und mit einem letzten Aufflackern war auch dieses Licht ausgelöscht.

Da kam ein Kind in das Zimmer. Es schaute die Kerzen an und sagte: ›Aber, aber, ihr sollt doch brennen und nicht aus sein!‹ Und fast fing das Kind zu weinen an.

Da meldete sich schließlich die vierte Kerze zu Wort. Sie sagte: ›Hab' keine Angst! Solange ich brenne, können wir auch die anderen Kerzen wieder anzünden. Ich heiße Hoffnung.‹

Mit einem Streichholz nahm das Kind Licht von dieser Kerze und zündete die anderen Lichter wieder an.«

Stille. Eine ganze Weile sagte niemand ein Wort, und ich konnte nicht anders, als zaghaft zu Johannes zu schauen, als ich sah, dass auch er in meine Richtung blickte.

»Und wo ist Gott in Ihrer Geschichte?«, fragte ein alter Mann in Kordhose und dicker Jacke den Pfarrer.

»Gott – oder wenn euch das näher ist, die Menschlichkeit – ist im Frieden, in der Toleranz, in der Liebe und vor allem in der Hoffnung. Er tritt in der Geschichte unspektakulär in Erscheinung, und genau das finde ich so wundervoll. Gerade angesichts unserer heutigen Welt zwischen Diktatorenmacht, Fremdenhass und Terror – ist es da nicht sympathisch, wenn Gott auf die stille, ruhige Tour auf sich aufmerksam macht? Wenn er sich ganz einfach in unserer Hoffnung zeigt? Darin, dass wir niemanden vorverurteilen und ausgrenzen, sondern an das Gute glauben? Liebe Gemeinde, was ich euch sagen möchte: Wir leben zwar in einem Tal in den Bergen, aber deswegen sind wir doch noch lange keine Hinterwäldler! Die Zeiten, in denen zwei Männer oder zwei Frauen sich nicht lieben durften, sollten längst vorbei sein.«

Jetzt räusperte er sich, bevor er in geschäftsmäßigem Ton fortfuhr. »Also bitte! In meiner Funktion als Pfarrer und Mitglied des Gemeinderates erteile ich meinem lieben Bruder nun das Wort.« Er deutete auf mich und bedachte mich mit einem freundlichen Blick. »Frau Huber, bitte nehmen Sie das mit zu Protokoll«, sagte er.

Die Frau mit dem grauen Pferdeschwanz, offensichtlich die Schriftführerin, notierte eilig etwas. Dann blickte der Pfarrer zu Carl. »So lange, wie wir Herrn Sanders Vortrag lauschen, kann die Unterschrift noch warten, oder?«

Carl, der immer noch reglos mit dem Füllfederhalter in der Hand vor der letzten Vertragsseite saß, antwortete hastig mit einem »Ja, natürlich!«, steckte die Schutzkappe zurück auf den Stift und legte ihn vor sich auf den Tisch.

Nun hatte ich die Aufmerksamkeit des gesamten Publikums, aber spüren konnte ich nur Johannes'

Blick, der mich von der Seite aus fragend traf. Verstohlen drehte ich mich zu ihm um, aber ich konnte weder Zustimmung noch Ablehnung aus seinem Gesichtsausdruck herauslesen. Vielmehr hatte ich den Eindruck, als sei er mit seinen Gedanken ganz weit weg und überhaupt nicht mehr hier in diesem Saal.

Doch jetzt war nicht der richtige Zeitpunkt, um über Johannes nachzudenken. Also räusperte ich mich noch einmal und begann dann meinen improvisierten Vortrag.

»Vielen Dank, Herr Pfarrer, für Ihre Worte, die nicht nur nett, sondern auch echt bewegend waren«, sagte ich und meinte es auch so, denn zum ersten Mal seit Ewigkeiten hatte ich einen Pfarrer etwas sagen hören, das mein Herz erreicht hat. »Und danke auch, dass Sie mir die Möglichkeit geben, etwas zu dem geplanten Golfhotel zu sagen. Wie ich vorhin schon erwähnt habe, bin ich Unternehmensberater. In dieser Funktion habe ich im letzten Jahr das *Atropos*-Hotel in Berlin saniert. Das möchte ich kurz vorwegschicken, um Ihnen zu versichern, dass ich mich in den vergangenen Monaten intensiv mit der Hotelbranche auseinandergesetzt habe.«

»Was hat eine in die Jahre gekommene Berliner Absteige mit einem brandneuen Golfhotel zu tun? Mit Verlaub, ich beantrage ...«, rief Herr von Galen abfällig dazwischen.

»Herr von Galen«, mischte sich der Pfarrer ein, und seine Stimme begann bereits wieder, in die Bariton-Tonlage zu verfallen. »Sie haben vorhin eine geschlagene Stunde gesprochen, ohne dass Sie jemand unterbrochen hat. Im Übrigen können Sie hier gar nichts beantragen!«

Herr von Galen schnaubte noch zwei Mal, fügte sich dann aber und fing an, übermäßig interessiert in einem seiner glänzenden Golfhotel-Prospekte zu blättern. Ich erkannte den Prospekt sofort, denn gestern Abend hatte ich mir genau diese Broschüre selbst angesehen, und darauf würde ich auch gleich zu sprechen kommen.

»Herr von Galen hat natürlich recht«, fuhr ich fort. »Ein Berliner Luxushotel ist nicht dasselbe wie ein Golfhotel in den Alpen. Zumindest nicht für die Gäste, die dort übernachten wollen. Für uns Unternehmensberater macht das jedoch kaum einen Unterschied. Falls jemand von Ihnen nicht so genau weiß, was ein Unternehmensberater den lieben langen Tag treibt, möchte ich es Ihnen kurz erklären. Wir Unternehmensberater sind die Erbsenzähler. Die Korinthenkacker.«

Die Anwesenden lachten.

»Ich schaue auf die nackten Zahlen, um zu sehen, ob sich ein Unternehmen rechnet oder nicht. Ich bekomme mein Geld dafür, einer Firma oder einem Hotel zu sagen, was es falsch macht und ob es überhaupt noch eine Zukunft hat. Dafür werde ich oft gehasst, aber das ist nun mal mein Job.« Leider, dachte ich im Stillen, fand aber, dass ich meinen Berufsstand ganz gut beschrieben hatte.

»Und im letzten Jahr habe ich viel Zeit und Mühe dafür aufgebracht, realistische Gästezahlen für Hotels in Erfahrung zu bringen. Denn nur, wenn ein Hotel eine bestimmte Auslastung hat, wenn es also gut gebucht wird, macht es Gewinn. Ansonsten macht es, wie sollte es auch anders sein, Verlust.«

Ich machte eine Kunstpause und sah ins Publikum, um mich zu vergewissern, dass noch alle wach waren und jeder mir folgen konnte.

Franzi, Kai, Tanja und Lisa hatten sich auf freie Plätze am Rand der ersten Reihe gesetzt, und Lisa reckte den Daumen in die Höhe, als mein Blick sie streifte.

Dann drehte ich mich um und nahm mir einen der Hochglanzprospekte, die in kleinen Stapeln überall auf dem Konferenztisch lagen. Langsam blätterte ich ihn durch. Als ich zu der Seite kam, auf der ein Diagramm die anvisierte Auslastung des Golfhotels anzeigte, hielt ich inne und betrachtete die Seite. Eine rote Kurve führte steil bergauf und änderte bereits nach wenigen Zentimetern ihre Farbe auf Grün. Die Grafik sollte dem Betrachter also sagen: *Nach fünf Jahren sind wir aus den roten Zahlen heraus, und von da an geht es steil nach oben. So lange, bis allen schwindelig wird von dem ganzen Geld, was wir verdienen.*

Ich hielt die Seite vor meinen Bauch und zeigte mit dem Finger auf das Diagramm. Die Dorfbewohner, die weiter hinten im Publikum saßen, recken ihre Hälse, um besser sehen zu können.

»Sehen Sie die Prognose hier?« Ich tippte auf die Grafik. »Die Zahlen sind reines Wunschdenken. Eine völlige Illusion. Diese Zahlen sind Betrug.«

Durch die Menge ging ein Raunen, und von Galen war nun doch wieder aufgesprungen und schimpfte lauthals. »Das ist eine bodenlose Unverschämtheit! Diese Zahlen bilden die Grundlage unserer Investitionen. Was bilden Sie sich ein?«

»Johannes, was soll das?«, rief Carl. »Warum versucht dein Freund, alles kaputt zu machen?«

»Nils macht gar nichts kaputt«, rief Johannes seinem Bruder zu. »Hör dir lieber an, was er zum Golfhotel zu sagen hat. Außerdem scheint Franzi ihn engagiert zu haben. Also frag lieber deine Frau, was hier los ist.«

Bei Johannes' Worten schlug mein Herz freudig auf. Hatte mich Johannes gerade verteidigt? Oder wollte er doch nur seinem Bruder eins reinwürgen, indem er ihn mit seinen eigenen Waffen schlug? Eines stimmte zweifelsohne: Franzi hatte mich beauftragt. Zumindest indirekt und natürlich ohne Bezahlung.

»Meine Damen und Herren! Beruhigen Sie sich wieder.« Der Bürgermeister versuchte, für Ruhe zu sorgen, aber erst als der Pfarrer sich einmischte, beruhigte sich die Situation wieder.

»Das sind schwere Anschuldigungen, die Sie hier erheben«, sagte der Pfarrer. »Können Sie das denn auch beweisen?«

»Im Augenblick kann ich Ihnen nur mein Wort geben und Sie mit Nachdruck warnen. Leider hatte ich erst eine Nacht Zeit, mich mit dem Projekt zu befassen, sodass ich Ihnen heute keine verbindlichen Zahlen liefern kann. Aber bei allem, was mir heilig ist, versichere ich Ihnen eines: Diese Prognose ist falsch.«

»Sehen Sie! Er kann überhaupt nichts beweisen. Es ist alles heiße Luft, was er von sich gibt«, rief Theodor von Galen.

»Vielen Dank für das Stichwort«, gab ich zurück. »Heiße Luft. Als ich Ihren Namen zum ersten Mal im Zusammenhang mit diesem Projekt gehört habe, ist er mir sofort bekannt vorgekommen. Ich wusste nur nicht, woher. Zum Glück haben wir in unserer Firma aber eine Mitarbeiterin, die immer äußerst gut informiert ist.« Ich musste wieder an mein Telefonat mit Nina, unserem allwissenden Fossil, in der letzten Nacht denken. Zwar hatte ich sie direkt aus einem schönen Traum gerissen, aber trotzdem hatte sie mir auf Anhieb helfen können. Ganz ohne Recherche. »Herr von Galen, können Sie mir von Ihren letzten Projekten berichten? Sie haben doch viel Erfahrung, zumindest steht das hier im Prospekt.«

Alle Anwesenden blickten nun auf von Galen, dem die plötzliche Aufmerksamkeit, die ihm zuteil wurde, und die Frage nach den vergangenen Projekten deutlich unangenehm zu sein schienen.

»Äh, ja …«, stammelte er – jetzt gänzlich ohne seinen öligen Ton in der Stimme.

»Ich werde Ihnen helfen«, warf ich ein, nachdem von Galen nicht den Anschein erweckte, als würde er weitersprechen wollen. »In Insiderkreisen stehen Sie und Ihre Investmentfirma auf einer Roten Liste. Und auf der sogar ganz oben. Neun Ihrer zehn letzten Projekte sind Konkurs gegangen, noch bevor sie überhaupt abgeschlossen waren.«

Wieder ging ein Raunen durch die Menge. »Und nicht nur das. Es ist ein Strafverfahren gegen Sie anhängig, weil vermutet wird, dass Absicht dahintersteckt.« Ich ließ meine Worte kurz wirken. »Denn jedes Mal, wenn Sie Konkurs anmelden, kommt eine andere Firma, an der Sie beteiligt sind, und kauft die Konkursmasse zu einem Spottpreis auf.«

Eigentlich hatte ich erwartet, dass von Galen protestieren würde, aber er blätterte nur fahrig in seinem Prospekt, wobei er kleine Stückchen vom Rand des edlen Papiers abriss und auf den Boden warf. Also fuhr ich fort: »Wenn es bei dem geplanten Golfhotel so laufen wird wie bei den vergangenen Projekten, wird es in etwa so vonstatten gehen: Sie fahren das Projekt schon vor der Fertigstellung vor die Wand, und dann reißen Sie sich das Land der Familie Niemeyer unter den Nagel und bauen statt eines Golfhotels ein billiges Motel darauf. Das kostet Sie sehr viel weniger und wirft schnell Gewinne ab. Und nach ein paar Jahren gammelt das Hotel dann als Bausünde vor sich hin.«

Wieder hallte aufgeregtes Gemurmel durch den Saal, und auch der Bürgermeister und der Pfarrer steckten wild diskutierend die Köpfe zusammen.

»Ich weiß, dass dies alles unglaublich für Sie klingen muss, aber genau so wird es ablaufen«, rief ich laut über die Menge hinweg. »Beweisen kann ich es heute noch nicht, aber ich habe zwei Vorschläge, die ich zusammen mit Franziska Niemeyer gerne zur Diskussion stellen würde. Zum einen schlage ich vor, die Entscheidung über das Golfhotel noch einmal zu vertagen und das Projekt eingehend zu prüfen.«

»Ich bin dafür! Antrag angenommen«, rief ein junger Mann aus der Mitte des Saals, ohne dass er irgendetwas hätte annehmen oder ablehnen können. Aber ein wilder Applaus brandete auf und unterstützte ihn.

Der Bürgermeister sah sich irritiert nach allen Seiten um und schien – ganz Politiker – abzuschätzen, woher der Wind nun wehte. Scheinbar kam er zu dem Schluss, dass ihm eine steife Brise von vorne ins Gesicht schlug, also rief er: »Liebe Mitbürgerinnen, liebe Mitbürger. Ich würde sagen, dass wir vor Weihnachten nichts übers Knie brechen sollten. Frau Huber, holen Sie den Vertrag, und geben Sie ihn mir.«

Schneller, als ich es für möglich gehalten hatte, flitzte die Frau mit dem grauhaarigen Pferdeschwanz zu Carl, griff sich die Papiere und legte sie dann in Windeseile vor den Bürgermeister. Er nahm sie mit spitzen Fingern, als seien sie giftiger Abfall und stopfte sie dann achtlos in eine Aktentasche, die unter dem Tisch stand.

»Sie sprachen von zwei Vorschlägen«, sagte der Pfarrer zu mir. »Wie lautet Ihr zweiter Vorschlag?«

Verlegen räusperte ich mich und sah dann automatisch Johannes an. Der zweite Vorschlag betraf ihn und seinen Bruder, aber weder Franzi noch ich hatten vorher mit ihm darüber gesprochen. Und auch seinen Bruder Carl hatten wir nicht eingeweiht. Ich hoffte inständig, dass sich die beiden nicht übergangen fühlen würden, bei dem, was wir ausgeheckt hatten.

»Nun ja. Unser zweiter Vorschlag. Er betrifft die Brüder Niemeyer.«

Johannes und Carl schauten erst mich und dann sich gegenseitig an.

»Wie wahrscheinlich alle im Dorf wissen, hat das geplante Golfhotel eine tiefe Kerbe in die Familie Niemeyer geschlagen.«

Das Nicken und das betretene Schweigen im Saal verrieten mir, dass alle genauestens darüber Bescheid wussten.

»Daher würden Franzi und ich den beiden Brüdern und Ihnen allen gerne ein zweites Projekt vorschlagen. Auch hier habe ich noch keine genauen Zahlen und Analysen, aber aus meiner Erfahrung in Berlin weiß ich, dass dieses Projekt auf soliden Beinen stehen würde. Also, wir schlagen Folgendes vor.« Ich schaute zu Franzi. »Ach, Franzi komm! Sag du es den Leuten, schließlich stammt die Idee von dir.«

Franzi lief rot an und versank in ihrem Stuhl. Sie hob abwehrend die Hände und schüttelte den Kopf, aber die Dorfbewohner fingen nun an, »Ja, Franzi!« und »Mei, zier dich nicht!« zu rufen.

Tanja schob Franzi sanft an, sodass sie widerwillig aufstand und beschämt auf die Bühne ging.

»Nils, ich bring dich um«, sagte Franzi lauter, als sie es beabsichtig hatte, und alle fingen an zu lachen, woraufhin ihr Kopf nun fast zu platzen schien.

»Hallo«, sagte sie zögernd und schaute zu ihrem Mann, der sie nur verwirrt ansah. Trotzdem meinte ich,

Stolz in seinen Augen zu sehen, und ich hoffte, dass ich mich nicht täuschte.

»Eigentlich kam die Idee von Nils. Zumindest hat er mich aufgefordert, über Alternativen nachzudenken.«

»Mach's nicht so spannend, Franzi«, rief eine junge Frau in einem Norweger-Pullover aus der dritten Reihe. »Außerdem wird bald die Maronen-Suppe kalt.«

Das freundliche Gelächter, das darauf folgte, schien Franzi etwas von ihrer Anspannung zu nehmen, denn sie entspannte sich merklich und fuhr dann mit kräftiger Stimme fort: »Unsere Idee ist folgende. Statt eines großen Golfhotels machen wir aus unserem Hof ein mittelgroßes Bio-Wellness-Hotel. Nils hat gemeint, dass zwanzig bis dreißig Zimmer realistisch und notwendig sind. Doch im Gegensatz zum Golfhotel bauen wir nicht alles neu. Nein. Wir gehen hin und bauen den Hof zum Hotel um, erweitern ihn also nur um einen Wellness- und Spa-Bereich.« Franzi blickte kurz zu Johannes. »Und die Landwirtschaft werden wir nicht aufgeben. Im Gegenteil. Die Stallungen, Wiesen und die Alm werden weiter genutzt und auf Bio umgestellt. So können wir viel Geld sparen, weil die Bio-Produkte, die wir unseren Gästen im Hotel anbieten werden, nicht extra eingekauft werden müssen, sondern von uns selbst produziert werden. Was haltet ihr davon?«

Nun war Franzi fertig mit ihren Ausführungen, grinste breit und schaute zuerst ins Publikum und dann zu Carl und Johannes. Einen Moment lang sagte niemand etwas, und Franzis Grinsen ebbte ab.

»Für mich hört sich das sehr, sehr gut an«, sagte der Pfarrer dann aber glücklicherweise, was schließlich auch die Dorfbewohner zum Klatschen animierte.

»Ich beantrage, dass ein Plan dafür ausgearbeitet wird, sodass wir in der nächsten Gemeinderatssitzung entscheiden können, ob wir dem ominösen Golfhotel oder dem Bio-Hotel den Vorzug geben«, schlug der Pfarrer vor.

»Angenommen«, sagte der Bürgermeister und sah völlig zerknirscht aus. Wahrscheinlich versuchte er gerade, zu verstehen, wie sein beschaulicher Weihnachtsempfang zu einem so aufregenden Ereignis werden konnte.

»Ich wünsche Ihnen frohe Weihnachten«, stöhnte er. »Und ein gesegnetes Fest. Lassen Sie uns nun die Suppe auslöffeln!«

Kapitel 20

Nachdem der Bürgermeister das offizielle Ende des Weihnachtsempfangs verkündet hatte, beeilten sich die Anwesenden, in die Halle und zur Maronen-Suppe zu kommen. Selbst der Pfarrer und der Bürgermeister – nebst Hofstaat – waren sichtlich erleichtert, dass die Versammlung nun ein Ende gefunden hatte. Sie sputeten sich, ihren Mitbürgern, Nachbarn und Freunden auf dem Weg in die Empfangshalle zu folgen, in der gerade die Blaskapelle mit lautem Humptata zu ihrem ersten Marsch aufspielte.

Der Investor Theodor von Galen würdigte niemand mehr eines Blickes, und ich sah, dass er nicht durch die große zweiflüglige Eichentür hinausging, sondern eine kleine Tür mit der Aufschrift *Notausgang* nahm.

Carl sprang von der Bühne und lief auf Franzi zu. Auweia! Wenn da mal nicht ein Ehekrach im Anmarsch war …

»Mein Gott, Franzi, das habt ihr super gemacht«, sagte Carl dann aber zu meiner Überraschung, bevor er Franzi in die Arme nahm. »Komm, nach dem Tohuwabohu brauche ich jetzt dringend eine Suppe.«

»Und ich einen Schnaps«, sagte Franzi und verschwand mit ihrem Mann nach draußen.

Jetzt standen nur noch Johannes und ich auf dem kleinen Podest, das die Bühne bildete. Unsicher schaute ich zu ihm und versuchte, in seinen dunklen Augen zu lesen, doch sein Blick blieb mir wie so oft ein Rätsel.

»Hammer, Nils. Das war richtig krass! Krass gut.«

Von hinten schlangen sich Arme um meine Taille, und an den dünnen Narben, die sich an den Unterarmen abzeichneten, erkannte ich, dass es Lisa war, die mich herzte.

»Hey, du erdrückst mich ja«, sagte ich lachend und wollte mich zu ihr umdrehen, als sich auf Johannes' Gesicht ein Grinsen breitmachte, das zuerst seinen Mund erfasste und sich dann schnell bis zu seinen Augen ausbreitete.

Johannes war nicht sauer. Nein, stellte ich erleichtert fest, er lächelte.

Aufgeregt blieb ich stehen, wo ich war.

»Ich bin dick geflasht«, rief Lisa hinter mir.

»Danke«, sagte ich zu ihr und befreite mich vorsichtig aus ihrer Umarmung, ohne dabei den Blick von Johannes zu nehmen.

»Hey Johannes, dein Wolf ist echt cool«, rief Lisa. »Ich habe Kira gestern mit meinen Plätzchen gefüttert. Kann ich sie mal besuchen kommen?«

Johannes zog fragend eine Augenbraue in die Höhe, schaute Lisa aber herzlich an. »Klar, komm vorbei, wenn du willst. Ich wusste gar nicht, dass du Kira kennst.«

»Logo«, sagte sie, bevor sie hinter Tanja, die gerade als Letzte auf Kai gestützt aus dem Saal humpelte, herrief: »Wartet Leute, ich komme mit.« Zu uns sagte sie noch: »Man sieht sich«, bevor sie mit lautem Gepolter verschwand.

»Jetzt sind nur noch wir zwei übrig«, sagte ich matt lächelnd zu Johannes. »Ich hoffe, du fühlst dich von unseren Hotelplänen nicht überfahren.«

»Als du mit Franzi in den Empfang geplatzt bist, habe ich mich schon gefragt, was das soll. Aber alle Achtung! Das habt ihr richtig gut gemacht.« Johannes ging an den Rand des Podests und setzte sich. Kurz war ich unschlüssig, aber dann setzte ich mich neben ihn. Anstatt seines üblichen groben Holzfällerhemdes hatte er heute ein hellblaues Baumwollhemd übergezogen. Besondere Anlässe schienen besondere Hemden zu erfordern. Allerdings hätte er das Ding ruhig zum Bügeln geben können, dachte ich, während er die Knöpfe an den Ärmeln öffnete und die Ärmel anschließend hochkrempelte. Ich konnte nicht anders, als auf seine Unterarme zu starren. Zwar hatte ich sie gestern noch berührt, aber heute kam es mir vor, als sei das bereits in einem anderen Leben gewesen.

»Ich bin froh, wenn ich das unbequeme Teil später ausziehen kann«, sagte er beiläufig und öffnete zwei der oberen Hemdknöpfe. »Ah, viel besser!« Er atmete befreit aus. »Meinst du wirklich, dass von Galen das Golfhotel absichtlich an die Wand gefahren hätte?«

»Da bin ich mir sicher, ja. Als Franzi mir die Zahlen gezeigt hat, schrillte bei mir nicht nur eine Alarmglocke. Nein. Da begann ein ganzes Uhrengeschäft, zu läuten. Und als mir meine Kollegin Nina dann später die Einzelheiten über von Galens Geschäftsgebaren durchgegeben hat, war für mich die Sache klar. «

»Das wäre ganz schön übel für uns ausgegangen«, sagte er und wurde ein bisschen blass um die Nase, als er sich die Konsequenzen für sich und seine Familie ausmalte. »Und ich Hornochse habe den Vertrag unterschrieben.«

»Ja? Warum hast du das denn gemacht? Ich hätte geschworen, dass man das Golfhotel nur über deine Leiche würde bauen können.«

Johannes überlegte und sagte eine Weile nichts.

»Der Scheiß gestern Abend im Gasthaus hat mir die Augen geöffnet«, sagte er letztendlich. »Ich weiß nicht genau, wie ich es beschreiben soll. Aber als ich dort stand, so wütend, alleine und irgendwie hilflos, hatte ich plötzlich das Gefühl, vollkommen isoliert zu sein. Klar, ich weiß schon, dass ich stur und ein Eigenbrötler bin, aber einsam war ich noch nie. Doch in dem Augenblick habe ich kapiert, dass ich auf dem besten Weg war, mich ins Abseits zu manövrieren, und dass ich mich nicht länger gegen meine Familie stellen durfte. Prinzipien hin, Traditionen her. Franzi, Carl und die Zwillinge sind mir wichtig. Deshalb bin ich zu Carl gegangen und habe ihm meine Unterstützung zugesagt.«

»Wegen gestern Abend …«, druckste ich verlegen herum, denn ich ahnte, dass auch ich nicht ganz unschuldig daran gewesen war, dass Johannes sich allein gefühlt hatte. Schließlich hatte auch ich ihn verletzt. »Es tut mir leid. Ich war so blöd. Wie konnte ich nur glauben, dass du etwas mit Tanja hast oder auf ihren Gefühlen herumtrampelst?«

»Passt schon«, winkte er ab.

»Nein, tu das nicht einfach so ab. Das war nicht okay von mir, und es tut mir wirklich leid. Ich hätte es besser wissen müssen, und wenn ich es könnte, würde ich es auf der Stelle ungeschehen machen.«

»Nils, du hast doch mit dem ganzen Palaver nicht angefangen. Es war Agnes, die *dich* beleidigt hat. Also hör auf, dich zu entschuldigen.« Johannes beugte sich nach hinten und stützte sich auf seinen Unterarmen ab. Hätte er jetzt eine schwarze Lederjacke statt eines ungebügelten Businesshemdes getragen, hätte er wie ein Rockstar ausgesehen, der lässig am Bühnenrand sitzt.

»Es ist schon eine Ironie des Schicksals«, sagte er. »Da muss erst so ein Mist wie gestern Abend im Gasthaus passieren, damit endlich Bewegung in eine ansonsten festgefahrene Situation kommt.«

»Du meinst, damit die sturen Brüder mal ordentlich durchgeschüttelt werden«, scherzte ich.

»Stimmt«, grinste Johannes. »Aber ich hätte nie gedacht, dass wir dafür einen sexy Stadtmenschen brauchen.«

Ich wollte lächeln, aber bei mir kam keine echte Freude auf, denn ich spürte, dass eine merkwürdig traurige Stimmung in der Luft hing. Es war einer der Momente, in denen man wusste, was gleich geschehen würde. Einer der traurigen Augenblicke, in denen man am liebsten einfach weglaufen würde, es aber nicht tat, weil man wusste, dass das den Schmerz nur unnötig in die Länge zöge. Ja, ich spürte es genau: Gleich würde sich alles für immer verändern. Gleich würden wir uns Lebewohl sagen. Zwar hatte der romantische Teil von mir mich schon auf der Alm Kühe melken gesehen, aber jetzt war es Zeit, der Realität ins Auge zu blicken. Das mit uns hatte super angefangen. Doch es hatte nicht sein sollen. Wie es aussah, hatten wir unsere Chance auf ein gemeinsames Glück verspielt.

»Die letzten Tage mit dir waren toll«, begann ich, aber in meinen Ohren klang das lahm. Lieber hätte ich andere Worte benutzt. *Wundervoll. Großartig. Wahnsinnig. Überwältigend. Magisch* … Ja, *magisch!* Das, was ich in den letzten Tagen gefühlt hatte, war magisch gewesen. Doch ich war nicht gut darin, kitschige Reden zu schwingen, und Johannes schien auch nicht der Typ zu sein, der mit emotionalen Superlativen umgehen konnte.

»Jetzt kommt der unvermeidliche Abschied, was?«, fragte er und strafte dann meinen Gedanken Lügen, indem er traurig sagte: »Du wirst mir fehlen, Nils. Ich wusste ja von Anfang an, dass wir beide unser eigenes Leben führen. Du in Berlin. Ich hier auf der Alm. Du so vollkommen anders. Ich auch. Aber ich war noch nie so glücklich wie mit dir.« Verlegen kratzte er sich am Kopf. »Wollte nur, dass du das weißt. Scheiß Schicksal, was? Erst führt es uns zusammen und dann entpuppt es sich als mieser Verräter.«

Tausend Erwiderungen schossen mir durch den surrenden Kopf:

Unsinn! Noch haben wir es in der Hand! ... Komm einfach mit mir mit! ... Lass uns abhauen! ... Oder zusammen hier bleiben ... Nur wir beide ... Ich mag dich mehr als alles andere ...

Aber keiner dieser Gedanken kam mir über die Lippen. Also sagte ich nur eines: »Mach's gut, Johannes!«

Kapitel 21

Nach dem dritten Klingeln meines Handys öffnete ich die Augen und suchte müde nach dem Schlafräuber.

Wie schön es doch gewesen war, als das Ding noch bei Dr. Heise in der Schublade gelegen hatte, dachte ich, als der Klingelton zur fünften Wiederholung ansetzte. Schlaftrunken nahm ich schließlich ab.

»Ja?«, war das Einzige, was ich herausbrachte. Flüchtig sah ich dabei auf meine Armbanduhr. 8.30 Uhr. Wer Himmel nochmal rief mich so früh an einem Sonntag und dazu noch am 24. Dezember an?

»Guten Morgen. Mein Name ist Maria Heinrich von *Flight Berlin*«, krähte mir eine überfreundliche Stimme in mein noch nicht ganz waches Ohr. »Spreche ich mit Nils Sander?«

Flight Berlin? Warum rief mich meine Fluggesellschaft um diese Zeit an, wenn mein Flieger doch erst um 14.30 Uhr ging?

»Ja, ich bin Nils Sander«, antwortete ich und war mit einem Mal hellwach. »Worum geht es denn?«

»Herr Sander, ich muss Ihnen leider mitteilen, dass Ihr Flug B 2331 wegen der Wettersituation ersatzlos gestrichen wurde.«

»Mein Flug wurde was? Heute ist Sonntag! Und Weihnachten! Ich muss dringend zurück nach

Berlin. Kann ich denn wenigstens einen späteren Flug nehmen?«

»Nein, das ist leider nicht möglich. Sämtliche innerdeutschen Flüge wurden für heute bis auf Weiteres gestrichen. Aber ich habe eine sehr gute Nachricht für Sie«, trompetete sie jetzt mit einer künstlich einstudierten Freundlichkeit, die mich aus dem Bett trieb. »Sie können kostenneutral auf das Angebot der Deutschen Bahn zurückgreifen. Ihr Ticket berechtig Sie zu einer Fahrt im ICE zweiter Klasse. Ich wünsche Ihnen einen schönen Tag und ein frohes Weihnachtsfest.«

Gerade, als ich anfangen wollte, mich aufzuregen, knackte es in der Leitung, die künstliche Frauenstimme verstarb, und ich stand aufgebracht mit meinem Handy am Ohr neben dem Bett.

Na toll, dachte ich wütend. Heiligabend im Zug von München nach Berlin. Zwar hatte ich heute Abend nichts vor, aber ich wollte einfach nur nach Hause, mir eine Decke über den Kopf ziehen, eine Flasche Rotwein aufmachen und Johannes vergessen.

Flüchtig blickte ich aus dem Fenster, bevor ich wieder auf mein Handy starrte und die App der Deutschen Bahn öffnete, als mir bewusst wurde, was ich dort draußen gerade gesehen hatte. Ich ließ das Handy sinken und stürzte ans Fenster.

Alles weiß! Die Straßen? Weiß. Die Berge? Weiß. Die Wiesen? Weiß. Die Autos? Fehlanzeige! Dort, wo gestern noch mein Mietwagen gestanden hatte, befand sich nun ein Schneeberg. Und dieser reihte sich nahtlos ein in die Schar weißer Hügel, die gestern noch parkende Autos gewesen waren.

Ich beeilte mich, in meine Klamotten zu steigen, wickelte mir einen dicken Schal um den

Hals, zog meine Steppjacke an und rannte hinunter auf die Straße.

Wusch … wusch … wusch, hörte ich zuerst das monotone Schaufelgeräusch, bevor ich den Wirt der Pension sah, wie er versuchte, den Schnee vor dem Eingang wegzuschieben.

»Mein Auto!«, sagte ich ohne Begrüßung. »Es ist eingeschneit.«

Das Schaufelgeräusch erstarb, als sich der Wirt zu mir umdrehte.

»Grüß Gott erst einmal. Die Autos sind eingeschneit, da haben's recht«, sagte der Alte und fing wieder zu schaufeln an.

»Ja, ja, grüß Gott«, gab ich unwirsch zurück. »Aber ich muss gleich nach München, um später nach Berlin zu fahren. Könnten Sie mein Auto vielleicht auch freischaufeln?«

»Herrgott sakra! Jetzt, wo ich den Weg frei habe, schneit's wieder«, sagte der Wirt und sah zum Himmel auf. Dicke Flocken fielen aus den Wolken über uns und schwebten auf die Erde, um die Schneeschicht noch dicker werden zu lassen. »Da brauchen's Ihr Auto gar nicht freischaufeln. Das lohnt sich nicht.«

Verwirrt sah ich ihn an. »Aber ich muss jetzt nach München«, wiederholte ich mich.

»Das können's vergessen. Der Pass, der Sie aus dem Dorf rausbringt, ist selbst mit Schneeketten nicht passierbar. Da müssten's schon mit dem Hubschrauber hier sein, um wegzukommen.« Der Alte gackerte, als hätte er den besten Witz des Jahres gemacht.

»Machen Sie Witze?«

»Nein«, sagte er knapp, und als ich an die schmale, steile und kurvenreiche Straße dachte, die als einzige das Dorf mit der Außenwelt verband, war ich plötzlich geneigt, ihm zu glauben.

»Was mache ich denn jetzt?«, fragte ich hilflos und dachte nach. So sehr es mich auch von hier fort drängte – ich würde wohl oder übel hier bleiben müssen.

»Kann ich um eine Nacht bei Ihnen verlängern?«

»Das geht nicht. Wir haben ab heute Mittag geschlossen«, sagte der alte Wirt und schulterte seine Schneeschaufel. »An Weihnachten haben wir immer zu.«

»Was?« Mir klappte der Mund auf. »Aber wo soll ich denn dann schlafen?«

»Keine Ahnung«, sagte der Wirt ungerührt und schlurfte zurück zur Pension.

»Warten Sie mal«, rief ich und lief neben ihm her. »Sie wissen doch bestimmt, welche Pension oder welches Hotel im Dorf noch offen hat, oder?«

»Keins«, sagte er. »Sie könnten höchstens bei der Rosi unterkommen. Die vermietet ihre Zimmer auch über Weihnachten. Sonst geht im Dorf nichts.«

»Bei der Rosi?«, fragte ich entgeistert. »Und wo finde ich diese Rosi?«

»Kommen's mit. Ich geb' Ihnen die Nummer.«

Wir liefen zum Eingang, und gerade, als ich hineingehen wollte, rief er: »Stiefel aus!«

Ich blickte an mir hinunter und sah, dass meine Stiefel über und über mit Schneematsch bedeckt waren. Schnell zog ich sie aus und stellte sie auf die Fußmatte, ehe wir zusammen zur Rezeption gingen.

»Warten's!«, sagte der Wirt, schritt hinter die kleine Theke, holte ein ledernes Notizbuch darunter hervor und suchte darin nach der Telefonnummer. »Ah, da ist sie ja, die Rosi.« Träge nahm er das schnurlose

Telefon aus der Ladestation, drückte ein paar Mal auf die Tasten und wartete.

»Rosi? Ja, der Sepp hier ... genau ... Hat gerade wieder angefangen, zu schneien ... hmm ... ja ... ist schön für die Buam und Madln ... erst nach Weihnachten wieder passierbar? Bist sicher? ... Warum ich anrufe, Rosi, unser Gast braucht für heut' Nacht ein Zimmer. Hast eins frei?«

Bitte, bitte, flehte ich innerlich. Wo sollte ich sonst hin?

»Alles voll, Rosi? ... Selbst der Keller? ... Kann man nix machen ... Dann ein frohes Fest, Rosi!«

Er legte auf und sah mich entschuldigend an.

»Nichts zu machen. Die Rosi hat keinen Platz.«

»Aber wo ... was?«, stammelte ich und sah mich schon obdachlos vor der Kirche schlafen. Erfroren unter einem Haufen Schnee.

Der Alte zuckte mit den Schultern und sagte emotionslos: »Wir machen um zwölf zu.« Demonstrativ sah er dabei auf seine Armbanduhr.

Na prima, dann mal frohe Weihnachten, dachte ich, sagte aber nichts mehr, sondern ging in mein Zimmer, um meinen Koffer zu holen.

Wo sollte ich nur hin? Klar kam mir zuerst Johannes in den Sinn. Aber zu ihm würde ich mit dem Auto nicht fahren können. Außerdem *wollte* ich auch gar nicht zu ihm, denn ihn noch einmal wiederzusehen, schien mir definitiv zu schmerzlich.

Dr. Heise? Nein, die war bereits auf dem Weg in die Sonne.

Tanja? Ja, das könnte gehen. Andererseits war sie sicher mit Kai zusammen, und ich wollte den beiden ungern ihr erstes gemeinsames Weihnachtsfest versauen.

Franzi? Hmm, wollten Familien nicht gerade an Heiligabend in trauter Runde sein? Und Geschenke hatte ich auch keine. Nicht einmal für die Zwillinge.

Niedergeschlagen schnappte ich mir meinen Koffer, den ich bereits gestern gepackt hatte, und trug ihn die Treppe herunter. Unten angekommen gab ich dem Wirt den Zimmerschlüssel, und er sagte zum Abschied nur: »Gute Reise.«

»Sehr witzig«, entfuhr es mir im Hinausgehen.

Ohne Plan und ohne Ziel stand ich nun auf dem frisch geräumten Gehweg, der sich bereits wieder anschickte, unter einer neuen, dünnen Schneeschicht zu verschwinden. Ich schaute erst auf meinen Koffer, dann auf den Schneehügel, der einmal mein Mietwagen gewesen war, trat gegen den verschneiten Reifen und fluchte.

Vielleicht sollte ich den Wagen doch irgendwie freischaufeln und versuchen, den Motor anzubekommen?, überlegte ich verzweifelt. Dann könnte ich die Nacht zumindest im Auto verbringen. Doch auch diese Hoffnung löste sich in Luft auf, als ich die Tür öffnen wollte und statt an einen Griff an eine dicke Schicht Eis fasste.

»Sie da!«, hörte ich in diesem Moment eine undeutliche Stimme. »Haben Sie ein Schneetaxi gerufen?«

Überrascht blickte ich die Straße hinunter. Keine vier Meter neben mir parkte ein seltsam anmutendes Schneemobil von der Größe eines Motorrads. Es erinnerte mich entfernt an einen Jetski, und bei dem Gedanken sah ich Dr. Heise auf einem solchen Geschoss schon über die Wellen der Südsee brausen. Im Gegensatz zu einem Jetski hatte das Schneemobil vorne jedoch zwei kleine Skier und hinten einen Kettenantrieb, wie ich ihn – nur viel größer – von einem Bagger kannte.

Auf dem Gepäckträger des Schneemotorrads lag ein riesiger Weihnachtsbaum, der noch fest eingeschnürt im Netz des Verkäufers steckte.

»Taxi? Äh, nein«, sagte ich zu dem Mann, der neben dem futuristischen Gefährt stand und auf einen Fahrgast zu warten schien. Dick eingepackt in eine Daunenjacke und ausgestattet mit Mütze, Schneebrille, Mundschutz und Handschuhen sah er aus wie ein Eskimo, der sich nach Bayern verirrt hat.

»Sie wissen nicht zufällig, wo noch eine Herberge für die Nacht frei ist?«, fragte ich mit wenig Hoffnung den Mann auf dem Schneetaxi.

»Herberge?«, fragte er dumpf durch seinen Mundschutz. »Könnte sein, dass ich was wüsste«, sagte er und schob die Kapuze seiner Jacke zurück. »Moment, warten Sie mal kurz«, fuhr er nuschelnd fort, während er den Mundschutz und die Schneebrille abnahm.

Fast war ich versucht, ihm gar nicht weiter zuzuhören und mich wieder meinem eingeschneiten Wagen zuzuwenden, als ich dem Taxifahrer erstmals ins Gesicht sah.

»Johannes?«, rief ich verblüfft.

»Ich wüsste etwas, wo Sie bleiben könnten«, sagte er. Der Schnee fiel auf seine dunklen Haare und blieb dort liegen, während er mich ansah und über das ganze Gesicht grinste. »Es gibt ein hervorragendes Pauschalangebot in einem demnächst fertiggestellten Bio-Wellness-Hotel. Gutes Essen. Verwöhn-Service. Und Bergidylle inklusive.« Er deutete auf die verschnürte Tanne. »Sogar mit Weihnachtsbaum. Na, was halten Sie davon?«

Ein breites Grinsen schlich sich nun auch auf mein Gesicht, und ich ließ verdutzt den Koffer in den Schnee fallen.

»Eigentlich bin ich ja zum Golfspielen gekommen«, sagte ich und versuchte, die ölige Stimme des zwielichtigen Investors Theodor von Galen zu imitieren. »Doch zur Not nehme ich auch das Bio-Zeug. Aber nur, wenn das Personal nicht so grantig ist.«

»Passt schon«, sagte Johannes und deutete einladend auf seinen Motorschlitten. »Dann mal los, der Herr.«

Kapitel 22

Die Fahrt mit dem Schneemobil war der reinste Wahnsinn. Wie auf einem Motorrad saß ich hinter Johannes und hatte meine Arme fest von hinten um ihn geschlungen. Wegen der dicken Jacken hatte ich nicht das Gefühl, wirklich etwas von ihm zu spüren, aber allein die Tatsache, dass ich eng an ihn gedrückt hinter ihm saß, ließ mich vor Freude johlen. Durch den Lärm, den das Schneemobil machte, konnte Johannes mich nicht hören, und so ließ ich meinem Übermut freien Lauf.

Mit dem wendigen Schneemobil raste Johannes den Berg hinauf, und wenn wir uns in eine Kurve legten, feuerte ich ihn an, noch schneller zu fahren.

Zwar hatte ich keine Schneebrille, sodass mir die Schneeflocken kalt ins Gesicht und gegen die halb geschlossenen Augen flogen, aber das machte mir nichts aus. Jetzt, so dicht hinter Johannes, machte mir gar nichts mehr etwas aus. Nicht der Schnee. Nicht mein eingeschneites Auto. Nicht mal, dass Weihnachten war.

Viel zu schnell kamen wir oben an seiner Alm an, die von einer dicken Schneeschicht bedeckt inmitten von unendlichem Weiß stand. Ich hätte noch kilometerweit fahren können, auch wenn ich dann wahrscheinlich tiefgefroren vom Sitz gefallen wäre.

Johannes fuhr das Schneemobil bis unter den Dachvorsprung, damit das Gefährt nicht zugeschneit werden konnte, und wir stiegen ab.

»Was hast du eigentlich vor der Pension gemacht?«, fragte ich ihn.

»Ich wollte den Baum zu mir nach Hause bringen, als ich dich dort stehen und frieren sah. Sofort war mir klar, dass sie dich aus der Pension geworfen hatten. Gerda macht die Herberge über Weihnachten immer zu.« Er hängte die Skibrille und den Mundschutz über den Lenker des Schneemobils. »Bei dem Schnee kommt heute niemand von hier weg. Da dachte ich, ich frage dich mal, ob du vielleicht Hilfe brauchst.« Wieder grinste er mich an, bevor er ernst sagte: »Schön, dich zu sehen, Nils.«

Ich schluckte schwer, aber obwohl ich mich ebenfalls freute, ihn zu sehen, wusste ich nichts darauf zu erwidern.

»Nie hätte ich gedacht, dass du dir einen Weihnachtsbaum in die Hütte stellst«, sagte ich ausweichend.

»Wieso sollte ich mir keinen Weihnachtsbaum ins Zimmer stellen? Ich habe munkeln gehört, dass es sogar in Berlin Weihnachtbäume gibt.«

»Bei mir nicht.«

»Warum denn nicht? Magst du Weihnachten nicht?«

»Natürlich nicht. Wenn ich allein an die ganzen Geschäftsessen und Weihnachtsfeiern denke, kriege ich schon zu viel. Ich bin jedes Jahr heilfroh, wenn ich die Feiertage überstanden habe. Und dann noch überall der Kitsch und der Stress mit den Geschenken.«

»Hast du mal Weihnachten ohne Stress und ohne Geschenkeschlacht probiert?«, wollte Johannes wissen, als er sich daran machte, die Gurte zu lösen, die den Weihnachtsbaum auf dem Gepäckträger hielten.

»Wie stellst du dir das vor?«, fragte ich kritisch.

»Na, ganz einfach. Du verschenkst nichts Materielles, sondern ...« Er überlegte. »Gemeinsame Zeit. Oder du kochst für jemanden. Oder schreibst einen netten Brief. Etwas in der Art. Dann fällt der Geschenke-Stress schon mal weg. Und dann gehst du hin und holst dir einen Baum. Sagen wir, einen wie diesen zum Beispiel.«

»Zum Beispiel«, wiederholte ich grinsend. »Nur, dass ich diesen Baum niemals in meine Wohnung bekommen würde. Und wenn ich das richtig einschätze, dann musst auch du dir ein Loch ins Dach sägen, damit du ihn in deine Hütte bekommst. Also entweder hast du dich beim Baumkauf gehörig verschätzt, oder der Verkäufer hat dir absichtlich sein größtes Modell angedreht.«

»Hehe, nein, ich wusste schon, dass er nicht passt. Aber genau das ist ja das Gute. Perfekt ist langweilig. Ist nicht eher das, was auf den ersten Blick nicht passend erscheint, am Ende meist genau das, was einen erfüllt? Also, hol dir einen außergewöhnlichen Baum, stelle ihn in deine Lieblingsecke und schmücke ihn nur mit Dingen, die du gut findest. Wetten, dass das toll aussieht? Komm, hilf mir mal. Wir legen den Baum vor den Stall, dann hole ich eine Säge und schneide ihn oben ab.«

Unter Ächzen und Stöhnen trugen wir das stachelige Riesending vor die Stalltür, bevor Johannes hineinging und wenig später mit einer großen Handsäge und einer Axt zurückkam.

»Außergewöhnlich ist der Baum wirklich. Außergewöhnlich riesig«, keuchte ich. »Also ein Baum, der gleich die richtige Größe gehabt hätte, wäre schon praktischer gewesen.«

»Praktischer vielleicht, aber nicht so besonders.« Johannes begann, mit der Säge das obere Drittel des großen Baums abzusägen. »Die Tradition des Weihnachtsbaums liegt doch gerade darin, dass man sich etwas aus der Natur holt, was nicht perfekt ist. Früher habe ich immer selbst eine Tanne gefällt, aber in den letzten Jahren gehe ich am Weihnachtsmorgen immer zu Tony, dem Christbaumverkäufer, und suche mir einen der Bäume aus, die er nicht loswird. Tony ist in Ordnung, und er braucht das Geld, um über die Runden zu kommen. Normalerweise bekomme ich immer die Krummen und Schiefen, aber in diesem Jahr gab es nur noch diesen Lulatsch hier.«

Johannes zog noch einmal an der Säge und hatte dann den Stamm durchtrennt. »Die Herausforderung ist, einen beliebigen Baum zu *deinem* Weihnachtsbaum zu machen. Du musst ihn so zurechtstutzen und später schmücken, dass er für dich perfekt ist. Ich nehme dazu immer Christbaumschmuck, den mein Großvater noch selbst gemacht hat. Aber das kann ja jeder machen, wie er will.«

Johannes begann, einige Äste im unteren Bereich des Stamms abzuhacken, und ich merkte, dass ich ihm gerne dabei zusah. Die Ruhe, mit der er seine Arbeit tat, begann, auf mich abzufärben.

»Fertig«, sagte er, griff sich den Baum an der Spitze, stellte ihn neben sich und schaute ihn noch einmal kritisch an. »Ja, so passt er. Komm, wir gehen rein und wärmen uns auf. Dann wird geschmückt.«

Johannes trug den Baum, während ich mir meinen Koffer schnappte, und gemeinsam gingen wir in seine Hütte.

Im Inneren prasselte lodernd das Kaminfeuer, und es war so warm, dass ich mich beeilte, meine Winterjacke und die schneebedeckten Schuhe auszuziehen.

Johannes stapfte ungeniert mit seinen Stiefeln durch den Raum und stellte den Baum in einen kunstvoll geschmiedeten Christbaumständer, der bereits auf seinen diesjährigen Gast wartete.

»Sehr gut – passt«, sagte er, als der Stamm in die kleine, runde Öffnung des Ständers glitt. Geschwind zog er drei Schrauben fest, bevor auch er seine Stiefel und seine Jacke auszog.

»Schief«, war das Einzige, was ich dazu zu sagen hatte.

»Was?«, fragte Johannes, während er seinen dicken Strickpullover auszog. Kurz hob sich dabei sein T-Shirt, sodass der nackte Bauch hervorlugte.

Ohne es zu wollen, starrte ich ihn an, aber dann schaute ich schnell wieder weg und deutete auf den Tannenbaum.

»Der Baum steht schief im Ständer.«

»Schiefer Ständer?«, lachte er. »Keine Anzüglichkeiten vor unserem Weihnachtsbaum, bitte.«

Er kniete sich neben den Baum und sagte: »Okay, ich löse die Schrauben, und du justierst ihn so, dass er gerade steht. Okay?«

»Klar, Meister«, sagte ich und griff mir das stachelige Ding an der Spitze.

»Jetzt«, sagte Johannes, und ich kippte den Baum etwas nach links.

»So steht er gerade«, sagte ich. »Du kannst die Schrauben wieder festziehen.«

Nachdem der Stamm der Tanne wieder sicher im Christbaumständer fixiert war, gingen wir beide einen Schritt zurück.

»Immer noch schief«, sagte ich. »Er könnte etwas weiter nach hinten gekippt werden.«

»Findest du?«, fragte Johannes. »Ich finde, dass er gerade steht.«

»Nein, schief!«

»Hey Stadtmensch. Für jemanden, der Weihnachtsbäume scheiße findet, bist du ganz schön pingelig.« Er nahm den Baum noch einmal kritisch in Augenschein und sah dann mich an. »Das bist *du*!«

»Hä?«

»Du hältst deinen Kopf schief. Kein Wunder, dass der Baum dann nicht gerade steht.«

»Wo, bitte, halte ich meinen Kopf schief?« Ich nahm die Schultern zurück, spannte meine Beine an und hielt mich kerzengerade. »Der Baum ist schief!«

Johannes trat hinter mich, legte mir seine Hände an den Kopf und kippte ihn leicht nach links.

»So. Jetzt ist er gerade.«

»Das ist Betrug«, rief ich empört, aber ich bewegte mich nicht. Und auch Johannes rührte sich nicht, sondern hielt mein Gesicht weiter zwischen seinen Händen.

Ich zögerte. Dann aber verlagerte ich mein Gewicht nach hinten. Nur ganz leicht. Doch es reichte, um mich an Johannes anlehnen zu können.

Vorsichtig nahm er die Hände von meinem Gesicht und verschränkte sie vor meinem Bauch, wo seine Finger anfingen, mit dem Stoff meines Pullovers zu spielen. Erst streichelte er nur über die grobe Wolle, dann aber begann er, mit der einen Hand langsam den Stoff hochzuschieben, bis seine andere Hand die nackte Haut an meinem Bauch fand.

Ich zog die Luft ein, als er über meinen Nabel strich und wusste in dem Moment, dass die Mauer, die wir zwischen uns aufgebaut hatten, eingerissen worden war. Keine Ahnung, wie es zwischen uns weitergehen würde, aber das spielte jetzt auch keine Rolle. In diesem Moment zählten nur wir zwei und dass wir doch wieder zusammengefunden hatten.

Johannes' Finger, die unter meinem Pullover vor Erregung sachte zitterten, fingen an, mich schneller zu streicheln, was mich dazu brachte, mich fester an ihn zu schmiegen.

»Das mit dir ist ...« Mehr brachte ich nicht hervor. Stattdessen entfuhr mir ein leichtes Stöhnen, weil ich spürte, dass er bereits hart geworden war. Verdammt hart sogar. Impulsiv drückte ich meinen Hintern gegen seine Erektion, sodass es nun Johannes war, der aufstöhnte und sich fordernd an mir rieb.

»... so besonders?«, beendete er schließlich mit rauer Stimme den Satz, den ich nicht zu Ende gebracht hatte. »*Ich* finde es besonders. *Du* bist besonders«, hörte ich ihn sagen, und es klang eher stöhnend als sprechend. Im selben Moment schoben seine Hände meinen Pullover hoch, was mich die Arme heben ließ, und schon flog mein Strickpullover durch den Raum, ehe er vor dem schiefen Weihnachtsbaum liegen blieb.

Jetzt, wo seine Hände freies Spiel hatten, gab es für sie kein Halten mehr, und ich spürte sie überall auf meinem nackten Oberkörper. Sie suchten meine Brust, umkreisten meinen Bauchnabel, entdeckten meine kleine Narbe unterhalb der linken Achsel und fanden schließlich meine Brustwarzen, die sie zwirbelten, bis sie klein, hart und empfindlich wurden. Wie sehr ich das mochte! Mehr und mehr in die Lust getrieben zu werden, mich zusehends in Johannes' Hände zu begeben, die mich nicht nur liebkosten und zärtlich quälten, sondern mich geradezu aufzufangen schienen, gab mir das Gefühl von Ankommen.

»Johannes, du ...« Ich stöhne auf, als er fester zukniff. »... tust mir gut«, sagte ich, und obwohl er meine Worte unkommentiert ließ, verstand ich seine stille Antwort eines Kusses auf die Wange. Zufrieden schloss ich meine Augen und spürte, wie seine leicht rauen Hände, die vorhin noch so bedächtig den Baum zurechtgeschnitten hatten, jetzt gänzlich ruhelos geworden waren. Ungeduldig, als könnten sie nicht schnell genug an ihr Ziel kommen, wanderten sie von den Nippeln hinunter zu meiner Jeans.

Er murmelte meinen Namen, und ich war mir recht sicher, dass ich auch seinen hauchte, als sich eine seiner Hände am Gürtel zu schaffen machte, während die andere durch die Jeans nach meiner Beule suchte.

»Ich habe dich vermisst«, raunte er, als er endlich fand, was er suchte, und er meinen Schwanz durch den dicken Stoff massierte. »Wie konnten wir nur so dumm sein ...«, sagte er, doch weiter kam er nicht. Denn nun hatte er es geschafft, meine Hose zu öffnen. Beherzt griff er hinein, und ich keuchte auf, als er nach meinen Penis tastete, ihn zu greifen bekam und ihn fest am Schaft umfasste. Ohne, dass ich es kontrollieren konnte, schob sich mein Becken vor und zurück, sodass sich mein Schwanz in seiner Hand zur vollen Größe aufrichtete. Geschickt zog Johannes meine Vorhaut zurück, ohne dabei meinen Ständer loszulassen und massierte dann mit der anderen Hand die freigelegte Eichel. Ich wiederum schloss meine Augen, legte meinen Kopf gegen seine Schulter und begab mich gänzlich in die Lust des Augenblicks.

Ich wusste nicht warum, aber plötzlich kam mir das, was wir gerade taten, so intim, so liebend vor, dass mir bewusst wurde, wie sehr ich Johannes vermisst hatte. Obwohl wir doch eigentlich weder lange zusammen, noch lange getrennt gewesen waren.

»Ich will dich nicht überfahren ...«, stöhne ich atemlos und stieß dabei weiter meinen Schwanz in seine Faust.

»Sssssst! Du musst nichts sagen«, erwiderte er, fuhr mit dem Finger über das Loch an meiner Eichel und verrieb den Lusttropfen auf der empfindlichen Haut.

»Doch. Sonst verlässt mich der Mut. Ich habe die Großstadt und meinen Job so satt. Ich will das nicht mehr. Ich will mit dir zusammen sein.«

Jetzt war es raus.

Unvermittelt ließ Johannes meinen Schwanz los, und mein Herz schien das Schlagen zu vergessen. Ich hatte Johannes also doch mit meinem Geständnis überrumpelt.

Verflucht, Nils,! begann ich sofort, mich selbst niederzumachen. Du weißt doch, dass es besser ist, die Klappe zu halten, sich zu nehmen, was man will und dann schnell wieder abzuhauen. Warum musstest du ausgerechnet jetzt, beim Sex, mit deinem Gefühlschaos daherkommen?

Johannes drehte mich um und sah mir in die Augen.

Gerade, als ich etwas Beschwichtigendes sagen wollte – *Keine Verpflichtungen ... Du musst nichts darauf antworten ... Vergiss es einfach!* –, legte sich ein Lächeln auf sein Gesicht. Seine Augen funkelten mich an, als er sagte: »Kühe zu melken, ist nicht schwer. Du wirst schon sehen: Aus dir machen wir im Handumdrehen einen richtigen Dorftrottel.«

Schien mein Herz gerade noch mit der Arbeit aufgehört zu haben, so verdoppelte es jetzt seine

Anstrengungen und schien mir aus der Brust springen zu wollen. Dieser Kerl war einfach nur der Hammer. Ich mochte seinen Sinn für Humor, mit dem er unseren Gefühlen eine Leichtigkeit gab, ohne dass er sie ins Lächerliche zog. Genauso, wie ich es mochte, dass er stark, groß und männlich war, sich aber dennoch nicht scheute, Schwächen preiszugeben.

Fest drückte er seine Lippen gegen meine, und während unsere Zungen sich wild umkreisten, schob er mich durch den Raum bis an den Esstisch, zog mir die Hose von den Hüften und setzte mich dann auf die Tischplatte. Die grobe Decke kitzelte an meinem nackten Hintern, doch das bemerkte ich nur kurz, da ich meine Augen nicht von Johannes nehmen konnte. Er zog sich sein T-Shirt über den Kopf und warf es durch den Raum, wo es neben meinem Winterpulli niederfiel.

Einen Moment lang blieb Johannes stehen, und wir betrachteten uns gegenseitig. Seine breite Brust hob und senkte sich mit jedem Atemzug, seine Adern pochten, als würden sie innerlich entflammen, und seine feine Bauchbehaarung kräuselte sich verführerisch und wies den Weg tiefer, hin zu seinem Schritt, wo sich durch die Hose deutlich seine Erektion abzeichnete.

Wie es aussah, spürte er meinen Blick auf seinen Lenden, denn mit einem Mal drückte sich sein Schwanz noch fester gegen die unbequeme Jeans, als wolle er von innen den Stoff durchstoßen. Nicht einen einzigen Moment ließ er mich aus den Augen, während er hastig seine Hose öffnete und sie sich dann, ungelenk tanzend, erst von einem Bein und dann vom anderen zog.

Obwohl es unbeholfen wirkte, wie er sich abmühte, aus seiner Hose zu kommen, musste ich nicht lachen. Nein, denn selbst jetzt sah er verdammt sexy aus. Ohnehin hatte ich nur Augen für seine Boxershorts, in denen ich seinen Penis aufrecht stehend zucken sah. Wie verführerisch sein Schwanz doch war! So unbändig, wild und fordernd. So kräftig. Und genauso kräftig spürte ich nun den Drang, ihn zu berühren.

Komm schon her, dachte ich, und als es endlich so weit war, als er seine Hose samt Socken ausgezogen hatte und nackt vor mir stand, sagte er: »Wenn du willst, kannst du hier bleiben.«

Kurz sah ich ihn ratlos an, weil ich nicht wusste, was er meinte. Wollte er, dass ich heute blieb? Oder über Weihnachten? Vielleicht bis Neujahr? Oder sogar länger? Für immer?

Gerade als ich ihn fragen wollte, was er damit hatte sagen wollen, beschloss ich, dass ich es gar nicht wissen wollte. Ich konnte bleiben. Das zu wissen, reichte mir. Die Zeiten, in denen ich jeden meiner Schritte vorher genau durchgeplant hatte, würden ab jetzt vorbei sein. Endgültig vorbei. Und spätestens, als Johannes meine Beine auseinanderschob und sich lüstern meinen Schwanz ansah, wollte ich ohnehin nicht mehr, dass sein Mund sprach.

Ich rückte weiter vor an die Tischkante, lehnte mich nach hinten und stützte mich auf meine Unterarme, woraufhin Johannes sich zu mir hinunter beugte, sodass sich mein Schwanz nun direkt vor seinem Mund aufbäumte.

Sacht begann er, ihn zu küssen. Erst den Schaft, dann den Rand der Eichel und schließlich die Spitze.

Von der Lust gepackt, wagte ich es kaum noch, zu atmen. Er war so toll, so gut, und wie kaum ein anderer zuvor, wusste er, wie er mich nur mit seiner Zunge aus der Fassung bringen konnte. Reflexartig hob ich mein Becken, und Johannes öffnete seinen Mund, sodass mein Schwanz hineinglitt und er ihn fest mit seinen Lippen umschließen konnte.

»Jaaa!«, stöhnte ich auf, während er seine Lippen immer schneller über meinen Schaft gleiten ließ und mit seiner Hand begann, mir die Eier zu kneten. Ich schaute zu Johannes hinunter und sah seinen Kopf mit den dunklen Haaren zügellos zwischen meinen Beinen auf und ab gleiten – so, als wollte er alles von mir für immer in sich aufnehmen. Bildete ich es mir nur ein, oder war es mehr als nur ein geiles Blasen? Konnte man einen Schwanz so lutschen, dass es sich wie eine Liebeserklärung anfühlte?

Ja, man konnte. Johannes konnte es. Und der ebenso verrückte wie beglückende Gedanke ließ meinen Atem noch schneller werden, als er ohnehin schon war. Stoßweise sog ich die Luft ein und stieß sie wieder aus. Lange würde ich nicht mehr warten können, das merkte ich. Wahrscheinlich hatte sich bereits eine Menge Vorsaft gebildet, und die Vorstellung, dass Johannes ihn gerade ableckte, ließ mich fast schon kommen.

»Warte«, sagte Johannes und hörte augenblicklich mit dem Blasen auf. »Noch nicht!«

»Zu spät«, fluchte ich und fühlte den Orgasmus schon nach vorne preschen. Mit aller Kraft versuchte ich, ihn noch zurückzuhalten, ehe sich mein Schwanz abrupt zusammenzog und ein erster Schwall aus meiner Eichel kam.

»Verdammt«, sagte ich ärgerlich. Aber dann, gerade als ich dachte, dass sich der Höhepunkt der Lust nicht weiter bremsen ließ, zog sich der Orgasmus doch noch einmal wie gewollt zurück.

»Das war knapp.« Johannes grinste und wartete einen Moment, bis er sich sicher sein konnte, dass ich nicht doch noch kommen würde. Dann beugte er sich vor und leckte mir das Sperma von der Eichel, bevor er sich aufrichtete und mich küsste.

»Komm«, sagte er dann und zog mich vom Tisch, bevor er zu einem der Holzbalken ging, die im Raum standen und die Decke stützten. Einladend stellte er sich mit dem Rücken zu mir vor einen der massiven Balken, zog seine Boxershorts aus, nahm die Hände hoch und hielt sich am Holz fest.

Sein praller Hintern, auf dem ein feiner Flaum seiner dunklen Haare zu sehen war, zog mich magisch an. Trotzdem bemühte ich mich, ihn erst einmal zu ignorieren. Statt mich gleich an ihm zu verlustieren, stellte ich mich ganz dicht hinter Johannes, küsste seinen Nacken, schlang einen Arm um seine Taille und griff nach seinem Ständer.

Johannes stöhnte auf und drückte seinen Hintern beinahe schmerzhaft gegen meine Latte, während ich anfing, ihm seinen Schwanz zu wichsen. Dabei wanderte mein Mund über seinen breiten Rücken, und ich sog seinen markanten Geruch ein. Eine erdige Mischung aus Tanne und verschwitzter Männlichkeit.

Mittlerweile kniete ich am Boden, sodass sich sein muskulöser Hintern direkt vor meinem Gesicht befand, und es sah aus, als würde er vor Vorfreude vibrieren.

Ich will ihn, dachte ich. Will ihn dazu bringen, dass er nur an mich denkt. An mich und meinen prallen Schwanz. An uns. Und dass er dabei *Fick mich!* ruft. Und weiß Gott, er würde *Fick mich!* rufen. So viel war sicher.

Mit beiden Händen griff ich nach seinen Backen und knetete sie, bevor ich sie auseinanderzog und die kleine, feuchte Rosette betrachtete, die vor meinem Mund zuckend tanzte. Unbewusst leckte ich mir über die Lippen, bevor ich meine Zunge oben, an der Spalte zwischen den Backen, platzierte und mich dann mit reichlich Spucke immer weiter hinunter wagte, bis ich schließlich an den Rand seiner Öffnung gelangte.

»Ja«, stöhnte er und schob seinen Hintern gegen mein Gesicht, während ich mit angespannter Zunge in ihn eindrang und mich leckend in ihm ausließ.

»Fick mich!« forderte er, und ich musste grinsen, weil ich nicht damit gerechnet hatte, dass er es so schnell rufen würde. Doch mir war es recht. Auch ich wollte endlich in ihm sein. Ihn spüren, ficken, lieben. Also erhob ich mich, stellte mich wieder hinter ihn und ließ seinen geilen Hintern wissen, dass mein Schwanz parat stand. Resolut drückte ich mich an ihn und griff mir seinen harten Penis.

»Ich wichs ihn dir beim Ficken«, sagte ich, um dann doch noch einmal in der Bewegung zu erstarren.

»Ist das die Rache dafür, dass ich beim letzten Mal die lahme Klassik-CD aufgelegt habe?«, fragte er und bewegte seine Lenden rhythmisch vor und zurück, um seinen Schwanz in meiner Hand zu stimulieren. »Glaub mir, jetzt würde ich den schnellsten, härtesten Metal auflegen. Also denk dir die Musik, Nils. Los, mach schon!«

»So flehend kenne ich dich gar nicht. Aber gut so!«, trieb ich ihn an und spürte, wie sein Ständer in meiner Hand pulsierte, während er versuchte, seine Rosette gegen meine Erektion zu drücken.

Eigentlich wollte ich ihn noch ein bisschen zappeln lassen, aber ich hielt es nicht länger aus. Also suchte ich mit meiner freien Hand nach seiner Öffnung, fingerte kurz an ihr herum, bevor ich meine Eichel vor sein Loch setzte und dann endlich zustieß.

Zuerst verkrampfte sich Johannes, und sein Muskel zog sich fest um meinen Schwanz, dessen Eichel bereits seine Rosette passiert hatte. Doch dann erhöhte ich die Geschwindigkeit, mit der ich ihn wichste, und mit jedem stöhnenden Laut, den Johannes dabei ausstieß, schob ich mich ein wenig tiefer in ihn hinein.

Noch immer zog sich sein Schließmuskel eng um meinen Ständer, aber Johannes genoss es spürbar und trieb mich mit seiner Lust dazu, schneller zuzustoßen.

»Verdammt, ist das gut!«, rief er, als ich immer heftiger zustieß. Fest und fester und noch fester. Und gerade als ich glaubte, mich zügeln zu müssen, schrie Johannes: »Härter!«

Geil und seltsam war es. Denn je wilder ich ihn ritt, und je mehr wir uns beide gehenließen, umso mehr spürte ich, wie glücklich wir uns schätzen konnten, dass der Schnee mich nicht hatte ziehen lassen. Jeder Stoß, jede Berührung, jeder Lustschrei erinnerte mich daran, dass ich Johannes bereits aufgegeben hatte. Und er mich.

Stöhnen. Seufzen. Und ein letztes Schreien, ein letzter Stoß, dann fühlte ich, dass sich meine Erregung nicht mehr aufhalten ließ. Pumpend spritzte ich Johannes den ersten Schwall meiner Lust in seinen bebenden Körper, und während sich die zweite Ladung seinen Weg bahnte, fühlte ich mich frei, stark und so lebendig wie schon lange nicht mehr. Gleichzeitig spürte ich, wie Johannes' Schwanz in meiner Hand ein letztes Mal pulsierte, ehe auch er atemlos nach Luft schnappte und ich sein Sperma in mehreren Schüben auf die Holzdielen spritzen sah.

»Johannes, ich habe mich in dich verliebt«, keuchte ich, während ich noch in ihm steckte und ohne darüber nachgedacht zu haben.

Doch wozu denken? Ich fühlte es, und es fühlte sich bombastisch an.

Kapitel 23

Es hatte aufgehört, zu schneien, und die Sonne bahnte sich ihren Weg durch die grauen Schneewolken. Fasziniert blickte ich aus dem kleinen Seitenfenster und wurde geblendet vom glitzernden Schnee, der die Berge, die Alm und das Tal in ein Winterwunderland verwandelt hatte.

Plötzlich hörte ich ein Poltern. Dann ein Fluchen.

Neugierig drehte ich mich zu Johannes um, doch von ihm war nur der knackige Jeans-Hintern zu sehen, der aus dem großen Bauernschrank hervorlugte. Der Rest von ihm steckte in einem der unteren Fächer und suchte verzweifelt wühlend nach der Kiste mit dem Christbaumschmuck.

»Verdammt«, fluchte Johannes, und es polterte noch einmal, als er sich erneut den Kopf an dem Regalbrett über ihm anstieß. Irgendetwas nuschelnd kam er dann wieder aus dem Schrank hervor und hielt triumphierend eine große, alt aussehende Pappschachtel in der Hand.

»Kannst du mir mal verraten, warum der Schmuck jedes Jahr woanders hinwandert?«

»Äh, nein«, sagte ich und sah, dass sich eine dicke, graue Staubschicht auf seine dunklen Haare gelegt hatte. »Aber scheinbar bist du beim Suchen um Jahre gealtert. Oder der Sex mit mir war so kräftezehrend«, fügte ich grinsend hinzu.

Ratlos zog er die Schultern hoch und sah mich fragend an. Ich tippte erst gegen meine Haare und zeigte dann auf ihn. »Sieht so aus, als müsstest du den Schrank auch mal von innen abstauben.«

Johannes wuschelte sich durch die Haare und sah den kleinen Staubflocken zu, wie sie im hellen Sonnenlicht zu Boden schwebten. Lachend begann er *Leise rieselt der Schnee* zu summen, während er seinen Karton nahm und ihn dann zum Tannenbaum schleppte.

»Den Schrank benutze ich nur selten. Vielleicht brauchst du das Fach für deine Sachen? Dann kannst du vorher kurz mit dem Lappen durchgehen«, sagte er und nahm den Deckel der Weihnachtskiste ab.

Auch wenn ich in meinem Leben nicht mehr alles planen wollte, so freute ich mich jetzt doch, dass Johannes gedanklich bereits Platz für meine Sachen machte.

Er hat es also ernst gemeint, dachte ich. Er will mich wirklich bei sich haben.

»Als erstes muss der Engel auf die Spitze«, sagte er und hielt eine kleine Puttenfigur in die Höhe. Sie bestand aus Holz, war in ein kunstvoll besticktes dunkelgrünes Samtkleid gehüllt und musste mit besonderer Vorsicht behandelt werden, da ihre Flügel fein geschnitzt und besonders filigran waren.

»Kommt der Engel nicht immer erst zum Schluss auf den Baum? Dann, wenn alles fertig ist?«

»Nicht bei uns«, sagte er. »Hier bitte.«

Er reichte mir die zerbrechliche Holzfigur, ich stellte mich auf die Zehenspitzen und platzierte die Putte ganz oben auf dem Weihnachtsbaum.

»Voilà, geschafft!«, sagte ich. »Sitzt zwar etwas un-konventionell auf dem Baum, aber eine schiefe Tanne kann auch keine gerade Spitze haben.«

Johannes legte mir eine Hand in den Nacken und wackelte wieder mit meinem Kopf, bevor er mich an sich zog und mir einen Kuss gab.

»So, jetzt ist alles wieder gerade«, sagte er. »Also dann mal ran an die restlichen Schätze!«

Vorsichtig gruben wir unsere Finger in die alte Pappschachtel und bargen ein Juwel nach dem anderen. Selbstgeschnitzte Holzanhänger – Tannenbäume, Äpfel, aber auch kunstvolle Maria- und Josef-Figuren, der Ochs, der Esel und das Christuskind in der Krippe –, Strohsterne, mundgeblasene Christbaum-kugeln in den schillerndsten Farben und diverse schmucke Halter für Wachskerzen.

Wahrscheinlich sah ich gerade recht bescheuert aus, denn ich lächelte rührselig vor mich hin und konnte gar nicht mehr damit aufhören. Der Geruch der verstaubten Pappkiste und des alten Zeitungs-papiers, in dem der Baumschmuck sorgfältig einge-wickelt gewesen war, hatten mich an früher erinnert. An die Zeit, als ich als kleiner Junge zusammen mit den Eltern am Weihnachtsnachmittag genau dasselbe getan hatte wie jetzt mit Johannes. Einen Kopf größer vor Stolz hatte ich beim Schmücken helfen dürfen, ehe ich in meinem Zimmer auf das Glöckchenläuten des Christkinds gewartet hatte.

Lang, lang ist es her, dachte ich, als Johannes und ich eine halbe Stunde später händehaltend vor dem fertig geschmückten Weihnachtsbaum standen.

»Sehr schön«, sagte ich ergriffen, als wir unser Werk bewunderten. Johannes hatte nicht übertrieben, als er mir von seinem Weihnachtsritual berichtet hatte.

Es fühlte sich ganz wundervoll an, einen nicht perfekten Baum zu seinem eigenen, dann aber doch perfekten Weihnachtsbaum zu machen.

»Ich finde ihn auch schön«, sagte Johannes. »Der erste gemeinsame Weihnachtsbaum von Nils und Johannes. Klingt schön, oder?«

Ich nickte, konnte aber nichts sagen. Verstohlen wischte ich mir über die Augen und ging geschwind zum Fenster, um mich abzulenken. Schließlich schien ich seit neuestem etwas zartbesaitet zu sein, und ich wollte jetzt wirklich nicht vor Johannes losheulen.

»Da kommt Kira«, rief ich und merkte, dass meine Stimme belegt klang. Schnell räusperte ich mich, als Johannes hinter mich trat und mir über die Schulter sah.

Die Wolfshündin sprang mit weiten Sätzen durch den feinen Schnee und rannte auf die Hütte zu.

»Wo war sie denn überhaupt?«, wollte ich wissen.

»Keine Ahnung«, sagte er. »Aber sie lässt sich vom Schnee nicht von den täglichen Erkundungstouren in ihrem Revier abhalten.«

Johannes öffnete die Tür, und die Wolfshündin stürmte in die Hütte. Überschwänglich begrüßte sie zuerst Johannes. Anschließend kam sie auf mich zugerannt und drückte ihr nasses, an den Spitzen mit Eisklumpen besetztes Fell gegen meine Beine. Während ich sie streichelte, beäugte sie kritisch unseren Weihnachtsbaum. Dann, als sie genug Streicheleinheiten bekommen hatte, lief sie misstrauisch auf den Baum zu, schnupperte an ihm und zog sich schließlich, betont desinteressiert, auf das Fell vor den Kamin zurück.

»Sie scheint unseren Baum nicht zu mögen«, sagte ich augenzwinkernd zu Johannes.

»Kira sind alle Weihnachtbäume suspekt«, erwiderte er. »Das war schon immer so, frag mich nicht, weshalb.«

Belustigt sah ich zu Kira, die sich vor dem Kamin eingerollt hatte und sich vom Feuer trocknen ließ.

»Der Baum ist geschmückt. Was steht als nächstes auf dem Programm?«, fragte ich einsatzbereit.

»Wir sollten uns überlegen, was wir heute Abend essen wollen«, schlug Johannes vor, als von draußen das Motorengeräusch eines Schneemobils zu hören war.

»Erwartest du Besuch?«, fragte ich.

»Nein«, antwortete Johannes.

Gemeinsam gingen wir zur Tür, um zu sehen, wer dort gerade vom Schneemobil kletterte.

»Tanja? Kai?«, rief ich. »Was macht ihr denn hier? Und hat hier eigentlich jeder so ein Schneeding in der Garage?«

Tanja, die dieses Mal als Beifahrerin hinter Kai gesessen hatte, kletterte als Erste von dem eigentümlichen Motorschlitten, der dem von Johannes nicht unähnlich zu sein schien. Er sah lediglich ein wenig neuer aus.

»Hallo ihr beiden«, sagte Tanja, als sie mit ausgebreiteten Armen auf uns zu humpelte. Nacheinander drückte sie uns so fest an ihr Herz, dass ich, als sie mich begrüßte, fast keine Luft mehr bekam. Noch vor ein paar Tagen hätte ich geschworen, dass mich Tanja niemals so überschwänglich drücken würde, aber in der Zwischenzeit war ja auch viel passiert.

»Nils, um auf deine Frage zurückzukommen«, dozierte Tanja im Lehrerinnen-Ton, den sie wohl nie ganz ablegen würde: »Punkt eins: Wir wollten nach dir sehen, weil wir wussten, dass der Pass gesperrt ist.

Punkt zwei: Ja, viele Leute im Dorf haben ein Schneemobil. Nur ein solches Gefährt ermöglicht es uns, bei starkem Schneefall weiterhin mobil zu bleiben.« Sie blickte in den Himmel und sagte dann im normalen Ton: »Ein Wunder, dass es die Sonne heute noch geschafft hat.«

Nun kam Kai auf uns zu. Er hatte einen großen Edelstahltopf und eine Tragetasche mit einem grinsenden Weihnachtsmann aus einer Metallbox genommen, die auf dem Gepäckträger seines Schneemobils befestigt war.

»Eigentlich hatten wir dich in deiner Pension vermutet, Nils«, sagte er nach der Begrüßung. »Aber dort warst du nicht mehr. Zum Glück hat der Wirt gesehen, dass Johannes dich abgeholt hat.« Er hielt den Topf und die Tragetasche in die Höhe. »Hier sind wir, und wir haben Geschenke mitgebracht.«

»Geschenke?«, fragte ich kleinlaut. »Das wäre doch nicht nötig gewesen und vor allem … Ich habe gar nichts, was ich euch schenken könnte.«

»Denk an meinem Weihnachtsbrauch«, flüsterte Johannes mir zu. »Geschenke sind nicht alles.« Er zwinkerte mir zu und sagte dann laut: »Kommt rein, Leute! Drinnen ist es warm. Ich mache eine Kanne von Niemeyers Winterzauber. Der wird uns allen guttun.«

»Aber für mich bitte ohne den Geist deines Großvaters«, rief ich ihm nach, woraufhin Kai mich fragend ansah. »Ich kann dir nur raten, ihn ebenfalls ohne Großvaters Medizin zu trinken«, raunte ich ihm zu. »Anderenfalls erlebst du den Heiligen Abend nicht mehr.«

Gemeinsam gingen wir in die Hütte, und während Tanja und Kai ihre dicken Jacken und Schneeschuhe auszogen, stellte Johannes seinen alten Wasserkessel auf das Feuer.

»Kira«, rief Tanja in einer Mischung aus Freude und Skepsis, doch die Wolfshündin rührte sich kaum. Schläfrig hob sie ihren Kopf und öffnete nur eins ihrer Augen. Tanja nahm Kai die Weihnachtsmann-Tasche ab und kramte mit viel Geknister in ihr herum, bis sie fand, was sie gesucht hatte: einen großen Knochen.

»Bitte schön. Der ist für dich, Kira! Weil du mich gerettet hast.« Tanja blieb stehen, wo sie war und warf Kira ungeschickt den Knochen zu. Sofort riss die Wolfshündin beide Augen auf und beschnupperte zuerst misstrauisch Tanjas Geschenk, bevor sie dann freudig eine ihrer Vorderpfoten auf den Knochen legte und anfing, knackend auf ihm herumzukauen.

»Ich stelle den Topf auf den Herd«, sagte Kai zu Johannes. »Tanja hat viel zu viel Braten für die Feiertage gemacht. Da haben wir euch kurzerhand ein großes Stück abgeschnitten.«

»Klasse«, sagte Johannes. »Dann muss Nils heute doch nicht kochen.«

»Kochen?«, fragte ich und dachte an die vielen Flyer der Lieferfirmen, die bei mir in Berlin an meinem übergroßen, aber leeren Edelstahlkühlschrank hingen. »Vielen Dank, ihr habt mich gerettet«, lachte ich und lugte kurz in den Topf, woraufhin mir gleich ein köstlicher Bratenduft in die Nase zog.

Tanja holte den Rest der Geschenke aus ihrer Plastiktüte, während ich den Topf wieder schloss.

»Johannes, hier sind die Plätzchen, die ich dir geschenkt habe. Ich nehme es dir nicht übel, dass du die Blechdose nicht mitgenommen hast, als du neulich so überstürzt das Wirtshaus verlassen hast.

Gerda, die Wirtin, hat mir die Dose vorhin vorbeigebracht und sich scheinheilig nach meinem Befinden erkundigt. Stell dir vor – dabei hat sie immer wieder versucht, einen Blick ins Haus zu werfen. Diese falsche Schlange!«

»Tanja«, sagte Kai gespielt empört. »Es ist Weihnachten, also liebe deine Mitmenschen.«

Zu meinem Erstaunen wurde Tanja tatsächlich etwas rot und wühlte schnell weiter in ihrer Tragetasche.

»Dann habe ich hier noch zwei Paar selbstgestrickte Socken. Stricken hatte ich mir als neues Hobby ausgesucht, nachdem ich nicht mehr Autofahren konnte. Aber ganz ehrlich: Spaß hat mir das Stricken nie gemacht«, sagte sie und kicherte. »Trotzdem hoffe ich, dass euch die Socken passen und dass sie euch …«

Ein lautes Klopfen an der Tür unterbrach Tanja, und wir drehten uns zum Eingang um. Kira schnappte sich ihren Knochen und verzog sich unter die Eckbank.

Ich schaute Johannes an, aber er zuckte nur mit den Achseln und rief mir zu: »Mach mal auf! Ich mische gerade den Winterzauber.«

Gespannt lief ich zur Tür und öffnete.

»Dr. Heise?«, riefen Tanja, Kai und ich im Chor, als wir sie in einem Fifties-Mantel mit Leopardenmuster vor uns stehen sahen.

»Gaby«, entgegnet sie und lief mit ihren kniehohen Gummistiefeln in die Hütte. »Ich habe Urlaub und überfalle euch an Weihnachten, also bin ich für alle heut' die Gaby.«

»Was machen Sie denn hier … Gaby?«, fragte ich. »Hat man Ihren Flug auch gestrichen?«

»So ein Elend. Nein, die Überseeflüge wurden nicht abgesagt, aber ich bin nicht aus dem Tal herausgekommen. Bye, bye Südsee, willkommen Schnee!«, sagte sie. »Aber egal. Jedenfalls habe ich Tanja und Kai an meiner Praxis vorbei in diese Richtung fahren sehen, und da dachte ich mir: Schau doch auch mal kurz vorbei und wünsche allen ein frohes Weihnachtsfest.«

»Setz dich doch«, sagte Johannes und küsste Gaby auf beide Wangen. »Winterzauber?«

»Gerne. Mit einem doppelten Schuss von Großvaters Medizin, bitte! Ich brauche dringend etwas, das mir die Südsee herzaubert.«

Johannes verteilte den Winterzauber auf die Tassen, nicht ohne in die von Dr. Heise einen großzügigen Schluck aus der Flasche mit dem klaren Inhalt zu gießen.

»Neiiiin, ich will vorne sitzen! Geh sofort runter!«, drang eine helle Kinderstimme von draußen zu uns herein.

»Ich war zuerst da, also sitzt du hinten!«, antwortete dieselbe Stimme. Oder zumindest hörte sie sich genauso an.

Tanja verdrehte die Augen und stöhnte. »Die Zwillinge! Johannes, gib mir auch einen Schluck von Großvaters Wundermedizin.«

Johannes lächelte und goss Tanja ebenfalls einen Schluck in die Tasse, bevor er die Flasche auf den Tisch stellte.

»Bedient euch«, grinste er in die Runde.

»Carl und Jo, runter da!«, hörten wir jetzt Franzi gedämpft rufen. »Kann man euch denn nicht eine Sekunde aus den Augen lassen?«

Neugierig schaute ich aus dem Fenster und sah, wie einer der beiden Zwillinge auf dem Schneemobil saß, mit dem Tanja und Kai gekommen waren, während der andere versuchte, ihn herunterzuziehen. Franzi kam sichtlich abgekämpft mit ihrem Mann über die schneebedeckte Alm und lief auf die Rabauken zu.

»Mama, Jo sitzt auf dem Schneemobil, aber ich habe es zuerst gesehen und gesagt, dass ich mich …«

»Du warst zu langsam!«, rief Jo dazwischen und streckte Carl Junior die Zunge raus.

»Kommt da runter, alle beide«, rief Franzi noch einmal. »Das Schneemobil gehört uns nicht. Spielt auf dem von Johannes.«

»Neiiiin, das von Johannes ist uralt. Ich will auf diesem sitzen. Können wir mal mitfahren?«

Inzwischen hatte Kai seine Stiefel und Jacke wieder angezogen und trat ins Freie.

»Hallo, Jungs«, rief er. »Ich fahre euch, wenn es eure Eltern erlauben.«

»Ja, cool! Mama, bitte, bitte, bitte«, sagte Jo.

»Ich sitze aber nicht hinter dir! Du stinkst!«, sagte Carl Junior zu seinem Zwillingsbruder.

Inzwischen waren Franzi und Carl Senior bei den Kids angekommen und begrüßten Kai.

»Kai ist Rennfahrer«, erklärte Franzi den Zwillingen. »Also haltet euch auf jeden Fall gut fest.«

Ich hörte, dass Besorgnis in ihrer Stimme lag, also rief ich: »Hey, Franzi! Hallo Carl! Kommt rein. Es gibt Winterzauber! Und selbstgebackene Plätzchen.«

Franzi warf noch einen ängstlichen Blick auf das Schneemobil, auf Kai und auf ihre Jungs. Aber ihr Mann schob sie weiter in die Hütte.

Kurz darauf hörten wir, wie das Schneemobil angelassen wurde und die Jungs vor Euphorie zu johlen anfingen, bevor sich das Gefährt mit einem Höllenlärm davonmachte.

Als wir zurück in die Hütte gingen, unterhielten sich Dr. Heise und Tanja angeregt und ein kleines bisschen zu laut. Großvaters Medizin schien bereits seine Wirkung zu entfalten.

»Hallo, Johannes«, sagte Carl zu seinem Bruder und wandte sich danach mir zu: »Hallo, Nils! Schön, dass du auch da bist.«

Franzi gab ihrem Mann einen leichten Stoß in die Rippen.

»Äh ... ja.« Carl räusperte sich zwei Mal, bis er seine Stimme wiedergefunden hatte. »Ich bin hier, um mich ganz offiziell bei euch beiden zu entschuldigen. Es tut mir leid, dass ich so ein sturer Hornochse war und so verbissen an dem Golfhotel festgehalten habe. Wenn ihr nicht gewesen wärt, dann ... dann ...«

Anstatt etwas darauf zu antworten, machte Johannes einen Schritt auf Carl zu und umarmte ihn herzlich.

»Ist ja alles noch mal gut ausgegangen«, sagte Johannes schließlich und blickte dann zu Franzi und mir. »Dank Franzi und dank Nils. Wir waren *beide* sture Hornochsen. Ochsen-Brüder, quasi.«

»Eines wollte ich dir aber noch versichern«, sagte Carl. »Von mir wusste Agnes nicht, dass ihr beiden ...« Er überlegte kurz und sagte dann: »Na ja, du weißt schon. Wirklich nicht. Im Rathaus hatte ich zwar große Töne gespuckt«, Carl sah mich verlegen an, »etwas in der Art, dass Johannes' Unterschrift nur noch reine Formsache sei und ich ihn zum Unterzeichnen bringen würde. Aber, Johannes, ich wollte dir lediglich eine höhere Beteiligung anbieten. Du musst mir glauben, dass ich dich nie verraten habe. Bitte! Wir sind doch Brüder, wir halten doch zusammen.«

»Passt schon. Schwamm drüber«, sagte Johannes und klopfte ihm auf die Schulter.

»Seid ihr jetzt zusammen?«, fragte Franzi unverblümt und sah dabei erst mich und dann Johannes an.

»Ja«, antwortete Johannes ohne das geringste Zögern. »Wenn Nils will, kann er so lange hier bleiben, wie er möchte.«

»Klasse«, rief Franzi und umarmte mich. »Dann rechnen wir zuerst mit diesem hinterhältigen von Galen ab, um uns dann ganz dem Hotelprojekt zu widmen. Wir brauchen dazu übrigens dringend jemanden mit deiner Erfahrung, Nils. Ich habe bereits die ganze Nacht hilflos über den Plänen gebrütet. Also, du musst unbedingt …«

»Franzi, jetzt lass den armen Nils doch erst einmal ankommen«, durchbrach Carl den Redefluss seiner Frau, aber ich grinste Franzi an und hob den Daumen. *Klar, das machen wir.*

Erneut drang von draußen der Motorenlärm des Schneemobils zu uns in die Hütte.

»Gott sei Dank, sie sind wieder da«, sagte Franzi und setzte sich zu Dr. Heise auf die Eckbank. »Lange waren die Jungs aber nicht weg«, wunderte sie sich noch, als es auch schon an der Tür klopfte. Rhythmisch, aber ohne übermütiges Kindergeschrei. Also, Jo und Carl Junior waren *das* nicht.

»Hier geht es ja zu wie in einem Taubenschlag«, wunderte sich auch Tanja. »Hast du immer so viel Besuch an Heiligabend?«

»Das liegt an Nils«, sagte Johannes und sah mich lächelnd an. »Er wohnt zwar erst seit ein paar Stunden hier, aber schon jetzt ist es mit dem beschaulichen Leben auf der Alm vorbei. Am besten schaust du also nach, wer vor der Tür steht, Nils.«

Ein wenig beschämt zuckte ich mit den Schultern, denn ich hatte eigentlich nicht vorgehabt, Johannes' Leben gleich am ersten Tag auf den Kopf zu stellen. Andererseits hatte ich niemanden eingeladen, also war es nicht meine Schuld, dass so viele Leute kamen, beruhigte ich mich und öffnete die Tür.

»Lisa«, rief ich. »Hi!«

»Wo ist denn Johannes?«, platzte es aus ihr heraus. »Und Kira? Ich habe ihr etwas mitgebracht.«

»Johannes, diesmal ist der Besuch nur für dich«, rief ich amüsiert und sagte dann zu Lisa: »Kira ist drinnen. Komm rein.« Lisa stürmte an mir vorbei in die Hütte.

»Schatz, du kannst doch nicht einfach ...«, rief ihr die blonde Frau hinterher, mit der sie gekommen war.

»Entschuldigen Sie bitte meine Tochter«, sagte sie und schaute Lisa sorgenvoll nach. »Ich bin die Mutter von Lisa«, stellte sie sich vor, aber das wäre gar nicht nötig gewesen. Denn sie sah aus wie eine ältere Version von Lisa.

»Ich bin Nils«, erwiderte ich und gab ihr die Hand.

»Es tut mir leid, dass wir Sie überfallen, aber Lisa wollte unbedingt dem Wolf – oder war es ein Hund? – sein Weihnachtsgeschenk bringen.«

Ich schaute mir Lisas Mutter an und wunderte mich. Nach den Erzählungen aus der Therapiesitzung hätte ich erwartet, dass Lisa ein Ungeheuer zur Mutter hatte. Aber anstatt eines vierköpfigen Teufels mit Reißzähnen stand eine attraktive Frau Anfang vierzig vor mir, die wahrscheinlich noch viel jünger gewirkt hätte, wenn sie nicht so abgespannt ausgesehen hätte.

»Kommen Sie doch herein«, bot ich ihr an, aber sie winkte schnell ab.

»Nein, nein, nein. Wir wollen Sie auf keinen Fall lange stören. Lisa!«, rief sie, aber genau in dem

Moment schoss Kira an uns vorbei nach draußen in den Schnee.

»Huch«, machte Lisas Mutter und trat erschrocken einen Schritt zur Seite, ehe auch ihre Tochter an uns vorbei zu Kira schoss.

»Ich bleibe heute hier«, rief sie dabei ihrer Mutter zu.

»Wie bitte?« Hektisch schaute sie Lisa nach.

»Johannes hat's erlaubt! Ich schlafe mit Kira im Stall.« Zusammen mit der Wolfshündin stürmte sie zum Stall neben der Alm, worin beide kurz darauf verschwanden.

»Lisa!«, rief ihre Mutter noch einmal, und kleine, rote Flecken breiteten sich in ihrem Gesicht aus.

»Grüß Gott«, sagte Johannes, der in diesem Augenblick neben mir auftauchte. »Also wenn es Ihnen nichts ausmacht, dass Ihre Tochter an Heiligabend nicht zu Hause ist, dann kann sie gerne heute hier bleiben und mit Kira im Stall schlafen.«

»Ist das nicht zu kalt?«, fragte sie besorgt.

»Ach wo. Der Stall ist voller Stroh, und ich habe einen superdicken Schlafsack«, beruhigte Johannes sie.

Lisas Mutter atmete aus, und ich fand, dass es erleichtert klang.

»Sie müssen mich für eine Rabenmutter halten, aber ich nehme das Angebot gerne an. Lisa ist nicht ganz einfach, müssen Sie wissen.«

»Irgendwann muss sie ohnehin lernen, auf eigenen Beinen zu stehen«, warf ich diplomatisch ein.

»Ich weiß, ich weiß. Aber sie ist doch erst fünfzehn.«

»Fünfzehn?«, fragte ich, und mir klappte der Mund auf. »Ich dachte, sie sei …«

»… fast volljährig? Nein. Lisa ist so frühreif und so ein schwieriges Kind.« Sie stöhnte. »Aber seit ein paar Tagen ist sie wie ausgewechselt. Ich glaube, das liegt an Ihnen. Nils hier, Nils da. Lisa spricht kaum mehr von etwas anderem.«

»Ich? Äh, meinen Sie?« Verlegen kratzte ich mir am Kopf, aber dann spürte ich Johannes' Hand auf meiner Schulter.

»Ja, Nils ist etwas ganz Besonderes«, sagte er, und mir schoss das Blut in die Wagen.

»Also dann lasse ich Lisa bei Ihnen. Warten Sie ...« Sie wühlte in den Taschen ihrer Jacke. »Ich habe doch irgendwo meine Handynummer.«

»Die brauchen wir nicht«, sagte Johannes. »Hier oben haben wir keinen Empfang. Ich bringe Ihnen Lisa morgen heil zurück. Versprochen! Oder Sie kommen vorher einfach wieder her, wenn Sie sie vermissen.«

Lisas Mutter schaute Johannes irritiert an und zog eine Augenbraue in die Höhe, bevor sie sagte: »Okay, danke. Ich wünsche Ihnen frohe Weihnachten.« Damit verabschiedete sie sich.

»Sieh mal, da kommt Kai mit den Zwillingen zurück«, sagte ich zu Johannes, als wir Lisas Mutter nachsahen, und zeigte auf das Schneemobil, dass gerade halsbrecherisch über einen Schneehügel sauste, bevor es auf die Alm zuschoss.

Wenig später parkte Kai das Schneefahrzeug vor der Hütte, er und die Kids sprangen mit strahlenden Gesichtern in den Schnee, und gemeinsam gingen wir zurück in die Hütte.

»Das war der Wahnsinn«, rief einer der Zwillinge.

»Mama, ich werde Rennfahrer«, beschloss dann der andere, während wir uns am Esstisch niederließen.

Eine ganze Weile saßen wir so da. Knabberten Plätzchen, erzählten uns gegenseitig Geschichten und tranken Winterzauber. Bis Dr. Heise und Tanja – beide gossen sich immer mal wieder ein gutes Schlückchen von Großvaters Medizin in ihre Becher – fröhlich ein Weihnachtslied nach dem anderen anstimmten und Johannes nun auch die Kerzen am Weihnachtsbaum anzündete.

Als wir gerade alle zusammen *Jingle Bells* sangen – schief, aber aus vollen Kehlen –, meinte ich, aus dem Augenwinkel heraus eine Bewegung vor dem Fenster wahrzunehmen. Aufmerksam schaute ich noch einmal hin, aber dort war nichts zu sehen. Inzwischen setzte draußen die Dämmerung ein, und der blaue Himmel änderte zunehmend seine Farbe in eine Mischung aus Rot und Lila. Wahrscheinlich hatte ich mich vom schwächer werdenden Licht täuschen lassen. Ja, so wird es sein, sagte ich mir. Doch gerade als ich meine Stimme wieder zum Mitsingen erhob, sah ich ein Gesicht verstohlen von draußen durch die Scheibe blicken.

»Agnes Pichler?«, fragte ich mich selbst, und außer Johannes hörte mich niemand. »Da!« Ich deutete zum Fenster, und für den Bruchteil einer Sekunde meinte ich, ihr Gesicht wieder gesehen zu haben. Doch dann war es verschwunden.

»Hast du sie auch gesehen, oder habe ich Halluzinationen?«, fragte ich Johannes.

»Komm, wir sehen mal nach.«

Schnell schlüpften wir in unsere Stiefel und traten aus der Hütte in den Schnee. Mit der untergehenden Sonne zog eine klirrende Kälte auf, sodass sich unter dem Dachvorsprung bereits lange Eiszapfen gebildet hatten.

»Agnes!«, rief Johannes, als wir um die Ecke der Hütte schauten. Denn tatsächlich: Sie war hier. Verängstigt stand sie da, in der Hand ein Paket, an dessen Schleife sie nervös herumnestelte.

»Komm doch herein«, sagte Johannes und reichte ihr die Hand.

Anstatt zu antworten, huschte ihr Blick nur unsicher zwischen Johannes und mir hin und her.

Johannes machte einen Schritt auf sie zu und sprach beruhigend wie zu einem scheuen, verletzten Tier: »Du hast dich doch extra auf den langen Weg hierher gemacht. Also komm zu uns in die Hütte, und wärme dich auf.«

»Nein, nein. Die ganzen Leute«, sagte sie nur. »Ich … ich …« Sie reichte Johannes das Paket. »Das habe ich euch mitgebracht. Es sind alte Fotoalben, die noch von deiner Mutter stammen. Ich sollte sie für dich aufheben, hatte sie mir vor ihrem Tod gesagt, und sie dir eines Tages geben. Ich finde, *heute* ist der richtige Zeitpunkt.«

Bedächtig nahm Johannes ihr das Geschenk wie einen kostbaren Schatz ab.

In einer Geschwindigkeit, die ich ihr gar nicht zugetraut hätte, nahm sie Johannes kurz und fest in den Arm. Dann kam sie zu mir und reichte mir ihre Hand.

»Entschuldigung. Ich weiß nicht, wie ich das wieder gutmachen soll«, sagte sie, während ich ihre Hand schüttelte. Mit der anderen Hand wischte sie sich eine Träne aus dem Auge. »Als ich euch neulich Abend so eng zusammen habe stehen sehen, da dachte ich … Ach, ich bin nur eine dumme, alte Frau. Der Pastor hat es mir erklärt … das mit euch … Ich wünsche euch alles Gute. Frohes Fest.«

Nach diesen Worten drehte sie sich energisch um und stapfte durch den dicken Schnee zurück in Richtung Tal.

Also hatte mich mein Gefühl neulich doch nicht getäuscht, als Johannes und ich, nur in eine Decke gehüllt, hier draußen gestanden hatten. Jemand hatte uns beobachtet. Agnes war es gewesen.

»Was war das denn?«, fragte ich irritiert.

»Ich glaube, dass Agnes sich gerade aus ganzem Herzen für ihr Verhalten entschuldigt hat«, sagte Johannes.

»Entschuldigung angenommen«, befand ich. »Fast können wir ihr sogar dankbar sein«, überlegte ich dann laut. »Wer weiß, wie unsere Geschichte geendet hätte, wenn sie im Wirtshaus nicht so eine Szene gemacht hätte.«

Johannes stellte sich hinter mich und legte mir die Arme um die Schultern, und wir hingen beide unseren Gedanken nach, während wir der schnell kleiner werdenden Silhouette der alten Frau nachschauten.

Kapitel 24

»Komm, wir müssen noch mal raus«, sagte Johannes und befreite sich aus meinen Armen.

»Nein«, erwiderte ich und versuchte, ihn zurück auf das Sofa zu ziehen. »Draußen ist es kalt. Ich will hier mit dir vor dem Kamin liegen bleiben.«

Johannes und ich hatten uns, nachdem wir den Braten gegessen hatten und alle Gäste gegangen waren, gemeinsam in eine flauschige Wolldecke gehüllt und es uns, eng aneinander gekuschelt, auf dem Sofa gemütlich gemacht. Jetzt wollte ich nichts anderes, als mit ihm hier liegen zu bleiben. Beim Gedanken an den kalten Schnee dort draußen zog ich mir die Decke über den Kopf und tat so, als sei ich verschwunden. Doch dieser Trick hatte schon früher, als ich Kind war, nicht funktioniert, und er klappte auch nicht jetzt, wo ich erwachsen war.

»Los, Nils!« Johannes' Finger pikste mich durch die Decke in den Bauch. Dann in die Brust und in den Oberschenkel.

»Ich bin nicht da!«, beschloss ich.

Ungestüm setzte sich Johannes auf mich, und ich keuchte unter der Decke: »Hey, du Holzklotz! Auch wenn du es nicht glaubst: Ich habe Gefühle! Aua!«

»Ach wirklich?«, scherzte er, hörte aber auf, mich zu piksen. Stattdessen ließ er seine Hände über die

Decke gleiten, bis sie an meinem Schritt angelangten. Tastend suchte er nach meinem Penis, und als er ihn fand, zeichnete er mit einem Finger seine Lage nach. Trotz des dicken Stoffes begann mein Schwanz sofort, auf seine Berührung zu reagieren und wurde hart.

»Ja, tatsächlich! Da steckt wirklich noch ein kläglicher Rest von Gefühl in dir«, sagte er und erhöhte den Druck auf meinen Penis.

»Hör auf damit! Was ist, wenn Lisa reinkommt?«, sagte ich, aber Johannes dachte nicht daran, seine Hand wegzunehmen.

»Falls Lisa reinkommen sollte, was würde sie sehen? Eine Decke, das war's. Du hast doch selbst gesagt: Du bist gar nicht mehr da. «

Jetzt griff Johannes nach meiner Erektion, so gut es durch die Decke und die Hose eben ging, und ich fing ganz automatisch an, mein Becken zu bewegen.

Oh nein! Er will es mir wirklich mit der Hand machen, dachte ich, und mein Schwanz stand nun hammerhart in meiner Hose.

»Falls aber doch noch jemand unter dieser Decke stecken sollte«, sagte er, und ich hörte das Grinsen in seiner Stimme, »könnte ich eine Hand anweisen, dort mal nach dem Rechten zu sehen. Allerdings muss der Anwesende dafür später mit mir vor die Tür gehen. Raus in den Schnee.«

»Abgemacht«, sagte ich kaum hörbar.

»Okay! Dann wollen wir mal sehen, was wir tun können.«

Immer noch auf mir sitzend wühlte Johannes sich mit einer Hand von der Seite durch die Decke. Tastend wanderte er zu meinem Hosenbund, und als er dort ankam, öffnete er rasch die Knöpfe und glitt hinein.

Ich stöhnte auf und bog meinen Rücken, als er meinen Schwanz fand und ihn fest mit der Faust umklammerte. Sofort stieß ich zu, und die Vorhaut glitt über meine Eichel, sodass Johannes nun mit dem Daumen über die empfindliche Haut streifen konnte.

Leise wimmernd schloss ich meine Augen, bis Johannes anfing, seine Hand auf und ab zu bewegen. Am liebsten hätte ich laut aufgestöhnt, doch ich biss mir auf die Lippe und zwang mich, still zu sein.

Leicht war das nicht. Immer wieder spürte ich, wie sich ein lustvoller Seufzer oder ein leidenschaftliches Atmen Gehör verschaffen wollte, doch ich behielt mich unter Kontrolle. Auch noch dann, als Johannes das Tempo seiner Bewegungen beschleunigte und damit mehr und mehr Blut in meinen Schwanz pumpte.

»Argh«, entfuhr es mir dann doch, als ich merkte, dass ich gleich kommen würde. Und dann ergoss ich mich auch schon in meine Unterhose.

Zufrieden nahm Johannes seine Hand aus meiner Hose, zog mir die Decke vom Kopf und gab mir einen Kuss.

»Wir sehen uns gleich draußen. Ich gehe schon mal vor, und du kannst dir derweil eine frische Boxershorts von mir nehmen.«

Nachdem ich mir eine seiner Unterhosen geschnappt hatte, beeilte ich mich mit dem Anziehen und folgte Johannes nach draußen in die kalte Weihnachtsnacht. Der Mond stand noch immer voll und hell am Himmel, und durch den vielen Schnee wirkte diese Winternacht noch ein wenig heller als die vorangegangen Nächte.

Suchend schaute ich mich nach Johannes um, konnte ihn aber nirgendwo finden. Doch gerade, als ich um die Hütte herumgehen wollte, um auf der

Rückseite nachzuschauen, sah ich ihn hinter dem großen Felsen hervorkommen. Er zog etwas Buschiges hinter sich her, aber von hier hinten konnte ich mir keinen Reim darauf machen, was es war.

Mit knirschenden Schritten lief ich auf ihn zu, und als ich näher kam, erkannte ich, dass es die Reste unseres Riesentannenbaums waren, die er hinter sich hergezogen hatte.

»Was willst du denn mit dem Abfall?«, fragte ich ihn.

»Das ist kein Abfall. Das ist unser Wunschbaum«, sagte er geheimnisvoll.

»Aha«, sagte ich und verstand kein Wort.

Johannes griff in die Innentasche seiner Jacke, zog eine grüne Plastikflasche heraus und wühlte dann in den Taschen seiner Jeans.

»Da ist es ja«, sagte er und hielt ein Päckchen Streichhölzer hoch. Dann begann er, die Flüssigkeit aus der Flasche großzügig über den Baum zu schütten und klärte mich auf, indem er sagte: »Brennspiritus.«

»Willst du den Baum anzünden?«, fragte ich und hob eine Augenbraue.

»Genau«, sagte er und schüttete noch etwas von dem Spiritus über die äußeren Äste, bevor er die Flasche wieder fest verschloss und sie zurück in seine Jacke wandern ließ. Dann stellte er sich, wie so oft, zärtlich hinter mich und verschränkte seine Arme vor meinem Bauch.

Eine wohlige Wärme erfüllte mich. Glücklich lehnte ich mich an ihn und legte meinen Kopf an seine Wange.

»Sieh dir den Himmel an«, sagte er leise. »Deshalb stehen wir hier draußen.«

Ich blickte hinauf und sah in ein Meer aus Sternen, die wie Diamantenstaub vor einem schwarzen Seidentuch zu funkeln schienen. Klar und ungebrochen glitzerten sie, und der Polarstern stand nun direkt über der Hütte und dem Gipfelkreuz.

»Willkommen auf der Sternen-Alm«, sagte Johannes. »Nils, du bist das Beste, was mir je im Leben passiert ist, und ich will, dass du eines weißt.« Ich spürte, wie er seinen Kopf hob, und einen Wimpernschlag später sahen wir beide zum Polarstern auf.

»Ich liebe dich, Nils.«

Ich wollte etwas sagen, aber plötzlich sah ich den Polarstern doppelt, dreifach, und dann verschwamm er vor meinen tränenfeuchten Augen.

»Ich liebe dich auch«, sagte ich mit zitternder Stimme.

Einen langen Moment – es war der innigste meines Lebens – standen wir einfach nur so da. Dicht aneinander gedrängt. Still. Und glücklich.

Dann sagte Johannes: »Und jetzt zünden wir den Rest unseres ersten gemeinsamen Weihnachtsbaums an. Wenn er brennt, dürfen wir uns beide etwas wünschen.«

Johannes riss ein Streichholz an und warf das brennende Stäbchen auf den mit Spiritus getränkten Baum. Mit einem zischenden Wusch entzündete sich die Tanne, und schon nach wenigen Momenten loderten die Flammen warm und hell. Knisternd und knackend stoben Funken auf und trieben mit dem Rauch hinauf in den Himmel.

»Jetzt darfst du dir etwas wünschen. Und dann achte auf die Funken. Sie tragen deinen Wunsch hoch hinauf. Zuerst bis an das Gipfelkreuz und dann immer weiter. Hinauf bis in die Sterne.«

Johannes zog mich fest an sich. Ich ließ mich gegen ihn fallen und wünschte mir etwas.

In diesem Moment gab es ein besonders lautes Knacken. Dann stob ein goldener Funkenregen auf und schwebte in den Himmel.

Fasziniert schaute ich den tanzenden Funken nach, wie sie zuerst den Gipfel erklommen und sich dann auf den Weg zum Firmament machten. Weiter und weiter schwebten sie empor, und als sie sich im glitzernden Sternenhimmel verloren, war ich mir für einen winzigen, aber spürbaren Moment sicher, dass der Polarstern heller als je zuvor strahlte. Nur für Johannes und mich.

Tommys
Lieblingsrezepte

Zugegeben, so eine verschrobene Schnattergans wie Tanja kann einem schnell auf den Keks gehen. Und auch für Carl Junior und Jo, die wilden Zwillinge, braucht man gute Nerven. Aber sind wir nicht alle ein bisschen gaga? Und ist es nicht schön, gemeinsam Zeit zu verbringen?

Der Advent ist hierfür die perfekte Gelegenheit.

Sich Zeit nehmen. Für sich selbst und für die, die uns am Herzen liegen. Darum geht es.

Sich entschleunigen. Und sich wieder auf die wirklich wichtigen Dinge konzentrieren.

Genießen wir also die Vorweihnachtszeit, und vielleicht machen wir es ja wie Nils und Johannes und laden unsere Freunde zum gemütlichen Kaffeetrinken und Plätzchenessen ein ...

Also dann mal ran an Großvaters Wundermedizin und ans Backblech!

Euer Tommy

Niemeyers
Winterzauber

Pflaumenmus, ein wenig Schnaps und feiner Kaffee
– eine verführerische Mischung, bei der nicht nur
Nils schwach wird. Also, ihr Lieben, unbedingt mal
ausprobieren. Aber denkt an Dr. Heise! Wer zu
oft vom Schnaps probiert, der singt am Ende
Weihnachtslieder. Wobei, es gibt Schlimmeres, oder?
Man darf auch ruhig mal etwas unvernünftig sein.
Ernst ist das Leben schließlich oft genug ...

* * *

Zutaten für 4 Becher

6 EL Pflaumenmus
1 Prise gemahlene Nelken
1 Prise Muskatnuss
4 EL Zwetschgen-Schnaps
4 Becher heißer Kaffee
Zimt oder Kakao zum Bestäuben

*** * ***

Zubereitung

Schritt 1

Das Pflaumenmus mit Nelken und Muskatnuss sowie dem Zwetschgen-Schnaps in einem Topf erwärmen (nicht kochen lassen) und glatt rühren. Eventuell etwas Wasser dazugeben.

Schritt 2

Heißen Kaffee dazugießen und gut rühren, bis sich die Zutaten vermengt haben. In vier Becher gießen. Mit Zimt oder Kakao bestäuben. Auf Wunsch auch mit Sahne oder etwas aufgeschäumter, heißer Milch servieren.

Fräulein Pichlers
Vanillekipferl

Wie war das noch mal genau in der biblischen Weihnachtsgeschichte? Die drei heiligen Könige aus dem Morgenland beschenkten das kleine Christkind mit Weihrauch, Myrrhe und Vanillekipferln? Beim Rezept von Fräulein Pichler ist man fast versucht, an diese Version zu glauben. Denn eines muss man der alten Frau schon lassen – backen kann sie wie keine andere.

* * *

Zutaten für ca. 45 Stück

250 g Mehl
100 g gemahlene Mandeln
1 Pck. Vanillezucker
75 g Puderzucker
Abgeriebene Schale einer halben Bio-Orange
200 g Butter
100 g Zucker
1 Prise Zimt

∗ ∗ ∗

Zubereitung

Schritt 1

Mehl, Mandeln, Vanille- und Puderzucker, klein gehackte Orangenschale (oder eine Packung Orangenschalen-Aroma) und Butter in Flöckchen glatt verkneten. Teig ca. 35 Minuten ruhen lassen.

Schritt 2

Backofen auf 175 Grad vorheizen. Aus dem Teig etwa fingerdicke Rollen formen, diese zu Kipferln biegen. Auf mit Backpapier belegten Blechen ca. 10 Minuten backen.

Schritt 3

Zucker und Zimt mischen. Die heißen Kipferl darin wenden. Auf Gittern abkühlen lassen.

Lisas
Spitzbuben

Ach ja, die gute, freche Lisa! Wer hätte gedacht, dass sie so leckere Plätzchen backen kann? Doch wie heißt es so schön? Harte Schale, weicher Kern. Und so schmeckt man bei Lisas Spitzbuben mit jedem Bissen: Da steckt viel Liebe drin.

* * *

Zutaten für ca. 40 Stück

1/4 Bio-Zitrone
200 g Mehl
150 g Butter
100 g Zucker
1/2 Pck Vanillezucker
1 Ei
100 g gemahlene Mandeln
175 g Konfitüre (z.B. Erdbeere)

*** *** ***

Zubereitung

Schritt 1

Die Zitronenschale abreiben. Mit Mehl, Butter, Zucker, Vanillezucker, Ei und Mandeln verkneten.

Schritt 2

Den Backofen auf 180 Grad vorheizen. Den Teig portionsweise zwischen Backpapier dünn ausrollen. Plätzchen ausstechen. Aus der Hälfte mittig je ein Loch ausstanzen. Auf mit Backpapier belegten Blechen ca. 12 Minuten backen.

Schritt 3

Nach dem Erkalten die ganzen Plätzchen mit Konfitüre bestreichen, die Loch-Plätzchen aufsetzen und evtl. mit Puderzucker bestäuben.

Nils'
Spritzgebäck

Johannes hat Nils ein wertvolles Geheimnis verraten: Das Kostbarste, das wir an Weihnachten verschenken können, ist unsere Zeit, zum Beispiel eingebacken in feines Spritzgebäck. Ja, diese süße Geste kommt von Herzen.

* * *

Zutaten für ca. 60 Stück

200 g weiche Butter
125 g Puderzucker
1 TL Vanillearoma
Abgeriebene Schale einer 1/2 Zitrone
1 Ei
1 Eigelb
1 EL Rum
7-8 EL Milch
180 g Mehl
125 g Speisestärke
Öl und Mehl für das Backblech

Zubereitung

Schritt 1

Die Butter mit dem Puderzucker und dem Vanillearoma schaumig rühren. Nach und nach die Zitronenschale, das Ei sowie das Eigelb dazugeben und zu einer schaumigen Masse aufschlagen.

Schritt 2

Rum und Milch angießen und die Mischung aus Mehl und Speisestärke schnell unterrühren. Auf keinen Fall zu lange rühren – sonst wird der Teig klebrig.

Schritt 3

Teig 45 Minuten kühl stellen.

Schritt 4

Den Backofen auf 190 Grad vorheizen. Das Backblech einölen und mit Mehl bestäuben.

Schritt 5

Den Teig in einen Spritzbeutel füllen und S-Schleifen auf das Blech spritzen. Auf der mittleren Schiene in etwa 12-15 Minuten goldgelb backen.
Tipp: Je mürber das Gebäck werden soll, umso mehr Speisestärke muss hinzugefügt werden.

Tanjas Zimtsterne
der Liebe

Tanja ist und bleibt ein Unikat. Denkt sie doch glatt, sie könne nicht Autofahren und würde ewig Single bleiben. Dabei hat sie's voll drauf. Heute gibt die Gute Gas, als gäbe es kein Morgen mehr, und ihren Kai – den wickelt sie um ihren Finger, dass man nur so staunen kann.

Seltsam, oder? Manchmal steht man sich selbst im Weg und verbringt seine Zeit mit der Suche nach einem Hindernis – obwohl gar keines da ist.

Apropos *keines da ist*: Bei Tanjas Zimtstern-Plätzchen heißt es – schnell zuschlagen! Sonst ist keines mehr da, so lecker und beliebt wie die süßen Schätzchen sind.

* * *

Zutaten für 40 Stück

175 g Puderzucker
2 Eiweiß
3/4 EL Zimt
275 g gemahlene Mandeln
1 TL Quittengelee

* * *

Zubereitung

Schritt 1

Puderzucker durchsieben. Eiweiße verquirlen und steif schlagen. Dabei nach und nach den Puderzucker zufügen. Weiterschlagen, bis die Masse glänzt und beim Herausziehen der Schlagbesen steife Spitzen bildet. Dann 3-4 EL davon beiseite stellen.

Schritt 2

Übrigen Eischnee mit Zimt, gemahlenen Mandeln und Quittengelee glatt verkneten. Zwischen Frischhaltefolie ca. 4 mm dick ausrollen. Daraus mit einem in Zucker eingetauchten Förmchen Sterne ausstechen. Übrigen Eischnee darauf streichen. Auf mit Backpapier belegten Blechen mindestens 8 Stunden trocknen lassen.

Schritt 3

Backofen auf 150 Grad vorheizen. Die Zimtsterne ca. 12-15 Minuten backen. Dann abkühlen lassen.

Übrigens …

Ich danke euch allen, die ihr mein Buch gelesen habt. Und herzlichen Dank auch an alle, die mir auf Facebook folgen.

Sich täglich mit euch auszutauschen, ist eine wunderbare Sache!

Herzlichst,
euer Tommy!

PS: Falls wir uns noch nicht auf Facebook gesehen haben, würde ich mich freuen, wenn du einmal vorbeischaust
facebook.com/tommy.herzsprung